LA LISIÈRE

Niko Tackian est un romancier, scénariste et réalisateur français. Il a notamment créé avec Franck Thilliez la série *Alex Hugo* pour France 2. Son premier roman, paru en 2015, a reçu le Prix polar du public des bibliothèques au Festival Polar de Cognac. Son thriller best-seller *Avalanche Hôtel* a reçu le prix Ligue de L'imaginaire-Cultura 2019 et le Choix des libraires 2020.

Paru au Livre de Poche :

AVALANCHE HÔTEL

CELLE QUI PLEURAIT SOUS L'EAU

FANTAZMË

RESPIRE

SOLITUDES

TOXIQUE

NIKO TACKIAN

La Lisière

CALMANN-LÉVY

ISBN : 978-2-253-19600-6 – 1re publication LGF

« Ceux qui rêvent éveillés ont conscience de mille choses qui échappent à ceux qui ne rêvent qu'endormis. »

Edgar Allan POE

1

La voiture aborda la pente douce pour franchir le col. Arrivée au rond-point, Vivian aperçut l'arête inquiétante du Roc'h Trevezel, surgie de la nuit tel un fantôme. La crête, rabotée par les embruns et les tempêtes depuis des millénaires, se dressait en sentinelle au-dessus de la vallée du Yeun Elez. *Quoi que tu entendes, ne détourne pas la tête. Il y va de ta vie dans ce monde, et de ton salut dans l'autre*, pouvait-on lire sur le dépliant touristique officiel des monts d'Arrée.

Comme chaque fois qu'ils pénétraient dans ce paysage mystérieux, Hadrien coupa la radio pour rendre l'instant encore plus solennel. Sur le siège arrière, Tom, emmitouflé dans sa doudoune orange, scrutait imperturbablement l'écran de son portable. La lumière hypnotique dessinait des ombres sur son visage d'adolescent. *Le temps passe, il n'a jamais passé si vite*, se dit Vivian en observant son fils. Douze ans déjà ! Elle eut soudain envie de le prendre en photo et saisit son téléphone. Une image pour fixer le temps et l'espace, pour donner corps à un instant de bonheur que l'on pourrait invoquer plus tard. La voiture accéléra alors qu'elle s'engageait sur la départementale 785 qui longeait la ligne des crêtes. En contrebas, les landes sèches du marécage s'étiraient à perte de vue, à peine éclairées par les rayons de la lune. On distinguait parfois de vagues ruisseaux dont les reflets d'argent lézardaient dans la tourbière pour rejoindre l'immense lac artificiel du réservoir de Saint-Michel. On n'apercevait ni maison ni ferme et une impression de désolation et de solitude s'étendait sur le paysage, comme si toute présence humaine eût été indésirable.

— Plutôt flippant non ? commenta Hadrien en lui souriant.

Vivian ne répondit pas, elle était hypnotisée par ce mystérieux royaume planté au cœur du Finistère. D'après la légende, ce massif de granit et de tourbe était peuplé d'esprits errants condamnés à résider au fond des marécages sous la surveillance terrible de l'Ankou, serviteur de la mort, ouvrier infatigable moissonnant les âmes des trépassés.

Un fin nuage de brume commença à les envelopper alors qu'ils devinaient au-dessus d'eux les contours d'un autre Roc'h aux arêtes acérées. C'est alors qu'une ombre surgit d'un buisson de fougères et traversa la route à toute vitesse. Hadrien écrasa le frein et la voiture glissa de travers quelques dizaines de mètres avant de se stabiliser sur le bas-côté.

— Putain c'était quoi ? hurla-t-il, scrutant l'obscurité à travers le pare-brise.

— Qu'est-ce qui se passe, papa ? lança Tom en se penchant pour récupérer son portable tombé sous le siège conducteur.

Vivian ouvrit sa vitre et un air terriblement froid et humide la saisit aussitôt. Une odeur rance pénétra dans l'habitacle. Le vent soufflait fort depuis la terre, transportant avec lui un mélange d'eau croupie et de plantes pourrissantes, un effluve boueux de mousse vieillie qui lui souleva l'estomac. À l'extérieur, les minces rayons de la lune disparaissaient derrière la masse sombre des nuages de cette nuit d'hiver. Aucun son ne parvenait à percer le mugissement du vent. Elle se sentit vulnérable, fragile lumière, perdue dans cette immensité obscure.

— Je crois que c'était un chien, dit Hadrien en tirant sur le frein à main. Un chien noir…

— Pourquoi tu arrêtes le moteur ?

— Je vais juste vérifier les pneus. J'ai l'impression qu'on a roulé sur quelque chose au moment où j'ai freiné.

Une soudaine angoisse fit frissonner Vivian lorsque son mari poussa la portière. Elle le fixa du regard alors qu'il se tenait dans les phares, inspectant les roues avant. Puis il se dirigea vers l'arrière de la voiture et ouvrit le coffre avant de disparaître de sa vue.

— J'ai envie de pisser, lança Tom en enlevant sa ceinture de sécurité.

— Tu ne peux pas te retenir ? On sera chez Mamie dans une heure.

— Bah pourquoi ? Y'a personne ici.

Vivian fit un geste de la tête pour lui confirmer son accord.

— Dépêche-toi alors. Et ne t'éloigne pas !

Tom la fixa avec des yeux ronds.

— Non maman, pourquoi je m'éloignerais ?

Il ferma le zip de sa parka orange et quitta la voiture.

À l'arrière, le coffre était toujours grand ouvert et elle ne vit aucun signe d'Hadrien dans le rétroviseur.

Quelques instants s'écoulèrent sans autre bruit que la respiration lancinante du vent lorsqu'elle se décida à sortir.

— Hadrien ?

Son mari n'était pas là, pas plus que son fils. Elle était seule sur cette route tracée au cœur même des ténèbres. Elle fit rapidement le tour du véhicule pour vérifier qu'Hadrien n'était pas allongé quelque part, occupé à installer le cric ou à inspecter le châssis. Mais rien. Ils avaient disparu.

— Tom !… Hadrien ! appela-t-elle. C'est pas drôle du tout ! Vous êtes où ?

C'est alors que quelque chose bougea à une dizaine de mètres du talus où la voiture avait terminé sa course. Pas plus qu'un bruissement dans les fougères, mais Vivian était certaine d'avoir aperçu une ombre se faufiler. Tous ses sens lui hurlaient de prendre la fuite, de retourner se barricader à l'intérieur de la voiture, mais elle se concentra sur l'unique chose qui importait à ses yeux : retrouver son fils. L'ombre bougea à nouveau, glissant d'un abri à l'autre, comme un prédateur masquant sa présence pour ne pas effrayer sa proie. Était-ce le chien dont Hadrien avait parlé ? Ou alors c'étaient eux. Ils essayaient de lui faire peur. Ça ressemblait bien à l'humour de son mari.

— Arrêtez vos bêtises ! C'est pas drôle, répéta-t-elle en avançant d'un pas dans l'obscurité. Allez, sortez !

Aux abords de l'asphalte, la terre se mélangeait à une couche de gravier très fin, tranchant avec les touffes d'herbes molles et la végétation imbibée d'eau descendant vers la tourbière. Ses yeux tombèrent sur une marque étrange au sol. Il y avait là une flaque opaque, d'un noir profond. Une flaque dans laquelle elle aperçut des traces de pas. Une douleur sourde commença à lui marteler les tempes alors qu'elle luttait contre l'évidence : c'était du sang. Une flaque de sang frais. La douleur se transforma en brûlure et son souffle s'accéléra soudainement. Vivian se tourna dans tous les sens, criant le nom de son fils sans autre réponse que l'écho de sa voix se perdant dans la brume. Elle perçut un bruit de pas se rapprochant et reprit espoir une fraction de seconde – *C'est forcément eux, tout va bien, ils reviennent* – mais fut saisie de stupeur lorsqu'elle découvrit la silhouette d'un homme dans l'obscurité. Le long de sa cuisse pendait un objet qu'il serrait dans sa main droite et dont la lame reflétait la lueur froide de la lune : une hache. Vivian hurla de toutes ses forces et, mue par la panique, se mit à courir sur la route. Derrière elle, la lumière des phares de la voiture disparaissait à mesure qu'elle s'enfonçait dans la brume. Ses pieds butèrent sur une ornière et elle faillit trébucher. La terreur et l'adrénaline l'empêchaient de penser à quoi que ce soit d'autre qu'à sa propre survie, car elle en était certaine, cet homme était un tueur et il allait s'en prendre à elle. Ses poumons se contractèrent et une crampe terrible commença à lui brûler la cuisse lorsqu'elle osa jeter un œil en arrière. *Quoi que tu entendes, ne détourne pas la tête. Il y va de ta vie dans ce monde, et de ton salut dans l'autre.*

L'homme était là, à une dizaine de mètres, sa hache solidement serrée contre lui. Il courait à toute allure pour la rattraper. Elle pensa à son mari et à son fils et jeta ses dernières forces dans une fuite désespérée. Au-dessus d'elle, le chaos de roches découpait sa longue et spectrale silhouette. Elle sentit la menace se rapprocher et hurla de nouveau. À ce moment, deux yeux immenses apparurent face à elle. Deux yeux d'une blancheur si intense qu'elle fut contrainte de baisser le regard. Elle entendit le crissement des pneus sur l'asphalte, se jeta sur le côté pour éviter l'impact, et il n'y eut plus rien.

2

Vivian ressentit la brûlure d'une lame transperçant sa chair et ouvrit les yeux avec difficulté. Deux billes noires aussi profondes que les ténèbres la fixaient en roulant sur elles-mêmes. Le corbeau se tenait perché sur un arbre mort, silhouette squelettique plantée dans les landes obscures du Yeun Elez. Sous elle, la tourbe humide et froide imbibait ses vêtements d'une eau sombre à laquelle les reflets de la lune donnaient la couleur du sang. L'oiseau scrutait son âme, inclinant sa tête d'un côté à l'autre à s'en rompre le cou puis il leva son bec vers le ciel comme s'il attendait la réponse à une question inconnue.

Elle lutta pour se rappeler les événements qui l'avaient menée dans cet endroit, mais aucun souvenir ne perça les brumes de l'oubli. En se redressant sur ses jambes, elle remarqua à travers ses vêtements déchirés une ligne sombre juste au-dessous de son nombril. Elle posa un doigt sur sa chair boursouflée et une goutte de sang visqueux sortit de la plaie. Vivian n'éprouvait ni douleur ni angoisse, son esprit était enveloppé d'un nuage si cotonneux qu'elle finit par se demander si elle n'était pas en train de rêver. Il y eut un claquement d'ailes et le corbeau prit son envol pour disparaître dans un ciel orageux zébré de quelques éclairs lointains.

C'est alors qu'elle sentit une présence dans son dos et qu'un froid abyssal la fit frissonner. Un homme se tenait à quelques mètres, sa silhouette émaciée se découpant dans la toile obscure du marécage. Il était immense et ses longs cheveux blancs luisaient sur sa peau sombre. Coiffé d'un large chapeau de feutre, drapé d'un linceul usé, son visage décharné n'exprimait aucune émotion. Sa tête tournait sans cesse comme une girouette dans la tempête et Vivian se demanda si ce n'était pas le corbeau qui avait pris forme humaine. L'homme sembla lire ses pensées et il plissa les lèvres sans qu'un seul son en sorte. Un mot se forma aussitôt dans l'esprit de Vivian : *Ankou*. Son regard glissa et elle remarqua qu'il portait une longue faux inversée dans une main. L'autre tenait un nouveau-né dont le visage blafard était éteint. *Tom*... Une peur primale l'envahit, effaçant les brumes cotonneuses dans lesquelles elle tentait de se réfugier.

— Tom, mon amour, mon bébé... tu vas bien ? Où es-tu ?

L'Ankou inclina son visage vers le sol et elle aperçut la longue traînée de sang la reliant à l'enfant. Une brûlure encore plus intense lui déchira les entrailles et elle porta les mains sur sa cicatrice en se recroquevillant.

— Il me l'a pris, il a pris mon bébé. Plutôt mourir que de vivre sans lui.

Un éclair perça les nuages et l'Ankou releva le bord de son chapeau pour dévoiler des orbites vides d'où s'échappait une monstrueuse obscurité. Vivian sentit ses pieds s'enfoncer dans la tourbe alors que le sol se dérobait en un siphon boueux et elle fut aspirée dans l'abîme sans espoir du puits.

— Tom, je t'aime ! continua-t-elle de hurler.

Puis la terre lui remplit la bouche pour la dissoudre dans le magma croupi des marécages. Son souffle s'accéléra encore, elle pouvait percevoir son cœur battant jusqu'à l'explosion. Dans un ultime effort, elle ouvrit les yeux.

— Ça va, madame ?

Elle se trouvait assise sur le siège passager de ce qui semblait être la cabine d'un camion. Un homme d'une trentaine d'années se penchait vers elle tout en conduisant. Il avait le regard clair et un visage rassurant.

— On va bientôt arriver… vous vous sentez bien ?

Vivian ouvrit la bouche pour lui répondre, mais ses lèvres étaient si sèches qu'elle ne réussit pas à prononcer un mot.

— Je vous ai trouvée sur la route du col… Vous étiez en pleine crise de panique. On vous a agressée ?

— Mon… mon mari… mon fils… ? parvint-elle à chuchoter.

— Y'avait personne d'autre là-bas, dit le gars en manœuvrant pour s'engager sur une nationale.

— Mais vous avez dû voir notre voiture… et… il y avait un homme derrière moi, un homme avec une hache.

Le conducteur la dévisagea d'un air inquiet. Il fronça les sourcils avant de reprendre.

— Une hache ?

— Oui… je crois… je crois qu'il a attaqué ma famille, il voulait me tuer. Il était juste derrière moi…

Un silence gêné s'installa alors que le regard de l'homme se déportait vers la route. Il ne la croyait pas, il pensait qu'elle était folle ou peut être sous l'emprise de la drogue ou de l'alcool. Si seulement cela avait été vrai. Si seulement c'était juste un *bad trip*.

— Je vous emmène à la gendarmerie. Vous allez leur raconter tout ça, conclut-il en esquissant un sourire qui se voulait rassurant. Je suis certain que ça va s'arranger…

3

La gendarmerie de Carhaix-Plouguer se trouvait à l'angle de deux rues désertes. À cette heure tardive, rien ne venait troubler le calme de cette petite ville située à une vingtaine de minutes des monts d'Arrée. C'était un bâtiment moderne en L d'un étage dont l'entrée se faisait par une structure en rotonde lambrissée de bois. Le chauffeur routier déposa Vivian à l'accueil de permanence en laissant ses coordonnées – au cas où. Elle se retrouva face à un jeune gendarme qui écouta le récit des événements avec attention avant de décrocher son téléphone pour appeler un supérieur. Quelques minutes plus tard, une femme brune aux cheveux attachés en chignon portant un uniforme piqué de deux barrettes blanches se présenta.

— Lieutenante Maëlys Mons, c'est moi qui dirige la brigade, dit-elle en lui tendant une longue main à la poigne vigoureuse.

Elle l'accompagna jusqu'à son bureau, avant de retirer sa veste en lui faisant signe de s'installer.

— Je vais me faire un café, vous en voulez un ?

Vivian refusa de la tête tout en remarquant que la gendarme ne la quittait pas du regard. Elle avait les yeux en amande, de fins cernes trahissant la fatigue et ses traits semblaient tendus comme si elle serrait la mâchoire. Vivian s'était toujours intéressée au visage des gens, particulièrement à leurs yeux. Le portrait était une de ses spécialités. Elle en avait toute une série affichée dans sa galerie de Morlaix.

— Alors ? Expliquez-moi ce qui vous est arrivé, madame Legoff.

Le récit qui suivit – et que Vivian s'efforça de rendre le plus précis possible malgré son émotion – fut consciencieusement retranscrit, puis la lieutenante lui demanda si elle avait une idée précise de l'heure à laquelle les faits s'étaient déroulés.

— Vers dix-neuf heures trente… nous sommes partis de Morlaix après la fermeture de ma galerie et on s'est arrêtés à la maison pour récupérer les affaires de Tom.

— Ça veut dire il y a moins de trois heures… Vous avez essayé d'appeler votre mari ou votre fils ?

— Je n'ai plus mon téléphone. Il est resté dans la voiture.

Elle lui demanda les numéros avant de constater que les deux portables se trouvaient sur messagerie. Vivian sentit l'angoisse monter à nouveau et des larmes commencèrent à couler sur ses joues.

— Qu'est-ce que vous allez faire ? J'ai vu cet homme et il y avait du sang sur le sol… beaucoup de sang.

— Ne vous inquiétez pas, je vais immédiatement envoyer une patrouille sur place. Vous avez dit que la voiture s'était arrêtée à quelques minutes du rond-point du col. C'est bien ça ? (Vivian acquiesça.) Alors ce sera rapide. En attendant, vous pouvez rester ici, et je vous conseille de prendre un peu de café, ça va vous faire du bien.

Les minutes qui suivirent furent les plus longues de la vie de Vivian. Elle se tenait seule sur sa chaise, les tripes nouées, réfléchissant sans cesse au déroulement des événements. Sa journée de travail sans incident, puis leur départ de Morlaix pour se rendre jusqu'à la maison de la mère d'Hadrien dans la périphérie de Quimper. Son mari avait décidé de couper par les monts d'Arrée pour « admirer le paysage » et Tom était resté silencieux tout du long. Et puis il y avait eu l'apparition de ce chien noir, leur freinage en urgence et… Tout ce qui suivait lui paraissait tellement irréel que son esprit se refusait à le détailler une fois de plus. Peut-être qu'Hadrien avait repéré l'homme à la hache ? Peut-être qu'il avait fui en entraînant leur fils ? Oui, mais alors d'où provenait le sang qu'elle avait vu sur le sol ? Peut-être que ce n'était pas du sang ? Juste de l'eau que la lumière aurait teintée. Oui, c'est ça. Ils étaient vivants, ils avaient fui dans le marécage pour échapper à ce dément.

Les théories n'en finissaient pas de se dérouler dans sa tête, mais, chaque fois, elle revenait à l'image de cet homme armé d'une hache et courant derrière elle. On avait bien essayé de la tuer, et sans l'intervention inespérée de ce chauffeur routier, elle serait sans doute morte. Elle entendit le croassement d'un corbeau depuis l'extérieur et constata qu'il s'était déjà écoulé presque une heure depuis le départ de la gendarme. Il en fallut une de plus pour que la porte du bureau s'ouvre et que la lieutenante Mons vienne à nouveau s'asseoir en face d'elle.

— J'ai longuement échangé avec un de mes hommes qui s'est rendu sur place.

— Et alors ?

— Tout ce que je vous dis est encore à mettre au conditionnel. Il fait nuit noire et un orage sévère est en train de balayer la zone.

— Vous les avez retrouvés ? Dites-moi que vous les avez retrouvés.

La gendarme baissa les yeux une fraction de seconde, allumant un feu de détresse dans le cœur de Vivian.

— Il n'y a rien là-bas… ni voiture, ni votre mari, ni votre fils… rien.

— Mais c'est impossible. Je vous ai décrit l'endroit. Un petit terre-plein, sur le côté de la route, à moins de cinq cents mètres du rond-point.

— Je sais. C'est une zone de stationnement en face du Roc'h Trevezel. C'est là que les gens s'arrêtent pour grimper au sommet. Nous avons fouillé tout le coin. Aucune trace de votre voiture, ni de personne.

Une douleur sourde lui pressa à nouveau les tempes. Vivian sentait son cœur battre dans sa tête et chaque pulsation lui arrachait un soupir.

— C'est impossible… ils étaient là.

4

Le gamin avait finalement réussi à rejoindre son abri de fortune en bordure du marais. Il avait froid, il avait faim et ses pieds le faisaient souffrir. Mais tout cela n'était rien à côté de la douleur qui lui rongeait les entrailles. C'était comme si chacune de ses cellules se contractait de l'intérieur. De grosses gouttes de sueur perlaient sur son front et il sentait ses intestins gargouiller dangereusement. Depuis combien de temps n'avait-il pas mangé ? Un jour, deux jours ? Il ne se le rappelait même plus.

Il fouilla dans les plis de son jean pour vérifier le contenu du petit sachet en plastique qu'il conservait précieusement. Son Graal, son trésor, son unique raison de vivre. Un frisson d'angoisse le traversa alors qu'il comptait chaque particule de cocaïne. Il lui restait à peine quelques grammes, de quoi chasser encore un peu la réalité avant de sombrer dans le gouffre obscur du manque. Sa chemise était déjà trempée de sueur, son corps tout entier réclamait l'euphorie. Habituellement, il aurait utilisé son kit de junkie pour s'injecter tout ce qui passait, mais sa boîte à shoot était désespérément vide et il n'avait plus aucune thune pour se fournir. Il opta donc pour une prise rapide et s'envoya ses réserves directement dans les narines. En quelques secondes la faim s'évanouit et il sentit son corps revigoré d'une énergie soudaine. La drogue lui procurait quinze minutes de répit. Quinze minutes durant lesquelles il n'était plus le misérable loser que tout le monde souhaitait voir disparaître.

Ses yeux observèrent la grange avec une acuité nouvelle. Elle devait être là depuis des siècles. Figée dans la tourbe comme ces forêts pétrifiées d'Arizona qu'il avait aperçues sur une couverture de magazine. De larges poutres en bois sombre soutenaient une charpente épaisse recouverte d'ardoises pleines de mousses fluorescentes. Il en manquait tellement que la lumière de la lune filtrait par endroits en de longs rayons où flottaient d'infimes particules. *P'tain Ron, t'es dans une église, mon pote. Le Bon Dieu est juste au-dessus et il te regarde.* Autour de lui, d'énormes bottes de foin étaient empilées çà et là et leur odeur enivrante se mélangeait à celle de l'humidité qui suintait des tourbières. Ses pupilles se dilatèrent à mesure que ses yeux s'habituaient à l'obscurité. Au fond de la structure se trouvait la silhouette d'un homme. Il avait les épaules larges, un long manteau en laine sombre et une casquette vissée sur le crâne. Il se tenait là, immobile, ses pupilles sombres semblant aspirer la lumière à l'intérieur de lui. Ron cracha dans sa direction.

— Casse-toi, salopard. Retourne dans ta tombe ! J't'ai jamais aimé ! Tu m'entends ? Jamais !

Et l'ombre se dissipa. Ron se rappelait toute la bibine que son père s'envoyait et ses coups de ceinturon aussi. La fille qui lui prescrivait sa méthadone lui avait dit une fois : « Tu sais, Ron, on n'utilise jamais la même drogue que son père, c'est pour ça que tu te cames. » Et ça lui avait allumé une lumière dans le cerveau. Il avait pigé d'un coup qu'il n'avait jamais eu le choix. Sa vie de junkie, il la devait au patriarche et à ses litrons engloutis pour oublier le mal de terre et calmer sa peur les veilles de départ en mer. Gamin, il le suivait sur le chalutier, il le regardait nouer l'extrémité des lignes les unes après les autres alors que le vent sifflait dans leurs oreilles. Lui se contentait de récupérer les baquets vides et de les débarrasser du pont pendant que le vieux se tenait campé sur ses cuisses face aux flots bouillonnants, le regard fixé sur la ligne hérissée d'hameçons que la mer aspirait et qu'il faudrait bientôt lui arracher de force. Il était heureux, le vieux, avec ces masses de flotte qui lui fouettaient le visage. Presque aussi heureux que quand il le battait.

Douze minutes. Son chrono mental le prévenait qu'il gâchait son ticket pour le pays d'Alice en évoquant ces souvenirs foireux. De toute façon ils lui reviendraient dans la gueule plus tard, au moment de la descente. Ron se dirigea donc vers la porte et glissa à l'extérieur. La nuit était noire, froide, et il pleuvait des trombes. *Un temps de rêve*, pensa-t-il en humectant l'eau qui coulait sur son visage. En face de lui s'étendait le marécage et au bout la surface lisse du lac sur laquelle se reflétaient les rayons de la lune. L'envie de courir y plonger l'effleura, mais il savait que le chemin était semé d'embûches. Les tourbières de l'enfer portaient bien leur nom. On s'y enfonçait, on s'y cassait la cheville, on y disparaissait même. Il se rappelait Jean-Hugues et ses légendes à la con. Le Youdig, la porte des enfers… il connaissait le topo. Les gens transformés en pierres, ceux qu'on traînait jusqu'au trou pour les envoyer chez le diable et tout le reste.

Il y eut un grattement dans le bosquet de ronces bordant le vieux corps de ferme. D'habitude il n'aurait rien capté, mais ses sens se décuplaient avec la came. Huit minutes. Une bête sortit de l'ombre et l'observa du regard. C'était un gros mastiff noir qui devait peser dans les soixante kilos. Son poil était tellement long qu'il formait une crinière et tombait en dreadlocks le long de ses flancs. On l'aurait cru sorti tout droit des limbes.

— Qu'est-ce que tu fous, Vulcain ? Viens là, mon gars.

La bête fila tout droit le rejoindre et se frotta contre ses jambes. Ces deux-là s'étaient trouvés quelques mois en arrière. Ou plutôt ils s'étaient choisis. Le pauvre bougre errant et le chien des enfers, un couple aussi improbable que les légendes de la lande noire. Une impressionnante langue d'un rose pâle apparut entre les mâchoires du molosse et il commença à lui lécher la main. Cinq minutes. Cinq minutes, putain, avant de repartir dans le monde réel. Avant de sentir la pesanteur lui écraser les épaules, l'angoisse lui comprimer le cœur et le spectre de la dépendance le pourchasser pour lui donner des coups de faux dans le bide. Celui-là était bien réel. Tous les toxicos savent ça.

Ron respira un grand bol d'air, remplissant ses poumons d'effluves organiques. Il s'en foutait. Il était vivant, libre et loin de son salopard de père, c'est tout ce qui comptait. Vulcain aboya comme s'il avait lu dans ses pensées. C'est alors seulement qu'il remarqua le sang sur ses mains. Une longue et épaisse coulée d'hémoglobine qui avait imbibé sa peau et le tissu de sa chemise. Il scruta son corps du regard à la recherche d'une plaie. Rien. Vulcain aboya encore et à cet instant seulement Ron vit que les poils du chien étaient collés par un liquide visqueux. Il était couvert de sang.

5

Elle ouvrit les yeux et une lumière éblouissante la transperça. Vivian avait mal au crâne, ses muscles la faisaient souffrir atrocement et elle sentait le poids insupportable de ses angoisses lui broyer les entrailles. Elle se trouvait dans son lit, un rayon de soleil traversant les persiennes pour venir illuminer son visage. En se redressant, elle parcourut la chambre du regard. L'armoire où Hadrien rangeait ses vêtements était là, le petit bureau et les classeurs qu'il utilisait pour sa comptabilité, une pile de fringues sales abandonnées dans un coin, tout avait l'air normal – sauf qu'ils avaient disparu. Elle se remémora le déroulé des événements de la nuit précédente puis son entrevue avec la gendarme. La lieutenante Mons l'avait raccompagnée chez elle après minuit en essayant de la rassurer. Elle l'appellerait vite, dès le lendemain, pour lui donner des nouvelles. Vivian chercha son portable avant de se souvenir qu'il était resté dans la voiture. Voiture qui s'était volatilisée. Comment était-ce possible ? Maëlys Mons lui avait demandé de se reposer. Se reposer ? Après cette nuit d'horreur ! Elle avait tourné longtemps en rond puis s'était décidée à rejoindre sa chambre à coucher en prenant un cachet pour être sûre de trouver le sommeil.

Dormir pour déconnecter son cerveau. Dormir pour oublier quelque temps l'atrocité de la situation.

En se redressant, elle surprit son reflet dans le miroir d'une penderie. Son visage long au nez trop fin – qu'elle n'avait jamais pu supporter –, ses sourcils arqués lui donnant un air boudeur. Ses yeux noisette semblaient éteints par la fatigue. Ses joues creuses et son front plissé lui parurent ceux d'une vieille femme. Mais le plus surprenant était cette impression de regarder une étrangère. Comme si elle n'habitait pas réellement ce corps. Comme si elle essayait de s'en détacher.

La chambre était baignée d'une lumière d'été. À l'extérieur, le soleil brillait haut dans le ciel. Trop pour un mois de février. Quelle heure pouvait-il bien être ? Est-ce qu'elle n'avait pas trop dormi ? Par la fenêtre elle aperçut leur petit bout de jardin et la maison en pierres grises des voisins. Une femme étendait du linge. Vivian ne se souvenait pas de l'avoir déjà vue. Elle était jeune avec de beaux cheveux blonds et un teint très clair. Elle portait une étrange combinaison blanche et un tablier comme ceux des marins pêcheurs lorsqu'ils se trouvent à la criée. Elle leva la tête et leurs regards se croisèrent un court moment. Un regard triste, un regard de désespoir.

Il y eut un bruit de pas venant du palier et Vivian sentit un frisson lui parcourir le corps. Quelqu'un était entré dans la maison. Tom ? Hadrien ? Elle quitta la chambre pour rejoindre le petit couloir desservant l'étage. Le bruit recommença, cette fois un éclat de voix monta du rez-de-chaussée. Ses pieds glissèrent à toute vitesse sur le parquet. Elle dévala les marches de l'escalier et se retrouva dans son salon dont les baies vitrées donnaient sur le jardin. Elle contourna le canapé et entra dans la cuisine. Tom était assis à table. Il mangeait tranquillement son petit déjeuner. Hadrien se tenait debout contre le plan de travail, une tasse de café dans les mains. Tous deux la fixaient du même regard étonné.

— Ça va, chérie ? Tu fais une drôle de tête, dit Hadrien en fronçant les sourcils.

Elle ne répondit pas et traversa la cuisine pour prendre son fils dans ses bras.

— Maman, qu'est-ce qu'il t'arrive ?

— Vous… vous êtes vivants… j'ai eu tellement peur.

Ils se regardèrent avec l'air de ne rien comprendre.

— T'as fait un cauchemar, c'est ça ? Arrête maman tu m'fais vraiment flipper.

Un cauchemar. Oui. Elle avait rêvé tout ça. Ce départ pour Quimper, la traversée, la rencontre avec le fou à la hache, l'Ankou… un atroce cauchemar qui se terminait enfin. Hadrien fixa sa montre et posa sa tasse avant de se diriger vers l'entrée.

— Déjà neuf heures, il faut que j'y aille. J'ai un rencard ce matin. Tom, tu n'as pas cours ?

— M. Roch est absent… J'commence à dix heures.

Vivian les regardait sans oser les interrompre. Elle se raccrochait à cette bribe de réalité, cet instant simple partagé avec ceux qu'elle aimait tant. Comment peut-on ne pas se rendre compte de la chance qu'on a de vivre ces petits moments du quotidien ? Hadrien enfila une veste et prit les clés de la voiture sur le tableau contre le mur, tout près de la porte.

— Ce soir tu fermes à quelle heure, mon amour ? Dix-neuf heures trente comme d'habitude ?

Elle hocha la tête, incapable de dire un mot.

— D'accord. Je passe te récupérer à la galerie. Tu n'as pas oublié ? Ce soir on va déposer Tom chez ma mère.

Il y eut un nouveau silence et Hadrien lui sourit avec un air étrange. Il posa un baiser sur son front, embrassa son fils et quitta la maison. Elle entendit le bruit du moteur à l'extérieur et le portique de la propriété coulissant sur son rail. Hadrien était parti, elle était seule avec son fils, son amour. Elle s'assit à côté de lui et le regarda manger, luttant contre son envie de le prendre dans ses bras.

— T'es quand même très chelou maman, ce matin.

— Non… je suis heureuse.

— T'es chelou quand t'es heureuse.

— Je suis heureuse de te voir, mon amour.

— Euh… d'accord, moi aussi tu sais. (Il finit son bol de céréales avec précipitation.) J'monte, j'ai un truc à réviser.

— Tu ne veux pas rester encore un tout petit peu avec moi ?

— J'ai pas le temps, maman.

— Juste une minute.

Ils s'assirent côte à côte quelques instants et elle lui prit la main en la caressant nerveusement. Au bout d'un moment, Tom s'échappa pour rejoindre sa chambre. Vivian se retrouva seule à la table de la cuisine. Partout le soleil illuminait la pièce. Un soleil étrange pour la saison. Plus sec, plus direct, plus chaud. Une ombre passa dans l'encadrement de la fenêtre et elle reconnut la jeune femme qui étendait son linge. Elle portait toujours sa combinaison de travail et avait rabattu une large capuche sur ses cheveux. Vivian détailla ses joues blanches sur lesquelles apparaissaient des taches roses dues au froid. Ses yeux bleus cherchèrent les siens et elle sentit l'angoisse monter à nouveau. La fille souffla sur la vitre pour faire un nuage de buée et traça un mot du doigt. *RUJODEN*. Une ombre masqua alors le soleil et la pièce fut soudainement plongée dans le noir. La jeune fille avait disparu, seule persistait la marque sur la vitre.

6

Vivian se réveilla à nouveau en sursaut. Elle était bien dans sa chambre et ses yeux scrutèrent les moindres recoins qui l'entouraient. Toujours les mêmes meubles, rien n'avait bougé. La seule différence avec son rêve était la maigre lumière luttant pour dissiper l'obscurité dont le voile poisseux recouvrait la pièce. Par la fenêtre, la maison des voisins se découpait dans un paysage blafard. Pas de trace de la fille aux cheveux blonds. Un frisson la parcourut et elle se rendit compte que le tee-shirt qu'elle avait enfilé pour dormir était trempé de sueur. Était-elle malade ? Avait-elle de la fièvre ?

Le visage de son fils, son air étonné et ses mots agacés résonnèrent dans sa tête. *Où es-tu ?* Elle courut vers la porte de la chambre et dévala à toute vitesse les marches pour inspecter le rez-de-chaussée. Rien. La maison était vide, uniquement habitée par le silence et le froid d'un hiver trop long. Dans la cuisine, une tasse de café et un bol encombraient encore l'évier. Les mêmes que ceux de son rêve. Son esprit lutta pour se souvenir. Cette scène qu'elle avait vécue pendant la nuit s'était bien déroulée le matin précédent. Seules vingt-quatre petites heures la séparaient de ces instants précieux, perdus à jamais. Des larmes lui piquèrent les yeux et elle résista pour ne pas sombrer dans un trop grand accablement. Le chagrin ne devait pas la paralyser, il fallait qu'elle reste dans l'action.

Elle se dirigea d'un pas décidé vers le salon et récupéra dans un tiroir son ancien téléphone portable qu'elle glissa dans la poche de son jogging. Moins d'une demi-heure plus tard, elle était au centre commercial de la rue de Kerfraval et achetait une carte prépayée. Son premier appel dura moins d'une minute car le téléphone de la lieutenante Mons était sur répondeur. Elle laissa un long message, communiquant son numéro et suppliant pour qu'elle lui donne rapidement des nouvelles. Elle hésita à alerter la mère d'Hadrien. S'attendant à les voir arriver la veille au soir, elle devait mourir d'inquiétude. *Qu'est-ce que je vais lui dire ?* se demanda-t-elle en cherchant son nom dans le répertoire. *Comment la rassurer ?* Tom et Hadrien avaient disparu dans des circonstances plus terribles que le pire des cauchemars. Elle composa néanmoins le numéro.

— Qu'est-ce qui se passe ? Vous êtes où ? questionna immédiatement sa belle-mère.

Une fraction de seconde, Vivian hésita à lui mentir, cherchant ses mots, puis finit par raconter une version expurgée des événements, laissant espérer que son fils et son petit-fils s'étaient simplement perdus dans l'obscurité des landes, qu'ils avaient trouvé un abri pour la nuit et donneraient sûrement des nouvelles dans la matinée. Un long silence entrecoupé de sanglots lui fit monter les larmes et elle promit de la rappeler le plus rapidement possible avant de raccrocher.

Dans sa tête, un compte à rebours morbide se déclencha. Le temps jouait contre elle. Chaque heure la séparant de sa famille serait un pas de plus dans l'horreur. En réalité, elle était seule dans les couloirs de ce centre commercial et elle n'avait aucun moyen de les retrouver. Un petit couple de retraités s'arrêta pour lui demander si tout allait bien. Elle ne réussit qu'à leur présenter un sourire figé en rejoignant le parking de l'hypermarché. Un ciel encombré de gros nuages noirs lui crachait sa bruine en pleine face. Elle hurla d'impuissance dans l'indifférence générale avant de rentrer dans sa voiture. « Reposez-vous »... Se reposer ? Elle regorgeait d'énergie, celle du désespoir, et se sentait prête à abattre des montagnes pour retrouver ceux qu'elle aimait. Mais quelles montagnes abattre ? Par où commencer ? Elle frappa du poing plusieurs fois sur son volant. Se calmer, il fallait se calmer. La fureur ne l'aiderait en rien.

Elle tenta de composer à nouveau le numéro de la gendarme mais en fut incapable. Un poids colossal comprima le sommet de son crâne, pénétrant l'os jusqu'à son esprit, investissant tout son corps. Elle n'était plus qu'une masse amorphe se fondant dans la matière pour disparaître. Ses doigts s'agrippèrent au volant pour empêcher que ses bras tombent comme des troncs d'arbres sous la hache du bûcheron. Son cou ne supportait plus la charge de sa tête qui roula vers l'avant. Elle sentit son menton contre sa poitrine et un mince filet de bave coula de la commissure de ses lèvres. Quelque chose devait se produire dans son cerveau, quelque chose de grave. *Rupture d'anévrisme !* pensa-t-elle dans un effort ultime. *C'est comme ça que mon histoire se termine, morte de chagrin sur le parking d'un hypermarché.* La sonnerie de son téléphone retentit soudainement. Sur l'écran la mention *Numéro inconnu* venait d'apparaître. Ses forces lui revinrent aussi abruptement qu'elles avaient disparu et elle se jeta sur l'appareil pour décrocher.

7

Ce que lui expliqua la lieutenante Mons ne fut d'aucun réconfort. Dès les premières lueurs de l'aube, les gendarmes avaient investi tout le périmètre du Roc'h Trevezel. Avec les chiens de la brigade cynophile, ils avaient ratissé la zone sans résultat. Pas de voiture, pas de corps, pas de traces de sang, mais la pluie torrentielle qui s'était abattue pendant la nuit pouvait parfaitement les avoir fait disparaître. Seuls subsistaient quelques sillons de pneus aux alentours du parking. « C'est plutôt une bonne nouvelle, avait conclu la femme gendarme avec son ton le plus rassurant. Ça nous laisse tout envisager. Peut-être que votre mari et votre fils sont revenus à la voiture après votre départ. Peut-être qu'ils ont trouvé un abri. » Oui, mais alors pourquoi ne répondaient-ils pas au téléphone et, surtout, où pouvaient-ils bien être ? « Ce n'est que le tout début de l'enquête. Je vous promets que nous allons les retrouver. Par contre, vous allez avoir besoin de toutes vos forces pour traverser cette épreuve. » Et elle lui avait transmis les coordonnées d'une psychiatre qui travaillait régulièrement avec leur service et pourrait certainement l'aider. « Je n'ai pas besoin d'une psy, j'ai besoin que vous retrouviez ma famille. » C'est à peu près tout ce qui était sorti de cette conversation que Vivian avait pourtant espérée toute la matinée.

Rentrée dans sa maison désespérément vide, elle avait tourné en rond près d'une heure dans son salon, avant de décider de reprendre sa voiture pour aller en ville. Elle n'avait aucune envie de voir des gens, mais l'attente isolée entre quatre murs devenait insupportable. Sa galerie se trouvait rue des Vignes, dans le centre de Morlaix, non loin du marché. En ce samedi midi, pas mal de monde battait le pavé, profitant de l'accalmie après les averses de la nuit. Elle rejoignit le petit local d'une trentaine de mètres carrés où elle exposait ses photos. Ses portraits s'étalaient sur les murs peints en gris souris. Elle avait la désagréable impression que tous ces visages la fixaient avec leurs yeux mélancoliques. *C'est pas de votre pitié que j'ai besoin*, gémit-elle intérieurement.

Dans la boîte aux lettres, une demi-douzaine d'enveloppes l'attendaient, imbibées d'eau de pluie. Elle n'avait pas ouvert son courrier depuis des semaines, absorbée qu'elle était par son nouveau projet d'exposition : partir à la découverte des jeunes qui refusent de quitter leur région natale en prenant des métiers souvent pénibles et peu valorisés, comme des arbres accrochés par leurs minces mais profondes racines pour résister à la tempête. Elle avait poussé les portes des hangars des chantiers navals, des forges marines, des conserveries. Elle avait écumé les criées, les glacières et les rades, loin des sites touristiques, fixant des centaines de visages marqués par la fatigue et la perte des illusions.

Vivian avait donné toutes ses forces pour construire

cette expo, ne comptant pas les heures et négligeant souvent son fils ou son mari. Mettant de côté la charge mentale du foyer pour pouvoir se consacrer à ses propres ambitions. Ce qu'elle ne pouvait pas formuler dans la vie, c'est avec ses photos qu'elle le faisait. Utiliser le visage des autres pour explorer son âme, c'est ainsi qu'elle s'exprimait. Mais après ce qui venait de se passer, la culpabilité lui serrait le cœur. Si elle avait été là, si elle s'était incarnée plus souvent au sein de son foyer, est-ce que tout cela serait arrivé ? Cela n'avait aucun sens, elle n'y était pour rien, et pourtant… quelque chose la faisait souffrir. Quelque chose qui, elle le savait, ne la quitterait plus.

En déposant les enveloppes sur le petit bureau au fond de la pièce, elle repensa à la personne dont la gendarme lui avait parlé. Mme Eva Blair, docteure en psychiatrie. Une Anglaise ? Peut-être qu'elle devrait écouter ses conseils, elle avait besoin d'aide. Elle ne traverserait pas une épreuve aussi soudaine, un traumatisme aussi profond, sans conséquences.

Un courant d'air violent poussa la porte du local et elle sentit le froid la saisir. L'espace d'un instant, elle fut projetée dans le passé. Elle se trouvait dans la voiture. Son fils venait de sortir, elle ouvrait la portière pour le rejoindre et l'humidité lui glaçait les os. Vivian se leva pour bloquer l'entrée en verrouillant la serrure. De toute façon, elle n'attendait pas de clients, elle n'en désirait pas. Tout ce qu'elle voulait, c'était retrouver son fils, son mari et sa vie d'avant. Elle s'installa dans son fauteuil, un vieux Pollock en cuir noir, et se recroquevilla sur elle-même, observant les ombres passer devant la vitrine.

Elle chercha à dissiper ses angoisses en ouvrant son courrier. Occuper ses mains et son esprit, faire diversion pour ne pas sombrer à nouveau, c'était tout ce qu'elle pouvait faire. Une facture Engie du mois précédent, plusieurs prospectus de publicité pour des canapés, du matériel de bureau, un carton d'invitation au vernissage de l'expo d'une amie habitant Quimper et puis une enveloppe blanche toute simple, sans adresse ni timbre. À l'intérieur, une feuille de papier imbibée d'eau. Depuis combien de temps était-elle là ? Elle la déplia précautionneusement et la posa à plat sur la table : *Il faut que je vous parle rapidement. Lorie*, accompagné d'un numéro de téléphone portable. Qui avait pu lui déposer ce mot ? Elle ne connaissait pas de Lorie. Elle composa le numéro et attendit quelques secondes avant d'entendre la voix enregistrée d'un opérateur lui annoncer que la ligne n'était plus attribuée. Qui était cette Lorie et pourquoi lui avait-elle communiqué un faux numéro ? Le vent gronda une nouvelle fois en un sifflement rauque, filtrant par le moindre interstice. Vivian leva la tête pour regarder la pièce et une fraction de seconde, elle crut vraiment que tous les visages des photos s'étaient tournés vers elle.

8

La lande s'étendait à l'infini sous une fine couche de brume bleuâtre. La lieutenante Maëlys Mons fixait l'horizon morcelé de collines dressant, çà et là, leurs lignes acérées. On reconnaissait l'emplacement du village de Botmeur à une petite nappe de brouillard que quelques scintillements traversaient. Parmi les bruits familiers du crépuscule, des mouettes poussaient leurs cris aigus, formant des cercles très haut dans le ciel puis se dirigeant vers la ligne sombre qui indiquait la présence lointaine de la mer.

Maëlys se sentait sur le sommet du monde, il n'y avait rien entre les étoiles et elle. Originaire du Finistère, elle avait grandi dans la maison que sa mère occupait encore à Kérity, en pays bigouden. Comme la plupart des Bretons, elle aimait « sa terre » et lorsqu'elle s'en éloignait pour une trop longue durée, le mal du pays la prenait viscéralement. Son année de formation à l'école des sous-officiers de Melun et les excellents résultats qu'elle y avait obtenus lui avaient permis de choisir son affectation et elle avait immédiatement postulé pour sa région natale. Un coup de chance avait voulu que le capitaine Loïc Kreuzet soit promu commandant adjoint de compagnie à Morlaix et lui cède sa place à la tête de la communauté de brigades de Carhaix dont elle assurait désormais le commandement. Ses effectifs regroupaient vingt-neuf militaires. Vingt-trois à Carhaix, six à Huelgoat et deux adjoints volontaires fraîchement débarqués de l'école pour « découvrir la Bretagne ».

Depuis sa prise de fonction, elle s'était concentrée sur la police de la route et la lutte contre les violences intrafamiliales, deux dossiers épineux occupant sa brigade à plein temps. On disait d'elle qu'elle était une officière rigoureuse et travailleuse destinée à une longue carrière militaire. Pour son père, croyant et pratiquant, elle était une belle âme qui avait choisi d'aider son prochain et la société en faisant respecter l'ordre des hommes dans le royaume de Dieu. En tout cas c'est ce qu'il lui avait répété jusqu'à son dernier souffle. Malgré la petite croix qu'elle portait en médaillon autour du cou, Maëlys n'avait jamais usé les bancs de l'église, mais elle ne se considérait pas comme athée, au contraire. Elle avait laissé une place dans son cœur pour la présence « d'autre chose » qu'elle avait du mal à s'expliquer. Car Maëlys sentait obscurément une force guider son existence. Elle pouvait boire, s'amuser, faire la fête avec ses camarades, mais sans jamais dépasser une certaine limite. À un moment, elle se retirait, insatisfaite, comme si quelque chose la poussait à la retenue et avec le temps, elle avait fini par penser que cette chose était d'ordre spirituel.

En tout cas ce sentiment avait un rapport avec la nature au milieu de laquelle elle éprouvait une sorte de communion universelle. Petite, son père l'emmenait sur les lacs guetter le passage des canards à la fin du jour ou bien à l'aube lorsque le soleil émergeait lentement des brumes formant un immense globe rouge sur l'horizon. *Papa, mon pauvre papa*… Sa mort avait été un déchirement dont elle ne s'était jamais vraiment remise. En lâchant, son cœur avait emporté une partie du sien avec lui.

Maëlys observait ses hommes fouiller la zone autour du parking tandis qu'un voile sombre tombait sur le paysage et que la terre cédait sa chaleur à la nuit. Une journée complète de recherche ne leur avait rien appris si ce n'est qu'une voiture s'était bien garée sur le bas-côté. Elle repensait à ce petit bout de femme qu'elle avait tenté de rassurer dans son bureau. Ses recherches sur le couple Legoff n'avaient rien donné de particulier. Lui était un gars de la région qui avait monté plusieurs sociétés de commerce. Elle n'était pas originaire de Bretagne, mais s'était mariée avec lui il y a une quinzaine d'années. Leur fils, Tom, faisait sa scolarité à Morlaix où le couple possédait un pavillon. Rien de particulier donc, hormis les circonstances inquiétantes de leur disparition. Elle avait également contacté le chauffeur routier qui avait recueilli Vivian Legoff, mais celui-ci n'avait aucune information supplémentaire à lui donner. Il confirmait l'état de stress dans lequel elle se trouvait, il n'avait rien vu d'autre. Pas de fou à la hache, pas de véhicule sur le bas-côté, rien.

La prochaine étape serait d'interroger tous les résidents des environs en espérant qu'ils aient vu ou entendu quelque chose, mais la zone était tellement sauvage qu'il fallait remonter un bon nombre de kilomètres avant de croiser la moindre bergerie ou la plus petite étable. Elle avait également demandé un bornage des téléphones de la famille Legoff ; avec un peu de chance, cela pourrait permettre de les localiser. C'était une affaire qui s'annonçait difficile, mais la détresse de cette mère justifiait tous les efforts.

La lune brillait désormais sur les monts d'Arrée et la lande se couvrait d'une chape d'un noir si intense qu'elle semblait absorber la lumière. Maëlys connaissait les légendes du pays. Quelque part au milieu de ce panorama se trouvait le Youdig, une fondrière insondable qui, selon sa grand-mère, communiquait avec les enfers. Elle fit signe à ses hommes d'arrêter les recherches et se dirigea vers sa voiture pour quitter les lieux. Demain la journée serait longue.

9

Un soleil brûlant traversait les baies vitrées de la boutique illuminant la galerie de portraits d'une lumière chaude et rassurante. Vivian se réveilla en sursaut et constata qu'elle s'était assoupie sur les enveloppes qu'elle consultait à son bureau. Elle tenait un feutre noir dans la main et la feuille de l'énigmatique message laissé par cette Lorie était couverte d'une série de lettres tracées dans tous les sens. Elle n'avait aucun souvenir d'avoir réalisé cette étrange litanie de *R*, *O*, *U*, *N*, *J*, *E* et *D* associés anarchiquement, dans toutes les combinaisons jusqu'à recouvrir la moindre parcelle du papier.

La porte de la galerie s'ouvrit et un souffle d'air chaud gorgé d'une odeur de réglisse s'engouffra dans le local en même temps que Tom. Son fils se tenait là, son sac de collégien sur le dos, un cornet de glace à la main. Elle se redressa d'un coup et des larmes de joie coulèrent en sillon sur ses joues. Il était bien là, devant elle, sain et sauf, il était revenu. Tom dut se rendre compte de son émotion, car il cessa de dévorer sa glace pour la fixer d'un œil inquiet. Il se rapprocha doucement et déposa quelques euros sur la table.

— Ça a coûté plus cher que je pensais. Tu pleures ? Y'a un truc qui ne va pas ? demanda-t-il en la voyant se lever pour venir le rejoindre.

— Où est-ce que tu étais, mon amour ? réussit-elle à chuchoter.

— Bah sur la place du marché… Tu m'as donné de l'argent, pour le goûter. Tu te souviens ?

Tout se bousculait dans son esprit. Elle ne savait plus quel jour on était ni où elle se trouvait. Était-ce un rêve ou la réalité ? Était-elle en train de perdre la tête ? Elle se ressaisit et prit son fils dans ses bras pour le serrer de toutes ses forces. Son petit corps chaud l'apaisa et ses angoisses s'évanouirent à mesure qu'elle le sentait, plein de joie et de vie, tout contre elle, avec elle.

— T'es vraiment bizarre depuis ce matin, maman, dit-il avec un sourire gêné.

— Tu as raison, tout est bizarre. C'est le monde entier qui déraille.

Sa réponse ne l'avait visiblement pas rassuré et il continua de dévorer son cornet en prenant un peu de distance pour regarder les portraits.

— C'est ta nouvelle expo ?

— Je les ai pris pendant l'hiver, tu te souviens ?

— J'aime bien… mais ils sont un peu, euh… tristes non ?

— Ils sont fatigués. Ils travaillent dur, tu sais.

— Oui, comme toi… C'est qui elle ?

Tom pointa du doigt une photo sur laquelle se trouvait une jeune fille portant une combinaison blanche et un tablier maintenu par deux gros anneaux. Sa tête était penchée vers la gauche, son regard perdu dans le lointain. Elle avait rabattu sa capuche de telle sorte que presque aucune parcelle de peau ne dépassait de sa tenue, juste un visage aux joues roses teintées par le froid. Sur le tablier on pouvait lire le nom « Lorie », inscrit au marqueur. Vivian se rapprocha, elle ne se rappelait pas avoir photographié cette fille, encore moins l'endroit où elle était, mais elle reconnut immédiatement la voisine étalant son linge devant sa maison.

— Je vais rentrer, maman. Papa m'a demandé de faire mon sac. Ce soir on part chez mamie.

Ces mots lui firent l'effet d'une lame qu'on viendrait de lui planter dans le ventre.

— Non ! On ne va plus chez mamie !

— Ah bon ? Mais c'est les vacances… vous avez du travail, tu sais bien ?

— On laisse tomber le travail. On part ensemble, tous les trois. Tu as envie d'aller où ?

Tom la fixait sans comprendre.

— Papa a dit qu'il passait te prendre ce soir… et moi je dois être prêt.

— On se fout de ce qu'a dit papa. Tu restes avec moi jusqu'à ce soir. Je lui expliquerai, je lui dirai qu'on ne se quitte pas. On va faire la fête, tu vas voir.

— Et mamie ?

— Je vais l'appeler, elle comprendra très bien. On ira la voir à un autre moment.

Tout à l'espoir qui l'emplissait, Vivian ne remarqua pas les murmures qui commençaient à envahir la pièce, comme si tous ses portraits chuchotaient des mots incompréhensibles.

— D'accord maman ! J'ai envie d'aller à Océanopolis… Tu te souviens, la dernière fois c'était trop cool. Tu crois qu'il y aura encore le requin-marteau ? Tu sais celui qui fait comme un sourire avec sa bouche.

Elle se souvenait parfaitement de ce petit week-end en famille qu'ils avaient passé à Brest. Tom devait avoir huit ans. Comme tous les enfants, il s'était émerveillé devant le ballet incessant des requins glissant au-dessus de sa tête dans le bassin panoramique.

— On ira, mon amour. On restera autant que tu veux. Je suis certaine qu'il sera encore là ! Je le prendrai en photo comme la dernière fois.

— Génial !

Les chuchotements devinrent des murmures et Vivian s'aperçut que le soleil avait disparu. Elle quitta son fils du regard et fixa la table où se trouvait la feuille. Quelqu'un avait relié les lettres, les encadrant au feutre pour former un mot : *RUJODEN*.

Lorsqu'elle se retourna, Tom n'était plus là. Elle hurla de fureur et se réveilla encore une fois en sueur dans son lit. Son visage était trempé par les larmes et ses joues glacées de froid. Un mince rayon de lumière hivernale se glissait entre les lattes des volets. Une douleur intense pulsa dans ses tempes à mesure qu'un sentiment de malaise l'envahissait à nouveau. Ces rêves étaient trop réels, trop puissants. Elle ne pouvait plus supporter de le perdre comme cela chaque nuit. Elle lutta pour sortir de son lit, car son corps lui semblait odieusement lourd. Ses pieds se posèrent sur le parquet glacé et elle chercha son sac à main au milieu de ses vêtements jetés en vrac sur le sol. Elle ne se souvenait même pas d'être rentrée chez elle, d'avoir dîné, de s'être déshabillée. Elle fouilla dans ses affaires à la recherche du bout de papier sur lequel elle avait griffonné un nom et une adresse : *Dr Eva Blair, psychiatre, manoir Triste Lune.*

10

La demeure se trouvait à la sortie de Roscoff, pas loin du croisement permettant de rejoindre la presqu'île de Perharidy. C'était un château aux allures de manoir anglais piqué de longues tours en pierres grises dont les toits en ardoise étaient couverts de mousse. L'édifice se dressait dans un immense parc planté d'érables et d'eucalyptus et une de ses façades percées de nombreuses fenêtres en ogive – la plupart obstruées par de grands volets en bois orangé – donnait directement sur la mer. On y pénétrait par un portail bringuebalant à demi ouvert ne possédant ni interphone ni sonnette. Le site était visiblement abandonné et à mesure que Vivian se dirigeait vers ce qui semblait être l'entrée, elle remarqua plusieurs dépendances – dont une petite chapelle, dans un état de décrépitude avancé.

Elle gravit les quelques marches permettant de rejoindre une lourde porte en bois vermoulu et, ne trouvant aucun autre moyen d'annoncer sa présence, frappa du poing. Rien ne se passa pendant plusieurs minutes si bien qu'elle crut s'être trompée d'adresse. Qui pourrait habiter un tel lieu, de toute façon ? Elle s'apprêtait à partir quand un grincement aigu lui indiqua que la porte jouait sur ses gonds. Eva Blair apparut dans l'entrée. C'était une petite femme, pas plus de un mètre cinquante, aux cheveux roux noués en chignon haut. Elle avait la peau d'un blanc laiteux constellé d'une multitude de taches de rousseur et des yeux verts trop grands pour son visage. Elle portait d'étroites lunettes rondes au bout de son nez, ce qui lui donnait l'air d'un petit animal, un écureuil peut-être.

— Vous devez être Vivian ? dit-elle d'une voix franche où perçait un léger accent gaélique.

Vivian acquiesça et la suivit dans cette étrange demeure. L'intérieur n'était pas en meilleur état et la plupart des pièces ne possédaient ni meubles ni décoration mais se résumaient à des murs décrépis et des parquets grinçants. Elles parcoururent ce qui avait dû être un immense hall d'entrée au fond duquel se dressait une cheminée encadrée d'un portique en mosaïques colorées aux motifs orientaux. Dans un vaste salon, un escalier en colimaçon peint en bleu turquoise grimpait vers une mezzanine où se trouvaient encore quelques vieux lits empilés les uns sur les autres.

— Cet endroit a une riche histoire, comme vous pouvez l'imaginer, dit son hôtesse en remarquant son étonnement. D'après mes recherches, le château a été construit en 1890, en même temps que la digue permettant de le protéger de la marée. Il a longtemps appartenu à l'Assistance publique et a été transformé en sanatorium pendant quelques années…

Vivian n'avait aucun mal à visualiser les malades déambulant dans les longs couloirs qu'elles étaient en train de parcourir.

— Aujourd'hui la propriété est abandonnée, si ce n'est le petit espace que je loue pour mes patients.

Il s'agit en réalité de l'ancienne loge du gardien. Je l'ai réaménagée, bien entendu.

Elles se trouvaient maintenant dans la partie de la demeure dont la façade donnait sur la mer. Cette grande pièce au mobilier rustique et aux murs en pierre brute était percée de deux fenêtres laissant pénétrer une lumière spectrale. Au loin on apercevait la plage dont le sable gris n'en finissait pas de grignoter l'océan qui avait préféré se retirer pour quelques heures. Un bureau de style victorien et un canapé en cuir élimé étaient disposés face à une cheminée dans laquelle brûlait déjà un feu généreux. Il se dégageait de cet endroit une aura apaisante, comme un refuge perdu au milieu de l'hiver.

— Bienvenue dans mon cabinet de réflexion, dit la psychiatre avec un petit sourire en coin. J'espère que le manoir Triste Lune n'est pas trop sinistre pour vous ? J'avoue que lorsque j'ai vu l'annonce, j'ai immédiatement sauté sur l'occasion. Cet endroit est plein de souvenirs, plein d'histoires qui suintent un peu partout. Certaines doivent être oubliées, d'autres sont très intéressantes… c'est cela le sens de notre travail, non ?

Vivian observait ce petit bout de femme dont les yeux pétillants d'intelligence étaient braqués sur elle. Chacun de ses mots semblait chargé d'une étrange signification. Le travail avait-il déjà commencé ?

— Pourquoi Triste Lune ? questionna-t-elle.

— Oh… celle-là c'est une histoire à oublier, il me semble. Les premiers propriétaires du manoir ont mis des années à faire de cet ancien marécage un château de conte de fées. Je pense qu'ils y ont vécu heureux quelques années en famille, j'aime à l'imaginer en tout cas.

— Pourquoi, que s'est-il passé ?

— D'abord le mari a été emporté par la maladie, laissant beaucoup de dettes qui ont incombé à sa veuve. Quelques années plus tard, cette femme a eu le désespoir de perdre son fils unique. Il est mort noyé dans une vanne de la digue. Elle n'a jamais retrouvé son corps…

Vivian sentit son cœur se serrer.

— Je sais pour quelle raison vous êtes venue me voir, ma chère Vivian. Je me suis entretenue avec la lieutenante Mons. Normalement ça ne se fait pas, en tout cas pas dans cet ordre, mais voyez-vous, j'ai longtemps travaillé en collaboration avec la police et la gendarmerie alors il m'arrive de prendre quelques libertés avec le protocole. Savez-vous ce qu'est le CUMP ?

Elle n'en avait aucune idée.

— C'est une cellule d'urgence qui s'occupe des personnes atteintes de troubles liés à des conséquences traumatiques. En clair, nous aidons les gens à se réparer lorsqu'ils ont vécu des choses trop atroces… Vous pensez que je peux vous aider ?

Vivian sentit les grands yeux clairs de la psychiatre se poser sur elle et une chaleur rassurante la pénétra, comme si ce simple regard suffisait à l'apaiser.

— Je pense, oui, répondit-elle sans hésiter.

11

Eva Blair l'avait écoutée avec attention faire le récit de cette nuit d'horreur et des événements qui avaient suivi. Elle ne l'avait jamais interrompue, sauf pour lui demander de préciser certains points, principalement concernant ses rêves et les sensations qui la traversaient depuis le drame. Vivian était assise dans le canapé et la docteure Blair lui faisait face, notant parfois quelques éléments dans un carnet à la couverture en cuir.

— Ces rêves dont vous parlez, ils interviennent seulement la nuit ?

— Le premier oui… pour le deuxième je ne sais pas vraiment. Je n'ai aucun souvenir d'avoir quitté ma boutique, ni d'être rentrée chez moi. Je me rappelle juste m'être assoupie à mon bureau et je me suis réveillée dans mon lit.

Vivian réalisa soudain ce que cela signifiait. Elle était incapable d'invoquer le moindre détail de sa journée. Elle avait forcément croisé du monde dans la rue, elle avait même conduit sa voiture pour rejoindre le pavillon, mais rien n'affleurait dans son esprit. Ces moments s'étaient perdus dans le néant, tout comme Tom et Hadrien. Son angoisse dut se lire sur son visage, car la psychiatre reprit la parole sur un ton rassurant.

— Je sais que ça doit vous paraître étrange, mais ce genre d'amnésie est tout à fait normal après un traumatisme comme le vôtre. Voyez-vous, votre esprit a été confronté à la peur. Pas celle à laquelle nous sommes tous habitués depuis l'enfance, mais une peur bien plus primale et impactante, la peur de la mort. Est-ce que vous avez une idée de ce que fait l'esprit humain dans une telle situation ?

— J'imagine qu'il essaie d'oublier ?

— Bien au contraire ! Il retient la moindre parcelle d'information liée à l'événement que vous avez vécu. C'est une question de survie pour lui. La peur lui a donné l'ordre de se mobiliser pour éviter que la situation ne se reproduise. Il va donc graver dans le marbre ce traumatisme en vous faisant croire à chaque instant que votre vie est en danger. En fait c'est un peu comme un acteur qui répéterait son texte pour bien le maîtriser. Bien entendu, votre acteur intérieur ne joue pas dans une opérette divertissante ou une comédie familiale, lui ce qui l'intéresse c'est de vous terroriser en permanence. Pour ça, il peut s'amuser à « rejouer la scène » des milliers de fois, ou vous faire perdre la notion du temps ou de l'espace comme cela a été le cas hier.

— Mais ces rêves… ce ne sont pas de simples cauchemars. Ils sont tellement réels.

— Plus ils le sont, plus votre esprit inscrira le souvenir psychologique, voire même physiologique, de l'événement. C'est la fonction du trauma. Mais ne vous inquiétez pas, dans la grande majorité des cas, ces symptômes disparaissent après quelques mois. Une fois son travail accompli, l'esprit normalise l'axe du stress et les gens peuvent continuer à vivre dans le présent sans ressasser les événements qu'ils ont traversés. Donc, la première chose à faire est d'accepter l'épreuve que vous êtes en train de vivre cérébralement parlant. Toutes ces sensations ne sont pas « anormales », elles sont au contraire faites pour vous guérir. Je pourrais vous prescrire des médicaments pour les atténuer, mais cela ne servirait à rien. Ce serait comme mettre un pansement sur une jambe de bois.

Vivian aurait dû se sentir rassurée, mais une étrange impression de vide l'envahissait. Ce que la psy essayait de lui expliquer c'est que tout cela allait rentrer dans l'ordre. Sauf que Tom et Hadrien avaient disparu et que le seul moment où elle pouvait les voir était justement cet espace onirique créé par son esprit. Le perdre serait les perdre une seconde fois. Ce paradoxe provoquait une sensation de malaise difficile à expliquer.

— Entre autres symptômes, vous pouvez également ressentir une hypersensibilité liée à la vigilance accrue de votre esprit. Cela passe par les sens, mais c'est une construction complexe. La moindre sensation vous renvoyant au drame peut vous le faire « revivre » comme si vous y étiez. C'est un processus tout à fait naturel qui a forcément des côtés très pénibles car il peut surgir à tout moment.

— D'accord, mais qu'est-ce que je suis censée faire ? M'enfermer chez moi à me lamenter en attendant que ça passe ? Mon fils et mon mari ont disparu, je n'ai aucune envie de rester là à ne rien faire.

— Non, ce n'est pas ce que je vous propose, répliqua la docteure Blair en retirant ses lunettes. Je pense au contraire que dans ce type de situation, il est très important de recevoir un soutien extérieur. Et je ne parle pas simplement d'aide médicale. Les amis, les collègues de travail, toute personne qui peut vous écouter, vous rassurer. Même un animal. Vous avez un chat ? Vous savez que ces petites bêtes ont un talent incroyable pour absorber les émotions humaines.

— PERSONNE ne peut me rassurer ! Je suis seule et je veux retrouver ma famille !

En prononçant ces mots, Vivian avait haussé le ton en serrant les poings si fort qu'elle sentait ses ongles pénétrer dans sa chair. La docteure Blair la regardait avec un sourire qu'elle ne quitta pas pendant de longues secondes avant de reprendre.

— Vivian, le meilleur conseil que je peux vous donner est de laisser l'enquête aux gendarmes. Ce sont des gens compétents, vous savez. Ils vont retrouver votre fils et votre mari. C'est arrivé il y a très peu de temps, toutes les issues sont encore possibles.

— Vous le pensez vraiment ? Vous… pensez qu'ils sont en vie ?

Un rayon de soleil perça les nuages l'espace d'un instant, illuminant la pièce et le visage d'Eva Blair.

— Il y a toujours de l'espoir, même au cœur des ténèbres. Je suis bien placée pour le savoir, croyez-moi…

12

La presqu'île de Perharidy étalait sa langue de sable blanc entre Roscoff et Santec face aux contours brumeux de l'île de Batz. Un centre hospitalier privé en occupait la plus grande partie, mais il était possible de faire librement le tour de ses trois kilomètres de plages et de se promener dans ses sous-bois parfaitement entretenus. Les ruines de plusieurs bunkers affleurant encore par endroits et un îlot fortifié à la pointe nord-ouest témoignaient du passé militaire de cet emplacement stratégique durant la Seconde Guerre mondiale. En été, ses eaux turquoise, son sable fin et la grande amplitude de ses marées attiraient les familles et n'avaient rien à envier aux îles paradisiaques. En hiver, elle se transformait en un lieu abandonné d'où se dégageait un sentiment intense de nostalgie.

Vivian avançait d'un pas lent sur la plage des Cures, fixant son regard, en direction du large. Un vent du nord soulevait de fins grains de sable venant lui fouetter le visage et l'obligeant à se réfugier sous une écharpe. Elle pensait à la docteure Eva Blair. La petite femme qui lui avait redonné espoir. Peut-être que ce cauchemar allait s'arrêter, qu'elle pourrait reprendre le cours de sa vie normalement entourée par ceux qu'elle aimait. Elles avaient décidé de se voir « autant que nécessaire » et la psychiatre lui avait donné rendez-vous quelques jours plus tard en lui assurant qu'elle pouvait l'appeler à n'importe quel moment. « Les portes du manoir Triste Lune seront toujours ouvertes pour vous », avait-elle déclaré en la raccompagnant au seuil du domaine.

Vivian pensa à la lieutenante Mons, dont les gendarmes devaient être actuellement en pleines recherches, et dut résister à l'envie de lui téléphoner à nouveau. Son destin se trouvait entre les mains de deux femmes et cela la rassura un peu alors que ses pas la conduisaient doucement à l'extrémité de l'île. Un muret en pierres grises longeait la plage jusqu'au sentier rejoignant la pointe ouest. La mer était encore bien retirée et on apercevait le chemin montant à l'îlot du fortin dont les murs bruts et les volets clos se perdaient dans une épaisse végétation de cyprès et de pins parasols résistant héroïquement aux rafales du vent.

C'est alors que Vivian remarqua une petite fille en robe jaune encadrée par deux minuscules chiens. Un blanc et un noir. La gamine au teint clair et aux cheveux blonds la fixait, immobile, son épaisse tignasse virevoltant dans les airs. Elle ne portait ni manteau ni bottes, ce qui l'étonna étant donné le froid de cet après-midi d'hiver. Ses pieds nus étaient plongés dans une mare d'algues. Les chiens, deux bichons, se tenaient assis de chaque côté de leur maîtresse, leurs billes noires également dirigées dans sa direction. Aucun membre de cette curieuse troupe ne bougeait. Ils étaient comme figés dans le paysage, semblables à une photo grandeur nature.

Tout en se rapprochant, Vivian lutta contre le sable que le vent projetait dans ses yeux pour tenter de mieux apercevoir la petite. Son visage long, ses traits fins, son regard triste. Elle prit vie soudainement et pencha la tête sur le côté en direction de l'océan. Vivian s'arrêta net. Le portrait accroché au mur de la galerie lui revint en mémoire : *Lorie*. Une brusque rafale la força à fermer les yeux et en une fraction de seconde, la petite fille et ses deux cerbères n'étaient plus là. Elle se retourna dans toutes les directions, accélérant le pas pour rejoindre l'îlot. À perte de vue il n'y avait que le sable jonché de pierres aux arêtes coupantes et d'une multitude de varechs formant une palette de couleurs ternes. Parfois un immense caillou s'élevait à l'horizon, mais c'est tout ce qui émergeait du panorama.

Vivian sentit un frisson lui parcourir l'échine. Était-ce une de ces visions mentionnées par la docteure Blair ? Arrivée à l'endroit où se trouvait la gamine, elle chercha des traces de sa présence, en vain. Oui, ça devait être une hallucination, il n'y avait aucune autre explication. Mais alors pour quelle raison ? Que signifiait cette gamine ? *Lorie*… ce prénom revenait dans chacun de ses cauchemars. D'abord la jeune femme étendant son linge dans le jardin des voisins avant d'inscrire le mot *RUJODEN* sur la vitre de la cuisine. Puis à la galerie où elle avait découvert une lettre et un mystérieux numéro de téléphone jusqu'au portrait sur le mur, et maintenant… Lorie était au centre de ses chimères, jusqu'à cette petite fille qui la hantait sur la plage. Le frisson se transforma en angoisse lorsqu'elle prit conscience qu'elle ne rêvait pas. Cette vision se déroulait dans la réalité. En était-elle vraiment sûre ? Vivian venait de quitter le manoir Triste Lune, elle avait décidé de prendre l'air en marchant sur la plage toute proche. Et si ce n'était pas le cas ? Et si elle était sur le point de se réveiller dans son lit une fois de plus ? Elle se mit à genoux et attrapa une poignée de sable mouillé. L'eau de mer traversa le tissu de son jean et lui procura une sensation glaciale qui la rassura. Non, tout cela était trop réel, ça ne pouvait pas être un rêve. Elle resta plusieurs minutes accroupie sur le sol, respirant les embruns, remplissant ses sens des effluves iodés transportés par le vent. Les ricanements d'une mouette la tirèrent de sa torpeur et elle fit demi-tour pour rejoindre le parking situé à l'entrée de la presqu'île. *Lorie*, c'est tout ce qu'elle avait, mais c'était déjà quelque chose.

13

Où est-ce que tu te caches ? Vivian fit le tour de toutes les photos affichées à la galerie, puis elle fouilla le carton d'archives qu'elle gardait dans un placard fermé à clé. Elle s'assit à même le sol, entourée de centaines de portraits dont elle scrutait le moindre détail. Cette jeune fille blonde au teint diaphane, sa tête penchée, sa combinaison à capuche blanche, son nom inscrit au marqueur, tout était trop précis, trop réel pour ne pas exister ! Ses mains exploraient avec obstination, son regard s'attachant à chaque visage. *Rémy*, employé à la glacière du Guilvinec, *Romain*, couvreur à Penmarc'h, *Kilian*, charpentier de marine à Saint-Guénolé, *Juliette*, mécanicienne à Kérity, *Félix*, patron pêcheur au Guilvinec… Les noms, les lieux lui revenaient, mais impossible de retrouver le cliché qu'elle cherchait. *Lorie, où te caches-tu ? Dans mes rêves ?*

Elle poursuivit ses investigations une bonne heure avant de laisser tomber. Il fallait se rendre à l'évidence, cette photo que son fils lui avait montrée n'existait pas. Pourtant, elle tenait entre ses doigts le papier sur lequel était inscrit : *Il faut que je vous parle rapidement. Lorie.* Lui était bien réel, tout comme le numéro de téléphone qui ne menait à rien. Peut-être qu'elle pourrait le transmettre à la lieutenante Mons. Les gendarmes réussiraient certainement à retrouver son identité et son adresse. Mais si elle leur donnait cet élément, elle serait obligée de raconter ses rêves et à coup sûr elle passerait pour une timbrée. Ça, Vivian ne le désirait pas. En tout cas pas tout de suite, pas tant qu'elle était incapable de masquer sa confusion.

Elle entreprit de mettre un peu d'ordre dans le foutoir qui s'étalait sur le sol de la galerie et rassembla les photos en piles qu'elle rangea dans ses grandes boîtes à archives. C'est alors que, du coin de l'œil, elle remarqua plusieurs portraits dont les modèles arboraient la même combinaison blanche, le même tablier avec ses gros anneaux en fer. Il s'agissait principalement de jeunes garçons dont les visages graves se dessinaient sous de larges capuches, certaines souillées de taches de sang. Sur le dos de ces clichés, elle avait inscrit noms et adresses. Tous travaillaient en tant qu'employés de marée chez Naturimer, une société du Guilvinec. Elle se souvenait parfaitement de cette session photo faite de bon matin dans un atelier de production. Il y régnait un froid intense et une odeur de poisson à vous soulever les entrailles. Une rapide recherche lui permit de récupérer les coordonnées téléphoniques de l'entreprise et elle laissa un message demandant qu'on la rappelle. Si elle mélangeait le visage de Lorie avec des souvenirs de ce shooting, il y avait forcément une raison.

Une fois les cartons rangés dans l'armoire, elle prit une grande enveloppe kraft dans sa boîte à fournitures et écrivit le prénom *Lorie* sur le devant. Elle glissa la note manuscrite à l'intérieur ainsi que les clichés de l'atelier. Cet acte anodin la remplit d'une joie intense. Elle avait enfin la sensation d'accomplir quelque chose d'utile, de reprendre le contrôle de sa vie et peut-être l'espoir de revoir sa famille. Même si la docteure Blair lui avait conseillé de laisser faire la gendarmerie, une voix au fond d'elle lui criait qu'elle était la seule à pouvoir les retrouver. Enquêter sur cette Lorie n'avait aucun rapport avec la disparition d'Hadrien et Tom, mais c'était quelque chose qu'elle pouvait entreprendre pour éloigner le vide abyssal de l'impuissance. Ce vide créé par l'attente et l'anxiété, elle sentait confusément qu'il pourrait la ronger jusqu'à lui faire perdre pied définitivement. Déjà la réalité glissait entre ses doigts comme du sable. Il fallait qu'elle s'accroche.

Elle serra l'enveloppe contre sa poitrine. Quelle heure était-il ? Depuis quand n'avait-elle pas mangé ? À l'extérieur, la lumière était si basse qu'on aurait pu penser cette journée presque terminée. Devait-elle rentrer chez elle ? Sans Hadrien et Tom, ce n'était plus sa maison, juste une boîte vide où régnait un silence qui lui glaçait l'âme. Presque un tombeau. Elle actionna le volet électrique et ferma la porte de la galerie avant de se diriger à pied vers le centre-ville. Des rires et des éclats de voix lui parvinrent d'un café à l'angle de la rue. Pour les autres la vie continuait. Elle aurait aimé entrer dans ce refuge où les gens se rassemblaient pour partager leurs joies et leurs déceptions autour d'un bon repas et quelques verres d'alcool. Elle aurait voulu participer à cette communion de l'oubli, se réchauffer à la chaleur des corps et des âmes. Pourtant, elle se sentait incapable de communiquer avec les autres. Elle était comme un fantôme évoluant au milieu des vivants. Pas réellement de ce monde, pas encore complètement dans l'autre. Que s'était-il passé dans ce marécage lugubre ? Est-ce qu'on lui avait jeté un sort ? Un éclair déchira les nuages au loin et elle comprit que la nuit s'annonçait marquée par la tempête.

Elle dépassa le café dont les chuchotements s'effacèrent dans le souffle du vent et rejoignit sa voiture. Son enveloppe toujours contre elle, Vivian resta longtemps assise immobile sur son siège. De grosses gouttes de pluie commencèrent à marteler le pare-brise et une symphonie de clapotis dansa sur le capot. Elle aperçut le visage de son fils dévorant sa glace et une forte odeur de réglisse se répandit dans l'habitacle. Elle se demanda si ce souvenir était réel ou si c'était un rêve. À mesure que l'averse s'intensifiait, elle lutta contre la fatigue. Malgré ses craintes, il fallait se décider à rentrer chez elle et affronter cette nouvelle nuit. Dieu sait ce qui l'attendait dans la contrée des songes…

14

La lieutenante Maëlys Mons observait le paysage défiler à toute allure alors que l'adjoint Broussard se concentrait sur la route pour rejoindre le hameau de Kernévez le plus rapidement possible. C'est une vieille femme du nom de Gwenaëlle Riou qui les avait alertés dans la matinée, à la suite de l'enquête de voisinage menée par ses hommes. Elle assurait avoir entendu une voiture la nuit de la disparition de la famille Legoff. Elle l'aurait aperçue le long du chemin, prendre la direction d'Ar Yeun, le grand marais, en empruntant un sentier à moitié inondé et réputé impraticable.

De fait, les gendarmes avaient constaté la présence de traces que la pluie n'avait pas encore fait complètement disparaître et remonté la piste jusqu'à ce que la boue se transforme en tourbe et que la progression devienne impossible. Ils avaient été obligés de rebrousser chemin et s'étaient engagés, à pied, sur un réseau de passerelles en bois vermoulu posées à même le sol et maintenu à niveau par des pieux formant un sentier que les randonneurs utilisaient pour faire le tour du lac. Ils avaient ainsi suivi la direction approximative du véhicule jusqu'à constater une zone tellement inondable que le véhicule n'avait probablement pas pu la traverser. Maëlys avait alors donné l'ordre de sonder le périmètre et son équipe, aidée par quelques volontaires de la commune, se débattait depuis dans les tourbières inondées par les pluies.

Vers dix-sept heures, on l'avait informée qu'ils avaient « trouvé quelque chose » et elle avait immédiatement pris la route. Broussard gara son véhicule derrière ceux de ses collègues, le long d'une grange à moitié en ruine. Maëlys souhaitait avant tout interroger le témoin et on la mena à une vieille ferme en pierre noire recouverte d'un toit de chaume.

À l'intérieur régnait une obscurité percée par quelques halos blafards peinant à traverser la crasse des fenêtres. Un antique « lit clos » occupait un angle entier de la bâtisse. Maëlys se rappelait avoir vu une maison comme celle-ci dans l'écomusée de Commana, mais elle ne pensait pas que cela existait encore. D'après ses souvenirs, ce genre de lit servait au XIXe siècle à préserver un peu d'intimité au sein d'une pièce unique partagée par toute la famille et ses bestiaux. Gwenaëlle Riou se tenait dans un angle, serrée dans une robe noire, les mains jointes comme si elle était en prière. Quelques mèches de cheveux blancs dépassaient d'un béret en laine bien vissé sur son crâne. Elle avait le visage sillonné de rides profondes, une bouche pincée lui donnant l'air sévère et deux petits yeux noirs où pétillait une vive intelligence. Face à elle se trouvait une table en chêne sur laquelle elle avait disposé une assiette et des couverts ainsi qu'un verre rempli de vin rouge.

Après les salutations d'usage et quelques mots chaleureux pour la mettre à l'aise, Maëlys lui demanda ce qu'elle avait vu précisément cette fameuse nuit. Elle ne réussit pas à obtenir beaucoup plus d'informations que ses collègues, mais elle remarqua que la vieille femme avait l'air de penser que la voiture en question avait « le mauvais œil ».

— Qu'est-ce qui vous fait dire ça ? questionna-t-elle d'un ton intéressé.

— C'est qu'on s'y connaît ici en chiffonniers, répondit-elle le plus naturellement du monde.

Maëlys lui demanda de préciser et Gwenaëlle Riou lui parla de temps pas si anciens que cela, quand les colporteurs chargés de ballots de chiffons, de queues de chevaux et de peaux de lapins parcouraient fermes et bourgs à pied ou à vélo, marchandant les vieilles guenilles des paysans contre de la vaisselle pour ensuite les revendre à des manufactures qui en faisaient du papier. Ces vagabonds avaient mauvaise réputation, on les prenait pour des mécréants, des voleurs, des sorciers même.

— Et dans c'coin, c'tait un repaire de chiffonniers ! précisa-t-elle comme s'il s'agissait d'une marque d'infamie. Alors on a l'habitude de tout r'garder… de vérifier quoi… de s'méfier des chapardeurs. Et c'te voiture, j'l'ai tout d'suite senti qu'elle filait pas droit… D'abord elle roulait bien tard.

Maëlys acquiesça d'un signe de tête pour l'inciter à continuer.

— Puis… elle a pris la route du Youdig… le trou d'l'enfer.

La gendarme connaissait la légende. Elle faisait partie du folklore des monts d'Arrée et on la trouvait dans tous les dépliants touristiques.

— Mais surtout y'avait c'chien, continua la femme en ouvrant grand ses yeux.

— Quel chien ?

— Un gros chien, noir comme la nuit. Il courait derrière… à bonne distance, mais c'est comme s'il la suivait c'te voiture. Vous savez c'qu'on pense des chiens noirs par chez nous ? Surtout quand on les croise la nuit. Surtout sur la route du Youdig ?

— Non, mais je sens que vous allez m'éclairer.

— Vous êtes du coin, ma fille ? interrogea la vieille femme en esquissant un sourire entre ses lèvres pincées.

— De Kerry.

La vieille femme parut rassurée.

— Une bonne Bigoudène, vous avez la foi alors. En notre Seigneur.

Maëlys préféra acquiescer de la tête même si elle n'était pas vraiment au clair sur le sujet.

— Alors, écoute-moi bien, petiote. (Elle se pencha pour serrer ses mains dans ses pognes ridées.) Par le passé, y'avait toutes sortes de fantômes qui se baladaient ici-bas pour hanter les vivants. Et quand l'curé en trouvait un, tu sais c'qu'il en faisait ? D'abord il l'exorcisait en lui donnant la bénédiction et tout le sacrement et après il l'enfermait dans l'corps d'un gros chien noir, comme celui que j'ai vu…

— Et après ?

— Après il le menait au Youdig, le trou de l'enfer, et il balançait le chien à l'intérieur jusqu'à ce que la terre ait tout avalé. Comme ça il retournait d'où qu'il vient c't'esprit du mal. Et l'affaire était bouclée. Alors voilà pourquoi j'te dis ça, petitote. C'te voiture, elle avait le mauvais œil. Et le chien derrière, il le sentait…

alors si tu les retrouves pas c'est qu'ils sont d'jà loin, là-bas, dans l'noir pays.

Le noir pays, Maëlys n'avait jamais entendu cette expression, mais elle se dit que cela collait bien au paysage qui les entourait. Alors que la vieille femme la raccompagnait à l'extérieur, elle pensa au chien et à l'homme à la hache que Vivian Legoff avait aperçus. Et lorsqu'elle fut enfin dehors, l'air froid la transperça encore un peu plus qu'à l'habitude.

15

Les gars pataugeaient dans la tourbe en observant le tracteur patiner à plein régime. Le câble de halage qu'ils avaient accroché au véhicule – un ancien break Volvo – commençait à le sortir du « trou » dans lequel il s'était échoué. La marque et le modèle correspondaient à la déposition faite par Vivian. Aucun doute, c'était bien la voiture des Legoff. Le soleil baissait sur la lande, reflétant ses derniers rayons sur les eaux noires du lac de réserve. À l'est, un barrage dressait ses remparts en béton où la tour ronde de la centrale nucléaire de Brennilis semblait endormie pour l'éternité. Mise à l'arrêt depuis presque quarante ans, elle attendait encore son démantèlement complet afin que son cœur d'atome cesse définitivement de battre.

Le paysan poussa le moteur dans ses retranchements et les roues du tracteur projetèrent des gerbes de tourbe dans les airs. Mais la manœuvre se révéla payante et la Volvo sortit enfin de son sarcophage de boue pour venir s'écraser à plat sur la lande, encerclée par une dizaine de gendarmes aux uniformes crottés. Maëlys avait enfilé des bottes et se trouvait au milieu de ses hommes, le regard figé sur le véhicule. Qu'allaient-ils découvrir à l'intérieur ? Un frisson la parcourut alors qu'elle s'imagina devoir annoncer l'impossible à Vivian. Porter de mauvaises nouvelles, cela aussi faisait partie de son métier. Elle n'avait encore jamais eu à le faire, mais c'était inéluctable. Personne n'osait toucher la carrosserie, ce serait au TIC (techniciens d'investigation criminelle) de s'en charger dès que la voiture aurait été remorquée dans un endroit plus praticable. Les gendarmes scrutaient l'habitacle, tentant d'apercevoir quelque chose à travers le pare-brise couvert de boue. L'intérieur était vide. En tout cas, vide de corps. C'était déjà une victoire.

Après avoir fait le tour en manquant de se tordre la cheville dans une ornière, Maëlys se dirigea vers l'arrière et enfila des gants de protection. Tout doucement, elle actionna la serrure du coffre qui s'ouvrit en grand. Il y avait une sorte de vieux plaid en laine posé sur tout l'espace, comme si quelqu'un avait voulu recouvrir le fond. Elle échangea un regard avec l'adjoint Broussard qui se tenait juste derrière elle, le visage blafard. Ils savaient tous les deux ce qu'ils risquaient de trouver sous cette couverture. Maëlys saisit délicatement une extrémité du tissu et la fit glisser sur le côté, révélant le manche en bois puis la lame d'une hache ainsi que deux téléphones portables aux écrans brisés. La moquette de l'habitacle, tout comme le tranchant de la hache, était imbibée d'un liquide noirâtre dont l'origine ne faisait aucun doute. Pas de corps, mais une immense tache de sang – au moins deux litres, se dit Maëlys –, une arme et potentiellement les téléphones des victimes. Cela ne présageait rien de bon.

Elle remit le plaid à sa place, ferma le coffre et demanda au paysan de bien vouloir remorquer la voiture jusqu'au hameau de Kernévez. De là, la police scientifique l'embarquerait vers le garage qu'ils utilisaient pour désosser ce type de véhicule. Leurs analyses fourniraient sans doute une foule d'informations importantes pour l'enquête et peut-être les premières pistes fiables.

Malgré cette petite victoire, Maëlys éprouvait un certain malaise. Depuis l'école de police jusqu'à ses premiers mois à la tête du COB de Carhaix, elle n'avait jamais rien vécu de semblable. Quand bien même elle serait la meilleure, quand bien même elle remonterait le fil et réussirait à découvrir ce qui s'était réellement passé sur la départementale 785, la famille Legoff resterait brisée à jamais. Cela, elle ne pourrait jamais le réparer. Un sentiment d'impuissance la traversa comme la faux de l'Ankou, dont la lame, fixée à l'envers, fauchait les âmes et les corps pour les réunir dans sa triste charrette. Elle resta longtemps à observer sa troupe accompagner la voiture des Legoff, lente procession autour d'un cercueil. Et elle repensa à sa grand-mère. On l'avait enterrée au cimetière de Kerry en empruntant le « chemin des morts », un sentier ancien qu'aucun ingénieur n'avait osé bitumer. Un chemin par lequel des milliers de corbillards avaient mené les défunts à leur dernière demeure pendant des générations. On disait que quiconque bloquait ce passage risquait d'empêcher les morts de trouver le repos. Elle se souvenait des larmes coulant sur ses joues tout le long du parcours. Combien de misère humaine s'était déversée de la sorte sur ces terres ancestrales au point de les rendre acides ?

La nuit était désormais tombée sur les monts d'Arrée et elle aperçut la silhouette de la chapelle Saint-Michel perchée au sommet de sa colline au sud-est. Une petite lumière y vacilla quelques instants dans la pénombre avant de disparaître. Dieu, s'il existait, venait de souffler sa bougie. Elle prit alors le chemin du retour, rendant au noir pays son silence et sa solitude glaciale.

16

Au sommet d'une colline surplombant la lande noire se dressait un cénacle oublié par le temps. *Menez Mikel*, la chapelle Saint-Michel, plantait ses murs de pierres et son clocher pointu semblable à un phare au milieu des brumes nocturnes. Au loin, on distinguait à peine les monts d'Arrée, mâchoire aux dents usées par le vent, encerclant dans son étau la vallée du Yeun Elez. Des montagnes, vieilles de trois cents millions d'années, ne subsistaient que quelques vestiges comme cette butte couverte de broussailles rases, de roches éboulées et de buissons d'ajoncs. Un brouillard d'un bleu spectral envahissait lentement la vallée, transformant le moindre arbre en une silhouette décharnée avant de l'avaler. « Dès que tu te sens perdu, tu es arrivé. » Ron ne se rappelait pas précisément où il avait entendu cette phrase, mais elle semblait parfaitement s'adapter au paysage qui l'entourait. Vulcain se tenait assis à quelques mètres de lui, les oreilles dressées, ses yeux jaunes braqués vers l'horizon. Il humait l'air comme s'il tentait de suivre une piste invisible.

— Viens voir là ! dit Jean-Hugues depuis l'entrée de la chapelle.

C'était un gars d'une soixantaine d'années au visage rougeaud et souriant. Il portait un bleu de travail qui avait vu des jours meilleurs et de grosses bottes en caoutchouc. Un bonnet en laine rouge sur la tête, il se tenait le corps penché, le regard vissé vers le sol. Dans ses mains calleuses, une baguette en bois formant un Y se balançait d'un côté à l'autre.

— Ici… tu vois ? reprit-il sur un ton enjoué.

Ron vint le rejoindre et commença à observer la zone sans succès. La baguette oscillait à un rythme effréné juste au-dessus du perron de l'église. Il n'y avait rien de plus qu'une odeur d'humus s'élevant depuis les marécages.

— Alors ? Regarde bien, foutredieu ! Juste là !

— J'vois rien !

Visiblement agacé, Jean-Hugues se décala d'un pas et la baguette cessa son mouvement hystérique.

— Quand je suis ici, il ne se passe rien, tu es d'accord. Tu le vois ça !

— Oui, acquiesça prudemment Ron.

— Mais quand je suis là ! continua-t-il en reprenant sa position initiale. Regarde comment elle tourne ! Là tu vois bien la différence !

— Oui, oui…

— Eh bah voilà, là y'a rien, mais ici, y'a quelque chose… donc ça marche ! (L'homme se redressa en collant son bâton de sourcier contre son corps.) Et tu sais pourquoi, mon garçon ?

Ron avait déjà entendu plusieurs fois Jean-Hugues raconter son histoire, mais il ne l'interrompait jamais, car il sentait bien que ça lui faisait plaisir.

— Parce que l'entrée de la chapelle concentre les énergies telluriques. C'est ça qui fait réagir la baguette. Et tu sais pourquoi y'a autant d'énergie à cet endroit précis ?

— T'vas pas m'réciter l'histoire de l'archange saint Michel terrassant le dragon quand même ! répondit Ron tout en sachant que ça ne serait pas le cas.

Jean-Hugues croyait à toutes sortes de théories, ses philosophies de la nature, comme il aimait les appeler, mais c'était un païen pur souche. Son grand-père avait chanté *L'Internationale* sur la place du bourg d'Huelgoat en agitant son drapeau rouge alors que le curé aspergeait la chaussée d'eau bénite.

— Au diable toutes ces bondieuseries ! s'insurgea-t-il en se raclant la gorge. Moi je te parle du cosmos et de notre rôle dans l'Univers ! Les anciens, ils savaient tout ça. Tu crois qu'ils ont construit leurs églises au hasard ? T'imagines le travail pour charrier la pierre des carrières jusqu'ici ? Combien de gars se sont cassé le dos pour que cette chapelle existe. Des centaines ? Des milliers peut-être.

Jean-Hugues s'enflammait. C'était aussi une de ses spécialités et ça plaisait beaucoup à Ron de le voir s'emballer ainsi. D'une certaine manière ça lui rappelait son paternel, les coups de cravache en moins.

— C'est comme les menhirs qu'on trouve un peu partout dans les champs. C'est pas un hasard s'ils sont là. Chaque point d'énergie est un point de jonction entre la terre et l'espace, entre l'énergie tellurique et cosmique. Et lorsque tu connais tous les points, tu peux dresser une carte. Tu le savais ça ?

Il fit non de la tête par précaution, même si Ron avait déjà aperçu « la carte » que son camarade conservait précieusement dans le tiroir de son bureau. Il avait rencontré Jean-Hugues à son arrivée dans les monts d'Arrée quelques semaines plus tôt. C'était le seul à lui avoir donné du boulot. Quelques dizaines d'euros, pas grand-chose, mais c'était le geste qui comptait. Il lui avait demandé de le suivre dans ses journées de travail et de « prendre des notes ». Officiellement, Jean-Hugues était à la retraite après une vie à se casser le dos dans une carrière de schiste de Saint-Cadou. Aujourd'hui, il parcourait les fermes et les exploitations agricoles en proposant ses services de géobiologiste radiesthésiste. Armé de sa baguette et de ses convictions, il scrutait « les énergies » et prodiguait des conseils avisés. Un jour il l'avait vu expliquer à un gars qu'il fallait qu'il change le chemin de son troupeau pour que ses bêtes arrêtent de tomber malades. « Les bêtes sont particulièrement sensibles aux énergies et au monde de l'invisible, avait-il dit. Tellement sensibles que ça peut les rendre malades ou les affoler. » Le gars avait déporté son point de passage cent mètres plus bas et tout était rentré dans l'ordre. Mission accomplie.

— Qu'est-ce qu'on fout ici ? demanda Ron en observant Vulcain s'agiter au sommet de la colline.

— J'ai besoin de vérifier une mesure. Viens avec moi.

Et il l'emmena à une vingtaine de mètres, là où se trouvait un large et étrange cercle de béton.

Jean-Hugues se plaça en son centre et tendit son bâton qui resta totalement immobile.

— J'en étais sûr ! dit-il avec enthousiasme. Tu vois ce cercle, gamin, c'est tout ce qui subsiste de l'antenne Bernhard, une saloperie que les Chleuhs ont construite pour leur radionavigation. Eh bah y'a rien, aucune onde, que dalle ! S'ils l'avaient construite cent mètres plus loin…

— T'penses qu'ils auraient gagné la guerre ?

— Déconne pas quand même ! En tout cas heureusement qu'ils y connaissaient rien les Chleuhs !

Il nota quelque chose sur un calepin et se dirigea vers lui.

— Bon y s'fait tard, on va rentrer. Tu veux manger à la maison ? Tu peux rester dormir même si tu veux.

Lorsqu'il n'avait pas de quoi le payer, Jean-Hugues lui offrait régulièrement le gîte et le couvert.

— Ça t'dérange pas ? Hier soir j'ai passé la nuit à la fraîche.

— Sous cette averse ! Tu vas attraper la mort. Non c'est moi qui te propose de t'mettre les pieds sous la table.

Et il le prit par les épaules pour descendre le sentier vers le bas de la colline. Vulcain les suivait de loin, s'arrêtant parfois pour scruter les alentours. En rentrant dans la vieille 4L pour rejoindre la ferme de Jean-Hugues, ils croisèrent plusieurs voitures de gendarmerie remontant la départementale.

— Qu'est-ce qui foutent dans l'coin ces cons-là ? questionna Jean-Hugues en observant les phares dans son rétroviseur.

Ron ne répondit rien, mais il sentit sa gorge se nouer alors que Vulcain le fixait de ses yeux luisants.

Il se rappela le sang sur ses mains, le feu du manque allumé dans ses entrailles et il frissonna en se recroquevillant dans son siège.

17

Une petite secousse la fit sursauter et Vivian ouvrit grand les yeux. Face à elle le paysage inquiétant du Yeun Elez se dévoilait à mesure que la voiture contournait le rond-point. *Ça y est, j'y suis, je suis revenue ce soir-là*, se dit-elle en tournant la tête vers Hadrien qui quitta quelques secondes la route du regard pour lui sourire.

— Ça va, mon amour ? Tu dors depuis notre départ.

Sur le siège arrière, Tom fixait en silence l'écran de son téléphone portable. Elle se pencha pour poser une main sur ses genoux et sentit la chaleur à travers le tissu du jean. Tout était si réel. Presque autant que dans la vraie vie.

— Regarde, dit Hadrien en pointant du doigt le Roc'h Trevezel dont la silhouette acérée se découpait sur un ciel d'été teinté de rose.

La vision du pic rocheux déclencha en elle une urgence.

— Accélère, lança-t-elle à son mari qui la fixait avec des yeux ronds. Accélère et quoi qu'il arrive ne t'arrête pas ! Continue de rouler.

— Qu'est-ce qui se passe ? Il y a un problème ?

— Fais-moi confiance, je t'en supplie. Roule jusqu'à ce qu'on arrive chez ta mère.

Tom leva les yeux de son écran pour dévisager Vivian avec méfiance.

— T'es bizarre depuis ce matin maman… Même à la boutique t'étais bizarre.

— Je vais très bien… c'est juste que je n'ai pas envie de vous perdre à nouveau.

— Nous perdre ? répondit Hadrien. Mais on est là, avec toi…

— Pour l'instant, oui. Mais il va se passer quelque chose de terrible si on s'arrête et je veux éviter ça. Au moins ici, je veux éviter ça…

Hadrien ne dit rien, mais elle le vit crisper les mâchoires comme s'il n'osait pas lui répondre. Tom l'observait avec des yeux ronds pleins d'interrogation.

— Qu'est-ce que tu veux dire, maman ? De quoi tu parles ? Qu'est-ce qui va se passer de terrible ?

— Laisse tomber, dit-elle avec détermination. On continue de rouler comme ça tous les trois, aussi longtemps qu'on le peut. Mais on ne s'arrête pas. D'accord ?

Hadrien acquiesça avec un air inquiet. Le soleil venait de disparaître à l'horizon et la silhouette des montagnes s'étirait en une longue bande d'obscurité avalant l'asphalte de la départementale. C'est alors que la voiture fit un brusque écart avant de perdre de la vitesse.

— Qu'est-ce qui se passe ? hurla Vivian en panique.

— Je crois qu'on a crevé, répondit Hadrien.

— Continue de rouler.

— Je ne peux pas, si je fais ça la roue va se déformer et on sera obligé d'appeler une dépanneuse.

— Non, le rêve veut que tu t'arrêtes ! Roule !

— Mais qu'est-ce que tu racontes, Vivian ? Quel rêve ? Tu débloques complètement.

— Alors, range-toi et téléphone à un garage, mais ne sors pas de la voiture !

— J'ai une roue de secours dans le coffre, je peux m'en occuper.

— Non, reste là avec moi !

Elle se jeta dans ses bras et le serra avec toute sa vigueur. Mais quelque chose n'allait pas. Le corps de son mari était froid, comme celui d'un cadavre. Hadrien se libéra de son emprise avant d'ouvrir la portière pour sortir inspecter les pneus. Vivian, paralysée de terreur, avait l'impression d'assister, impuissante, au film de ses souffrances. Elle se retourna vers Tom qui regardait son père contourner la voiture.

— Reste là, avec moi, supplia-t-elle.

Mais un croassement guttural lui fit tourner la tête alors qu'un immense corbeau noir se posait sur le capot de la voiture. Vivian revit la silhouette de l'Ankou dont la chevelure grise se perdait dans le vent. Il était accompagné de la petite fille à la robe jaune entourée de ses chiens. Les lèvres de Tom bougèrent pour prononcer des mots qu'elle ne comprit pas. Elle le vit sortir de l'habitacle sans réussir à contracter le moindre muscle pour l'en empêcher. *Il faut que je lutte, que je les sauve.* Elle se sentit saisir la poignée de la porte pour quitter le véhicule à son tour. Elle avait perdu le contrôle de son rêve, elle était une spectatrice passive des terribles événements qui allaient se dérouler. Déjà la lande n'était plus qu'un vaste désert d'obscurité parcouru de silhouettes décharnées et d'ombres abyssales. Elle avança vers l'arrière de la voiture, constatant l'absence de son mari et de son fils. Elle marcha quelques pas, presque contre sa volonté, pour découvrir avec horreur l'immense flaque de sang. Puis une odeur infâme de marécage lui donna la nausée et le monde autour d'elle sembla se mettre en pause. Plus rien ne bougeait, ni la brise immonde ni les nuages dans le ciel, rien.

C'est alors qu'à une dizaine de mètres se dressa la silhouette d'un homme. Il tenait une hache bien au-dessus de sa tête comme s'il s'apprêtait à frapper quelque chose ou quelqu'un allongé sur le sol. Cette vision ne dura qu'une fraction de seconde, mais elle la remplit d'une horreur indicible telle que Vivian eut l'impression de perdre connaissance. L'instant d'après le temps reprit son cours et elle courait sur la route, le cœur prêt à exploser d'effroi. Elle pouvait ressentir la présence derrière elle. Il fallait qu'elle se retourne, il fallait qu'elle aperçoive le visage de cet homme. Peut-être qu'un détail lui avait échappé. Malgré tous ses efforts, elle fut incapable de contrôler ses mouvements et continua sa course frénétique. Deux lumières blanches apparurent bientôt au loin et elle sentit qu'elle allait se réveiller. Elle se jeta sur le côté pour éviter l'impact et risqua un regard derrière elle juste avant de fermer les yeux. Un gros chien noir se tenait dans la lueur des phares, la gueule béante et recouverte de sang. Elle hurla de toutes ses forces et fut aspirée dans un tunnel obscur.

Ses paupières et ses yeux se contractèrent sous l'effet de la vitesse et lorsqu'elle réussit à les rouvrir, elle constata qu'elle était chez elle, dans la chambre de Tom. Elle s'était endormie tout habillée sur son lit et un vieil album photo ainsi qu'un verre de vin étaient posés sur la petite table de chevet entre deux boîtes métalliques contenant des cartes *Pokémon*. La mémoire de la soirée lui revint et elle se vit lutter pour trouver le sommeil, tiraillée entre la peur de ses rêves et le désir de revoir son fils. Il était tout juste cinq heures du matin et elle n'avait plus aucune envie de dormir. Bientôt, elle prendrait sa voiture pour se rendre au Guilvinec où elle avait réussi à obtenir un rendez-vous chez Naturimer. Elle avait survécu à la nuit et elle comptait bien utiliser cette journée pour se rapprocher de la vérité.

18

C'était un immense local aux murs blancs rempli de tables de préparations, de caisses colorées, de plateaux couverts de couteaux, de pinces et de ciseaux. Il y régnait un froid polaire et une odeur insoutenable de viscères dont les effluves rances vous saturaient les narines. Face à un large comptoir central d'où s'élevaient de nombreux tuyaux de rinçage torsadés s'agitait une brigade d'hommes et de femmes en blouse blanche. Ils portaient tous un épais tablier, des gants et une capuche rabattue sur une charlotte recouvrant leurs cheveux. Certains s'affairaient autour d'immenses bacs remplis d'eau trouble, d'autres étaient concentrés à leurs tables de travail.

Mais partout où le regard se posait, on voyait surtout la chair rose du poisson. Lieu jaune ou noir, merlan, julienne, merlu, églefin, lotte, loup, les corps sans vie aux gros yeux morts s'étalaient le long de la ligne de production où les techniciens entaillaient les tissus d'une lame sûre et rapide. Un homme massif portait une caisse de raies jusqu'à la peleuse qui se chargerait de leur ôter la peau. Un autre récupérait le poisson à la sortie de l'écailleuse pour le donner à ses camarades. Dans un coin, deux grands gars aux tabliers noirs d'encre préparaient des seiches. Ailleurs, une femme d'un âge avancé triait des caisses en polystyrène où l'on déposait le produit fini pendant qu'un de ses collègues les remplissait de glace avant de les couvrir d'un film plastique.

La société Naturimer, dont les locaux se trouvaient sur le port du Guilvinec, était une petite entreprise familiale travaillant avec les bolincheurs et les fileyeurs du coin. Avec ses quelques tonnes de poisson expédiées annuellement chez les grossistes, les restaurateurs et les poissonniers, elle faisait office de résistante face aux énormes groupes se partageant le marché de la marée en Cornouaille. Vivian avait mis une heure et demie pour rejoindre le port depuis Morlaix. Même si elle y avait passé quelques jours en été pour ses portraits, elle avait presque oublié le froid, l'odeur et le bruit des machines couvrant jusqu'aux voix des salariés et même le cri des mouettes perçant depuis l'extérieur.

Un des patrons, Morgan Gloaguen, un gars trapu portant une épaisse barbe noire dépassant de sa cagoule, la reçut avec bienveillance, proposant de lui faire visiter l'atelier avant de la conduire dans son bureau situé hors de la zone de production. Elle ne l'avait pas rencontré lors de son reportage. C'était son frère, Olivier, qui supervisait l'activité cet été-là. Elle lui montra les clichés de ses employés avec une petite pointe d'angoisse avant de voir son sourire et d'entendre ses félicitations pour le travail réalisé. Il reconnaissait le visage de chacun d'entre eux, principalement des jeunes dont certains apprenaient le métier en alternance, bénéficiant d'une formation organisée par Pôle emploi. Ici comme dans bien d'autres secteurs des métiers de la mer, la main-d'œuvre vieillissait et les mareyeurs peinaient à recruter pour un boulot difficile et peu valorisé qui autrefois s'enseignait « sur le tas ». Vivian savait tout cela, c'était d'ailleurs un des moteurs de l'exposition qu'elle voulait faire. Elle chercha quelque temps comment aborder le sujet avant de se lancer.

— En fait j'ai une question à vous poser… J'ai croisé une jeune femme l'été dernier que je n'ai pas eu le temps de prendre en photo. Assez jeune, je dirai entre vingt et vingt-cinq ans, la peau très claire, les yeux bleus et de longs cheveux blonds. Et elle a un air… un peu triste. J'aurais aimé ajouter son portrait à ma série.

— Elle travaillait à l'atelier ?

— Dans mon souvenir, oui. J'ai dû la voir le matin. Je crois qu'elle s'appelait Lorie, ça vous dit quelque chose ?

Le visage de Morgan Gloaguen se raidit soudain. Son regard franc se déporta vers la table avant de revenir se plonger dans celui de Vivian.

— Vous voulez sans doute parler de Lorie Morvan. Elle travaillait ici, oui. Mais elle a quitté l'atelier à la fin de l'automne.

— Vous avez une adresse, ou un numéro de téléphone où je pourrais la joindre ?

Il y eut un silence gêné comme si son interlocuteur hésitait à lui répondre.

— Bien sûr j'ai son adresse… mais c'est inutile d'y aller.

— Ah bon, elle a déménagé ?

— La petite est morte y'a un peu plus d'un mois…

— Morte ? Elle a eu un accident ?

— Oui. Intoxication au monoxyde de carbone d'après ce qu'on a réussi à savoir. Quand les pompiers l'ont retrouvée chez elle, c'était déjà trop tard. C'est arrivé tout début janvier… un accident con à cause d'une chaudière défectueuse.

Vivian eut l'impression de perdre l'équilibre. La nouvelle la remplit d'une tristesse infinie. Même si elle ne connaissait pas cette fille, elle sentait que quelque chose les liait. Quelque chose de suffisamment puissant pour que son image hante ses rêves. Et au moment de la retrouver, voilà que tout espoir disparaissait.

— Je… je suis désolée, dit-elle en serrant les lèvres.

— Oui, on l'aimait tous bien, la petite Lorie. Depuis que son mari était plus là, elle filait un mauvais coton. On sentait bien qu'elle allait mal. Mais de là à finir comme ça toute seule et aussi jeune… ça fout l'cafard.

Vivian acquiesça de la tête, ne sachant quoi répondre. Le reste de l'entrevue se borna à quelques généralités sur l'activité de l'entreprise. Les difficultés de trésorerie. Le prix du poisson qui augmentait à cause de celui du pétrole. Le métier qui se tendait de plus en plus. Vivian écoutait, mais elle n'était pas vraiment là. Elle se trouvait à la fenêtre de sa chambre par un matin d'été, observant cette grande fille aux cheveux blonds étendre son linge au soleil. Elle détaillait ce visage fin, ce regard plein de mélancolie qui semblait chercher de l'aide.

Le reste de la matinée se déroula comme en apesanteur. Elle fit un tour sur le port pour se changer les idées et prendre un bon bol d'embruns avant de se diriger vers sa voiture. Qu'est-ce qu'elle allait faire maintenant que sa seule et unique piste se transformait en voie sans issue ? C'est alors que son téléphone vibra dans la poche de sa veste. La voix de la lieutenante Mons la rappela à la réalité.

— Il faut que je vous voie. Vous pouvez venir d'ici midi ?

— Bien sûr… Qu'est-ce qui se passe ?

— Il y a du nouveau.

19

Vivian avait rejoint la gendarmerie de Carhaix aussi rapidement que possible. Depuis l'accueil on l'avait orientée jusqu'à une étroite salle où se trouvaient une table de réunion et quelques vieux gobelets abandonnés. Elle ne patienta pas longtemps avant que la lieutenante Mons l'invite à la suivre dans son bureau. Sur le trajet, la gendarme essaya de la rassurer. L'enquête pourrait avancer grâce à la découverte qu'ils venaient de faire dans le Yeun Elez, mais il n'y avait encore aucune certitude concernant Hadrien et Tom. Très important donc qu'elle n'extrapole aucune conclusion à partir de ces nouveaux éléments. Bref, il ne fallait surtout pas perdre espoir.

Vivian voyait qu'elle tentait maladroitement de la ménager, mais cela ne fit qu'augmenter son angoisse d'un cran. Une série de clichés s'étalaient sur la table du bureau. Des photos sans âme réalisées par l'équipe du TIC pour figer les détails d'une scène lugubre. On y voyait la voiture d'Hadrien couverte d'une boue sombre. Certains clichés montraient des gros plans des banquettes, d'autres de l'intérieur du coffre où se trouvait posé une sorte de plaid. D'autres enfin avaient été pris dans un laboratoire et isolaient des objets sortis de leur contexte : trois téléphones portables, un sac à main et une hache. La lieutenante Mons lui avait expliqué que le véhicule avait été découvert dans les tourbières à quelques kilomètres seulement de l'endroit où ils avaient été agressés.

— Vous reconnaissez tous ces objets ? demanda-t-elle d'une voix franche.

— Les téléphones brisés… ce sont ceux de Tom et Hadrien… Enfin, je crois. L'autre, là (elle pointa une photo réalisée au pied du siège avant) c'est le mien…

— On a trouvé le portable de votre mari et de votre fils dans le coffre. Ils sont bien abîmés, mais le labo travaille dessus. Le vôtre était dans l'habitacle, sous le siège passager, avec votre sac. Il a visiblement échappé à la vigilance de l'agresseur puisqu'il est en parfait état. Je pourrai vous le restituer dès que nos techniciens l'auront analysé.

— Pour quoi faire ?

— Simples vérifications d'usage. Les appels que vous avez reçus ou émis. Tout ce qui pourrait nous aider à définir ce qui s'est passé.

— Comment ça, je ne comprends pas. Quel rapport avec mon téléphone ?

— L'hypothèse de départ est que vous avez fait une mauvaise rencontre. Mais on ne peut pas écarter d'autres pistes comme la vengeance ou le règlement de comptes.

Vivian comprit soudain ce que la gendarme sous-entendait. Quelqu'un aurait pu organiser cette attaque ? Quelqu'un qu'elle connaissait ? Cette idée lui parut impossible, mais la fit frissonner.

— Qui d'autre était au courant que vous alliez prendre la route ce soir-là ? Particulièrement en passant par les monts d'Arrée.

— Personne… enfin mis à part la mère d'Hadrien. C'est le chemin qu'on prend habituellement.

— Vous n'avez pas reçu de menaces dans les jours ou les mois précédents ? Pas de litige avec qui que ce soit ? Un voisin ? Un ami ? Même un inconnu ?

— Non… Je suis la plupart du temps à ma galerie ou sur le terrain pour mes photos. Il ne s'est rien passé qui sorte de l'ordinaire. Et nos voisins sont des retraités qu'on ne voit quasiment jamais.

— Et votre mari ? Vous pensez qu'il aurait pu avoir des soucis ? Dans son travail, peut-être ?

— Il gère ses sociétés. Mais il ne m'a parlé de rien.

— Quel type d'activité exactement ?

Il a été représentant de commerce dans la conserverie, mais depuis quelques années il est à son compte… Il a eu plusieurs projets, toujours dans la vente. Et il m'a dit qu'il voulait diversifier un peu ses compétences. Mais c'est un hyperactif, vous savez, il a une idée à la seconde.

— J'aurai besoin de toutes les informations exploitables pour mon enquête. Je sais que c'est pénible, mais je vais vous demander de fouiller dans ses affaires et de me retourner le plus d'éléments possible. Vous comprenez ?

Vivian hocha la tête. Elle perçut alors un changement indicible dans l'attitude de la gendarme. Son visage se raidit, sa mâchoire se serra. Elle était sur le point de lui annoncer quelque chose de délicat.

— Il y a autre chose. On a découvert une importante tache de sang dans le coffre de la voiture.

Elle sentit son cœur se serrer et la froideur d'une lame contre son bas-ventre. *Mon bébé, ils m'ont pris mon bébé.* L'Ankou se tenait face à elle, sa faux inversée prête à l'éventrer.

— Je sais que c'est dur à entendre, mais n'en tirez aucune conclusion. Jusqu'à nouvel ordre votre mari et votre fils sont en vie… vous comprenez ?

Vivian ne répondit pas, elle percevait à peine les mots. La gendarme dut s'en apercevoir, car elle se pencha vers elle et posa une main sur la sienne.

— Écoutez-moi, Vivian. On va retrouver votre famille, et j'espère qu'ils seront en bonne santé. Il faut se raccrocher à cette idée, c'est tout ce que vous pouvez faire pour l'instant. Il faut garder la foi… Le labo a mis en évidence trois sources d'ADN différentes.

— Trois ?

— Oui, j'aurai besoin de les comparer avec celles de Tom et Hadrien. Je vais devoir envoyer un technicien chez vous pour qu'ils s'occupent des prélèvements.

Elle hocha la tête en essayant de se concentrer pour garder ses idées le plus claires possible.

— La troisième… à qui peut-elle appartenir ?

— On ne sait pas encore. En tout cas l'intérieur de la voiture était couvert d'empreintes, il va falloir qu'on les compare aux vôtres. C'est tout ce qu'on a pour l'instant, mais c'est déjà beaucoup.

— Ça va prendre longtemps ?

— J'aimerais vous dire que non, mais la réalité c'est que ce type d'analyse peut durer. Maintenant que nous sommes sûrs que c'est une affaire criminelle, un procureur va être nommé et je vais faire mon possible pour accélérer le mouvement… Mais si vous avez le moindre élément à nous communiquer pouvant faire avancer l'enquête…

Vivian sentit son esprit sortir du nuage de coton dans lequel la vue du sang l'avait plongée. Le visage de Tom se superposa à la photo du coffre et elle imagina son petit corps déposé là, se vidant peu à peu de sa vie. Puis cette image morbide disparut et un rayon de soleil vif et tranchant, un rayon d'été, la força à baisser les yeux. Dans la pénombre du bureau, elle crut apercevoir la silhouette de la jeune fille, engoncée dans sa combinaison blanche, le tablier couvert d'encre noire.

— Il y a quelque chose…, dit-elle avec hésitation. Quelque chose d'étrange.

— Je vous écoute, répondit la gendarme.

— Lorie Morvan… J'aimerais que vous notiez ce nom.

20

Vivian observait l'ancienne horloge dont le cœur mécanique battait au rythme d'un lourd balancier en laiton. À l'extérieur elle entendait les vagues s'écraser sur la grève sous une pluie fine et serrée tombant en rideaux obliques. À quelques mètres de là, Eva Blair se tenait immobile dans son fauteuil de cuir élimé, ses immenses yeux verts éclairés par la lumière blafarde s'infiltrant entre les pans des volets. Elle l'avait écoutée sans l'interrompre alors que Vivian tentait de recoller les morceaux de ses « absences » en prenant garde de ne pas mélanger ses délires oniriques et les visions qui s'étaient déroulées en pleine journée. Elle lui avait également expliqué comment elle avait tout raconté à la gendarme en la suppliant presque d'enquêter sur Lorie Morvan, la fille de ses rêves. Désormais elle était en proie au doute et à l'angoisse de passer pour folle et d'être tenue à l'écart de l'enquête. La psychiatre semblait laisser le temps s'écouler depuis que les derniers mots s'étaient dissipés dans l'air. Malgré le vent et la pluie s'abattant sur les carreaux, le silence du manoir Triste Lune était palpable, comme une présence recouvrant peu à peu chaque objet, s'infiltrant dans chaque interstice, chaque pensée.

— Vous avez eu parfaitement raison de le lui dire.

La voix rassurante de la psychiatre traversa la pièce et lui fit l'effet d'un rayon de soleil dispersant les ténèbres et réchauffant son âme.

— Je connais la lieutenante Mons. C'est une femme de conviction, mais elle a également beaucoup d'empathie. Elle vous a certainement entendue et elle tiendra compte de vos paroles, vous pouvez en être sûre… Maintenant j'aimerais surtout revenir avec vous sur certains détails. Vous m'avez parlé d'une petite fille avec deux chiens de couleurs différentes.

— Oui, je l'ai vue sur la plage au bout de la presqu'île, à côté d'ici.

— Ce n'est pas vraiment étonnant… notre premier rendez-vous a dû bousculer pas mal de choses dans votre psychisme et a très bien pu provoquer ce genre de réaction. C'est justement intéressant de s'y attarder, car si c'est un mécanisme de protection élaboré par votre esprit, cette vision doit avoir une signification profonde. Vous m'avez dit qu'elle avait quel âge ?

— Dans les huit ou neuf ans, je dirais.

— Et les chiens… il y en avait un blanc et un noir…

— C'est ça.

— Cette petite, elle vous faisait penser à quelqu'un ? Vous l'aviez déjà vue auparavant ?

— Non… Je ne sais pas exactement… Son visage était… comme flou… mais j'ai immédiatement imaginé qu'il s'agissait de Lorie Morvan. Elle avait le même air triste…

— Supposons que ce soit elle. Les chiens noir et blanc. Ça n'éveille rien de particulier pour vous ?

Vivian se sentait désarmée, elle avait beau essayer de se concentrer, ses idées étaient confuses, perdues dans une brume opaque.

— C'est normal que vous n'ayez pas de réponse à cette question. L'esprit humain est construit de manière à nous protéger. Si je vous interroge sur un sujet traumatique, il fera tout pour que vous ne réussissiez pas à y accéder. Les mots seront difficiles, les pensées anarchiques, impossibles à conceptualiser. Un véritable bouclier dressé entre vous et la souffrance. Malheureusement, pour guérir cette souffrance, il va falloir passer outre et baisser les armes.

— Je ne sais pas quoi vous dire. Je n'ai jamais eu de chien. Et je n'avais jamais entendu parler de Lorie Morvan avant de la voir en rêve.

— Il y a le mot que vous avez évoqué. Celui sur lequel elle vous a laissé son numéro de téléphone.

— Oui, mais je ne l'avais pas lu. Il a dû rester plusieurs semaines dans ma boîte aux lettres sans que je le trouve.

La docteure Blair acquiesça en notant quelque chose sur son carnet.

— Et les couleurs, le noir et le blanc… ça ne vous inspire rien ? La réalité se cache sous un masque de symboles. Le blanc, le noir, cela peut être par exemple un choix, une décision à prendre… On y associe basiquement depuis toujours la dualité bien/mal, mais en termes psychanalytiques et selon ma propre expérience, ces notions n'existent pas. Nous avons tous notre part d'ombre, non ? Nous sommes construits de blanc et de noir. Vos portraits, vous utilisez quel type de procédé ?

— Un peu de tout… mais j'aime bien l'argentique et je réalise souvent mes tirages en noir et blanc c'est vrai.

— Alors il y a un début de réponse ou en tout cas un axe de recherche. Il faut imaginer le travail de la psychanalyse comme un chantier archéologique. On doit déblayer couche par couche en prenant bien garde de préserver l'essentiel. Le temps a également son rôle à jouer. Les mystères ne se livrent pas facilement…

— Je me souviens des clichés d'un confrère, l'interrompit Vivian. C'était il y a quelques années au festival de photojournalisme de Perpignan. Il avait couvert la guerre en Bosnie et il racontait qu'à un moment, l'horreur des combats était tellement grande qu'il voyait les choses en noir et blanc. Même la couleur avait disparu.

— Précisément… Que serait le monde sans toute la palette des expériences ? S'il ne restait que la vie et la mort ? Un monde sans couleur, sans âme, avec pour seule option la possibilité de presser la détente ou de laisser vivre. Vous avez déjà pensé au suicide, Vivian ?

La question la prit totalement au dépourvu.

— Euh… non, bien sûr que non. Pourquoi vous me demandez ça ?

— La pulsion de mort est un phénomène qui arrive fréquemment chez l'être humain à certaines périodes de sa vie. L'adolescence notamment, mais parfois après de violents traumatismes. Cela n'a rien de honteux, mais la proximité de ce genre d'idées est la source de beaucoup de nos émois intérieurs.

Vivian sentit qu'une étincelle de vérité se cachait derrière ces paroles.

— Quoi qu'il arrive, n'hésitez pas à m'appeler si vos visions se multiplient et commencent à vous envahir de manière trop importante.

— Vous ne pensez pas que je devrais prendre quelque chose ?

— Non… Dans votre cas, il est très salvateur que vous puissiez décompenser le trauma que vous avez vécu. Nous aviserons au fil de l'eau. De toute façon je ne vous lâche pas ! Comme vous le savez…

— … Je serai toujours la bienvenue au manoir Triste Lune.

— Oui et j'espère que bientôt, les gendarmes retrouveront votre famille et que tout cela ne sera plus qu'un vieux souvenir.

Vivian acquiesça, mais elle n'y croyait pas. Dans la baie de Roscoff, le vent redoubla d'intensité, s'écrasant contre les murs comme des vagues sur la digue. Un frisson la parcourut à l'évocation de la silhouette évanescente de la petite fille. Puis elle pensa à son fils et sentit des larmes couler sur ses joues.

21

En rentrant chez elle, Vivian avait appelé la mère d'Hadrien. Impossible de lui cacher plus longtemps les détails de cette soirée tragique. Elle ne voulait surtout pas qu'elle les apprenne dans quelques jours par la presse ou le journal télévisé. Après une avalanche d'interrogations et un interminable moment de silence, elles avaient pleuré toutes les deux et Vivian lui avait promis de la tenir informée à mesure que la gendarmerie progresserait dans son enquête. À la question : « Qu'est-ce que tu vas faire ? » Elle avait répondu sans hésiter : « Me battre ! », même si elle n'avait aucune idée de ce que cela pouvait signifier. En l'état actuel, Vivian était seule, sans aucun moyen à sa disposition pour retrouver ceux qu'elle aimait.

Sans moyens vraiment ? Il y avait bien un endroit où elle avait le sentiment que son esprit luttait pour découvrir la vérité : ses rêves. Elle rentra donc chez elle et mit au point le déroulé des opérations nocturnes. D'abord trouver la manière la plus efficace d'obtenir un sommeil rapide et profond. Les somnifères ? Certainement pas. La chimie altérerait la qualité de son repos en lui enlevant toute possibilité de se souvenir de ses voyages oniriques. Or c'était précisément ce qu'elle recherchait : une fouille méticuleuse des symboles cachés au fond de son cortex cérébral.

L'alcool ? Une bonne solution, à condition de se limiter à une faible dose. Elle déboucha donc une bouteille de vin rouge et but un, puis deux verres sans prendre le temps de les déguster. Elle sentit une légère ivresse la détendre et entreprit de s'installer dans la chambre de son fils pour y passer la nuit. Son instinct lui dictait que ce genre de rituel pouvait jouer sur ses rêves. Elle alluma le baffle Bluetooth qui pendait au placard à vêtements et lança une playlist de musiques zen pour compléter l'ambiance. Elle se déshabilla rapidement et se glissa sous la couette, enfouissant son visage dans l'oreiller. Ses paupières se fermèrent peu à peu et sa dernière vision fut l'écran noir de son portable posé juste à côté sur la table de nuit. Sa respiration se fit plus lente, ses muscles se détendirent progressivement puis elle sombra dans le sommeil.

D'abord il y eut le son du vent. Un long sifflement aigu remplissant tout l'espace intérieur de ses pensées. Et puis elle sentit les rayons du soleil sur sa peau et une chaleur sèche l'accabla. Enfin une sensation de matière granuleuse collée sur ses joues lui fit bouger la tête. Lorsqu'elle réussit à ouvrir les yeux, Vivian mit un certain temps à comprendre où elle se trouvait. Tout autour d'elle s'étendait un paysage de terre ocre d'un rouge profond. Elle était couchée sur le sol, vêtue d'une robe jaune dont elle n'avait aucun souvenir. En se redressant, elle aperçut les murs gris du barrage et au loin, la tour de la centrale nucléaire. *Je suis dans le lac*, se dit-elle en scrutant les environs.

Effectivement, elle se trouvait dans le lit du lac de réserve de Brennilis, mais pas tel qu'elle le connaissait. Toute trace d'eau avait disparu et le fond sablonneux était percé de longues crevasses créées par la sécheresse. Au-dessus d'elle un soleil flamboyant brûlait le paysage comme en plein milieu du Sahara. Elle se leva pour tenter d'apercevoir la rive, mais ne vit qu'une succession de terres arides grimpant vers les arêtes blanches des roch's dont la forme évoquait quelque squelette préhistorique émergeant du désert. Un vol d'oiseau passa haut dans le ciel et elle plaça ses mains de manière à se protéger des rayons. Elle réussit à reconnaître une armada de rouges-gorges. Leurs poitrails orangés étincelaient alors qu'ils traversaient le paysage dans un éclair de feu. Un nuage de fumée s'éleva en tourbillonnant avant de se dissiper dans l'air.

— Te voilà enfin !

La voix de Tom la fit se retourner et elle aperçut son fils qui l'observait en plissant les yeux. Il portait des vêtements d'été et une paire de baskets couvertes de terre sèche.

— Ça fait longtemps que je te cherche. Je croyais t'avoir perdue.

Elle se pencha pour le prendre dans ses bras.

— Je suis là maintenant. Tu m'as tellement manqué, mon chéri.

— Est-ce que tu sais où nous sommes, maman ?

— Oui… je pense reconnaître cet endroit. C'est le lac… celui des monts d'Arrée. Mais il est vide.

— J'me suis un peu baladé, y'a plein de trucs bizarres au fond.

— Des trucs comme quoi ?

— Des ruines et tout un tas d'autres choses… là-bas y'a un bateau.

— Un bateau ? Tu me montres ?

Tom lui prit la main pour l'entraîner à l'opposé de la centrale. Sur leur chemin, la terre rouge laissait échapper un souffle étrange hors des crevasses. Vivian eut l'impression qu'un être gigantesque respirait sous la surface du sol.

— Tu es là depuis longtemps ? questionna-t-elle.

— Oui, je t'attends ici. Il fait chaud, on est bien.

Ils marchèrent encore en direction de l'ouest et Vivian remarqua des objets à moitié ensevelis dans le sable. Un vélo d'enfant, une valise, quelques vieux meubles, partout où son regard se posait des formes imprécises surgissaient de terre comme les vestiges sous la brosse d'un archéologue.

— On y est ! s'enthousiasma Tom en pointant du doigt l'épave qui se dressait soudainement en face d'eux.

C'était un petit chalutier comme on en voyait souvent dans les ports bretons. Sa coque aux couleurs vives était rongée par le sel et toutes les fenêtres de sa cabine avaient volé en éclats. Le navire se tenait couché sur le flanc et Vivian aperçut une large déformation sur le côté gauche.

— On dirait qu'il est ici depuis très longtemps.

— Oh je ne sais pas, répondit Tom en la tirant vers l'épave. Regarde, il y a des traces sur le sol.

En se rapprochant, Vivian constata que son fils avait raison. D'épaisses marques de bottes incrustées dans le sable rouge formaient une multitude de pistes aux alentours. Quelqu'un allait et venait dans le coin, ça ne faisait aucun doute. Elle vit également les empreintes sur le pont du navire dont la cabine, bien qu'inclinée, restait accessible via une porte laissée entrouverte.

— Tu es déjà monté là-dedans ?

— Non, il ne faut pas.

— Pourquoi mon chéri ?

— C'est la maison du monsieur…

— Quel monsieur ?

— Celui avec la cicatrice et la grosse barbe. Il habite ici…

— Mais tu l'as déjà vu ce monsieur ? Tu lui as parlé ?

— Non, il ne parle pas. Il ne fait que marcher autour du bateau. Et il pleure aussi des fois…

— Il pleure ?

Tom acquiesça de la tête avant de venir se jeter dans ses bras.

— Maman, tu vas partir, tu vas me quitter.

— Non, mon amour… je reste avec toi.

— Non, tu vas partir, je le sais…

Le sifflement du vent se densifia encore pour se transformer en un son de cloche étrange. Vivian se sentit aspirée en arrière et lutta pour agripper son fils, mais ses mains ne rencontrèrent que le vide. Elle ferma les yeux pour échapper aux rayons brûlants du soleil et chaque seconde de sa traversée onirique commença à disparaître dans l'oubli. Elle hurla intérieurement le nom de Tom et réussit à conserver l'image de cette épave à côté de laquelle elle l'abandonnait.

Le son de cloche se transforma en sonnerie de téléphone et elle pivota sur le côté pour attraper son portable. Neuf heures. Elle venait de dormir quasiment onze heures avant que son réveil ne l'extirpe du sommeil. Onze heures qui lui avaient paru quelques minutes de bonheur partagé avec son fils. L'envie de prendre un médicament pour rester à ses côtés lui effleura l'esprit, mais elle décida de résister. Une nouvelle journée commençait dans le monde réel, et son devoir était de tout faire pour le retrouver. C'est alors qu'un sentiment étrange l'envahit à mesure qu'elle recouvrait l'usage de ses sens. Quelque chose avait changé dans l'air de la pièce. Il y avait comme une présence.

L'adrénaline la fit bondir du lit et rejoindre le salon. La porte et les baies vitrées étaient fermées, rien ne semblait avoir bougé. Elle grimpa les marches pour atteindre le palier dont le couloir était plongé dans la pénombre. Même sensation dérangeante d'intrusion. Au bout du couloir la porte de sa chambre était entrouverte. L'avait-elle laissée comme ça ? Impossible de s'en souvenir. Elle avança silencieusement dans la pièce. Tout était en ordre ou en tout cas conforme à l'image qu'elle en avait. Les volets étaient à moitié clos, le lit fait à la va-vite, ses vêtements sales se trouvaient jetés dans un coin.

Son regard se posa sur le bureau d'Hadrien et un détail attira son attention. Un des tiroirs était mal fermé. Rien que quelques centimètres en décalage avec le plateau, mais ce détail la troublait. Elle ne touchait jamais aux affaires d'Hadrien. Les techniciens de la gendarmerie étaient bien venus pour faire leurs prélèvements ADN, mais ils s'étaient concentrés sur la salle de bains et n'avaient pas approché le bureau. Elle-même leur avait remis une pile de dossiers – la comptabilité de son mari –, mais elle était certaine que ces tiroirs étaient restés fermés. Elle saisit la poignée doucement et fit glisser le casier dans lequel se trouvaient quelques objets hétéroclites. Une vieille montre qui ne fonctionnait plus, des réserves de fiches bristol, un fatras de cartes de visite… rien de particulier. Pourtant, la sensation de malaise ne la quittait pas. Une présence étrange rayonnait encore dans la chambre, une présence hostile. Une image terrible se forma dans son esprit. Elle était couchée sur le lit de son fils, rêvant au lac sablonneux et à l'épave du chalutier. Au-dessus d'elle, la silhouette d'un homme se camouflait dans l'obscurité. Il la regardait dormir de ses yeux sombres.

22

Assise devant son bureau, Maëlys Mons parcourait les notes griffonnées sur son calepin. Elle attendait le retour des analyses ADN qu'on lui avait promises dans les quarante-huit heures et commençait à compulser la pile de documents que ses gars avaient récupérés dans la maison du couple Legoff. L'adjudant Broussard pointa son nez vers neuf heures en lui apportant une tasse de café – « Sans sucre et bien long, chef, comme vous aimez ». Elle le trouvait mignon ce Broussard, il était plus doux que la moyenne des hommes rencontrés en milieu militaire et il avait des yeux en amande lui donnant un air gentil. Elle ne s'était jamais autorisé d'amourette au boulot, ni d'amourette tout court depuis un bon moment d'ailleurs. Sa carrière était son seul objectif, du moins pour les années à venir, le temps de faire ses preuves à la tête de la brigade. Ensuite elle trouverait un Broussard qui lui passerait la bague au doigt et elle ferait même un ou deux marmots dans la foulée. La vie de famille ne lui faisait pas peur, bien au contraire.

Retour à l'ordre ! Elle se concentra sur ses notes. Hier, elle avait décidé de se renseigner sur la jeune femme qui avait l'air d'obséder Vivian Legoff. Lorie

Morvan avait été découverte inconsciente à son appartement du Guilvinec le 5 janvier après qu'une voisine avait appelé les pompiers en s'inquiétant de son silence. Les gars l'avaient trouvée agonisante dans son lit. Elle avait succombé quelques heures plus tard au CHU de Quimper des suites d'un arrêt respiratoire. Les analyses sanguines et notamment la mesure de son taux de carboxyhémoglobine avaient permis d'établir un diagnostic d'intoxication au monoxyde de carbone. Le rapport stipulait également la présence d'alcool en quantité importante, ce qui avait ouvert la thèse d'un potentiel suicide et une enquête de ses collègues « en recherche des causes de la mort ». Sur les lieux du drame, les investigations avaient mis en évidence le dysfonctionnement d'un chauffe-eau situé dans la salle de bains et confirmé le résultat des analyses. La société de maintenance de la chaudière en contrat avec le propriétaire de l'appartement avait pourtant été capable de fournir un justificatif prouvant le bon entretien de l'appareil, mais cela ne voulait rien dire. Maëlys connaissait bien ce type d'affaires, on dénombrait une centaine d'intoxications au monoxyde par an rien que pour le département et ce genre d'accident, plus courant durant l'hiver, provenait souvent d'un défaut d'aération couplé à une défaillance mécanique.

Rien n'attira son attention dans le dossier mis à part le témoignage d'une voisine assurant qu'elle avait croisé « un homme » – dont elle n'avait pas vu le visage car il était caché par une capuche – sur le palier de Lorie Morvan, le soir du drame. Sans signalement plus précis ni lien direct avec la victime, les enquêteurs avaient rapidement abandonné cette piste.

Un autre élément, plus tragique, l'avait marquée dans cette affaire. Le corps de la jeune femme, avant d'être remis aux pompes funèbres, avait fait un tour sur la table du légiste et celui-ci stipulait dans son rapport la découverte d'un fœtus daté de tout juste onze semaines dans la cavité utérine. Lorie était enceinte et elle était morte en silence avec son bébé sans personne pour l'aider. Cette idée attrista Maëlys et elle eut soudain l'impression qu'un souffle glacé s'était infiltré dans les locaux de la gendarmerie.

Vivian Legoff lui avait parlé d'un mot que la pauvre fille aurait laissé à sa galerie en lui demandant de la rappeler le plus rapidement possible. D'après ses dires, cette note aurait pu rester des semaines au fond de la boîte aux lettres sans qu'elle le voie. Cela pouvait donc remonter à décembre. Qu'est-ce qui pouvait bien justifier cette demande ? Était-ce un appel à l'aide ?

Le seul lien entre les deux femmes semblait être cette séance photo dans un atelier du Guilvinec. Pourtant elles ne s'étaient pas parlé, tout juste croisées sans se connaître. Qu'est-ce qui aurait pu pousser Lorie Morvan à retrouver la photographe ? Au troisième jour d'enquête, Maëlys sentait que l'affaire était en train de se complexifier. Elle pourrait toujours faire appel à ses collègues de la section de recherche, mais elle n'avait pas envie de passer la main. D'abord ce drame se jouait au cœur de sa région, dans un environnement qu'elle connaissait bien. Et puis surtout, elle avait promis à cette femme de retrouver sa famille. Et ce genre de promesse ne se trahissait pas. Surtout lorsque, comme Maëlys, on évaluait la qualité d'une personne à sa fiabilité. Enfin, même si Lorie Morvan n'avait a priori aucun lien avec la disparition des Legoff, elle se sentait le devoir d'honorer sa mémoire et celle de son enfant en élucidant tous ces mystères.

Elle écarta son carnet de notes et se saisit d'une épaisse pochette cartonnée contenant la comptabilité d'Hadrien Legoff. Elle aurait pu mettre un de ses hommes sur ce travail, mais elle préférait le faire elle-même. Il s'agissait d'éplucher chaque document, chaque facture, notant les heures et les lieux pour former une chronologie et une arborescence qu'elle pourrait comparer plus tard aux fadettes en cours d'analyse. Elle repensa à Broussard et à son petit air malicieux en lui apportant son café. Peut-être qu'un de ces soirs elle lui proposerait de boire un verre. Cette idée la fit sourire mais elle l'écarta bien vite pour attaquer la première pile.

23

Ce sentiment d'intrusion n'avait pas quitté Vivian de la matinée. Chaque pièce de la maison lui semblait infectée par une présence invisible. Il n'y avait rien de véritablement concret, mais une foule de petits détails attiraient son attention comme pour lui signaler qu'elle ne rêvait pas. Une enveloppe posée à l'envers sur une table basse, une porte fermée alors qu'elle était certaine de l'avoir laissée ouverte, son manteau étalé sur le canapé au lieu d'être accroché à la patère. Son esprit notait tout avec une acuité accrue, un instinct de survie primal qu'elle ne se connaissait pas.

Elle pensa un temps informer la lieutenante Mons de ses soupçons, mais se ravisa rapidement. Vivian n'avait aucune preuve. Rien ne manquait dans ses affaires et la porte d'entrée ne présentait aucun signe d'effraction, pas plus que les baies vitrées du rez-de-chaussée. Pourtant la présence était bien là et chaque minute passée chez elle la remplissait d'une angoisse impossible à contrôler. Les espaces jusqu'à présent familiers de ce qui avait été son foyer se transformèrent en une multitude de recoins dangereux qu'elle évitait avec autant d'effroi qu'une enfant devant se rendre dans une cave obscure. Elle prit une douche en s'enfermant dans la salle de bains, s'habilla sans perdre la porte de sa chambre du regard et décida de quitter les lieux au plus vite.

Dehors, le vent glacé de ce mois de février lui écorcha les poumons, mais elle retrouva une partie de ses forces et fit jouer la clé dans le verrou. Quelque chose lui criait qu'elle ne reviendrait plus ici, que c'était la dernière fois qu'elle voyait sa maison. Sur le chemin du centre-ville, elle scruta les environs au moindre feu rouge, redoutant un événement inconnu. La menace semblait irréelle, mais la peur, elle, l'était bien, au point qu'elle eut l'impression que quelqu'un la suivait en voiture et qu'elle fut obligée de faire quatre fois le tour de la zone commerciale pour être certaine d'être seule. Consciente que son état empirait au fil des minutes, elle décrocha son téléphone pour joindre la docteure Blair. La voix rassurante de la psychiatre lui fit l'effet d'un calmant et elle commença à lui raconter par le menu toutes les étapes de sa crise d'angoisse.

— C'est ce qu'on appelle de l'hypervigilance, répondit la médecin. Comme je vous l'ai expliqué, les événements traumatisants que vous avez vécus sont inscrits dans votre mémoire. Pour votre esprit, vous êtes encore en danger. Du coup il développe vos sens de manière tellement exagérée que vous avez l'impression de tout voir, de tout entendre… mais avec une potentielle altération de la réalité.

— Vous voulez dire que je deviens paranoïaque ?

— Non, il ne s'agit pas d'une pathologie, juste d'un symptôme de votre traumatisme. Cela disparaîtra progressivement à mesure que vous allez mettre à distance ces événements.

— Mais pourquoi dans ma maison ? Il ne s'est jamais rien passé là-bas !

— Bien sûr, mais vous avez énormément de stimuli qui vous connectent à votre famille. Et c'est par l'intermédiaire de ces déclencheurs que votre système de défense s'active.

Vivian raccrocha avec un sentiment partagé entre la satisfaction de comprendre et la frustration d'être incapable de contrôler ces phénomènes liés à son stress post-traumatique. Elle rejoignit sa galerie comme on se rend en pèlerinage dans un sanctuaire, en priant pour y trouver le repos de l'âme qui lui manquait tant depuis la disparition de sa famille.

Les portraits accrochés sur les murs ne se tournèrent pas vers elle – ce qui était déjà bon signe –, et elle s'installa à son bureau en allumant son ordinateur portable. Elle releva son courrier en effaçant machinalement le monceau de publicités qui s'accumulait dans sa boîte mail, puis vérifia si les quotidiens locaux ne mentionnaient pas le drame qui s'était déroulé trois jours plus tôt. Elle ne trouva aucun article et se sentit soulagée. Elle repensa à son rêve et entreprit de faire des recherches sur le lac de Brennilis. En 1929, à la suite d'une expropriation massive, quarante-neuf hectares de tourbière furent engloutis après la construction d'un immense barrage visant à alimenter l'usine hydroélectrique de Saint-Herbot. À partir des années soixante, ce lac artificiel dont la taille s'était multipliée par dix au fil du temps, et que l'on appelait désormais réservoir de Saint-Michel, fut utilisé pour refroidir le réacteur du site nucléaire des monts d'Arrée. Une activité qui prit fin en 1985, avec l'arrêt officiel de la centrale. Malgré ses recherches, Vivian ne trouva pas trace d'un quelconque événement qui aurait pu lui inspirer les décors lunaires dans lesquels elle avait évolué en compagnie de Tom. Contrairement à Guerlédan (un autre lac de réserve situé dans le Morbihan), Brennilis n'avait connu ni vidange ni sécheresse particulière depuis sa création.

Une fois encore dans l'impasse, elle jeta un œil autour d'elle et son regard se fixa sur le portrait d'un des employés de Naturimer. Elle tapa le nom *Lorie Morvan* dans Google et un article relatant « l'accident » sortit en premier. Elle le parcourut rapidement et n'apprit rien de plus que ce qu'elle savait déjà. La jeune femme était décédée des suites d'une intoxication au monoxyde. Elle fit défiler un bon nombre de photos qui ne lui correspondaient pas avant d'en trouver une, visiblement prise à l'adolescence, sur laquelle Lorie apparaissait au milieu d'une troupe de gamins avec en fond la mer.

Le mur des images sans intérêt n'en finissait pas de s'allonger à mesure qu'elle actionnait la molette de la souris. Elle était sur le point d'abandonner ses recherches lorsqu'elle aperçut un cliché au milieu de ce capharnaüm visuel. Il s'agissait d'un bateau de pêche du type chalutier devant lequel un couple se tenait côte à côte. Elle n'eut aucun mal à reconnaître « sa » Lorie à son teint clair et la position de sa tête légèrement penchée contre l'épaule de l'homme. Lui, plus âgé, portait une épaisse barbe grisonnante et une tignasse aux cheveux ébouriffés dont des mèches tombaient devant de petits yeux d'un noir profond. Une fine estafilade courait sur sa joue gauche et venait se perdre dans les poils de sa barbe. Elle repensa à Tom et aux paroles qu'il avait prononcées lorsqu'elle l'avait interrogé sur l'épave échouée au milieu du lac. Une épave qui ressemblait étrangement au chalutier de la photo. Son cœur se mit à battre la chamade alors qu'elle se sentait sur le point de faire une découverte majeure. Elle enregistra l'image sur son bureau et l'ouvrit dans Photoshop.

Derrière les personnages, on apercevait la coque et le pont du bateau qui se trouvait à flot dans un port quelconque. Une inscription sur la proue était difficilement visible, mais Vivian agrandit la photo au maximum et zooma dans les pixels pour la décrypter. Elle poussa un cri de stupéfaction en découvrant le nom du navire : *RUJODEN*.

24

Vivian cherchait du regard le panneau indiquant la petite ville de Carantec mais l'excitation de sa découverte l'empêchait de se concentrer sur la route. Après une bonne heure d'errance numérique et la lecture d'une demi-douzaine d'articles, elle avait le sentiment d'avoir enfin trouvé du concret.

Le 11 novembre 2022, le *Rujoden* – « rouge-gorge » en breton –, un chalutier de vingt-quatre mètres immatriculé au Guilvinec, avait coulé subitement au large de la pointe du Van, entraînant le décès de son capitaine, Félix Morvan, et de quatre marins. Le procureur de la République de Quimper saisi de l'affaire avait ordonné le renflouement de l'épave afin qu'une enquête puisse statuer sur les causes du naufrage et permettre l'indemnisation des familles des victimes dont les corps n'avaient jamais été retrouvés. Parmi elles, Lorie Morvan, jeune épouse du patron pêcheur Félix Morvan, disparu en mer. Les constatations réalisées sur la carcasse du chalutier avaient démontré que le câble bâbord du train de pêche était considérablement étiré et qu'une déformation importante de la coque supposait un choc violent, sans doute avec le fond marin. Les experts chargés de l'enquête avaient tous en tête l'affaire du *Bugaled Breizh* dont le naufrage en janvier 2004 laissait encore planer le doute d'une collision avec un sous-marin espion américain. Dans le cas du *Rujoden*, aucune activité militaire n'avait été signalée et l'hypothèse d'un accrochage du train de pêche avec un obstacle de fond était avancée avec beaucoup plus de certitudes. Le naufrage n'ayant duré que quelques dizaines de secondes, les marins n'avaient pas eu le temps d'enfiler leurs gilets de sauvetage ni de mettre les radeaux à l'eau.

La seule zone d'ombre portait sur le choix du capitaine de descendre les filets dans un secteur connu pour abriter bon nombre de récifs et généralement en dehors des espaces répertoriés pour ce type de pêche. Cela ressemblait à une erreur humaine, même si Félix Morvan et ses gars étaient des professionnels chevronnés. Une plaque commémorative sur le monument aux marins péris en mer de Loctudy avait été posée à la fin du mois de janvier et le propriétaire de l'épave étant décédé dans l'accident, le parquet avait engagé une procédure de déconstruction. En attendant qu'elle prenne effet, le *Rujoden* se trouvait hors flot sur le chantier naval de Carantec.

Vivian n'arrivait pas à comprendre pourquoi ses rêves l'avaient menée jusque-là. Elle ne connaissait pas Lorie Morvan, pas plus que son mari ou le navire dans lequel il avait trouvé la mort. Pourtant les rouges-gorges du *Rujoden* virevoltaient bien dans le ciel de ses expéditions oniriques, tout comme apparaissait l'épave couchée sur le flanc d'un lac asséché. Tout cela avait un sens caché, elle en était certaine. Elle roulait sur la D73 en longeant la rade de Morlaix offrant un paysage grandiose ponctué d'îles et d'îlots émergeant à la surface des flots. Au nord, le château du Taureau dressait ses remparts de pierre, sentinelle silencieuse gardant l'accès de la baie pour l'éternité. Un peu plus loin, la plage de la grève blanche et l'îlot Callot dont les quelques maisons se retrouvaient la plupart du temps coupées du continent par la marée.

Elle bifurqua à l'ouest pour rejoindre le chantier naval où le *Rujoden* vivait ses derniers instants. Le site apparut au bout d'une route, juste en face de la plage à laquelle on accédait par une rampe en béton. L'eau s'était retirée à une centaine de mètres, dévoilant un fond recouvert d'algues vertes ressemblant à du gazon. L'odeur de la marée était forte, tout comme le hurlement des goélands qui voltigeaient de tous les côtés en quête de nourriture. Le site était entouré de grillage et composé de deux immenses hangars devant lesquels une bonne vingtaine de navires, principalement des caravelles, se trouvaient rassemblés. Vivian avait découvert dans ses recherches que le patron du chantier naval était un amoureux de ces petits navires dont les voiles multicolores s'essaimaient en toutes saisons le long des côtes bretonnes.

Vivian ne mit pas longtemps à repérer l'épave dont la coque était posée sur de solides racks dans un coin isolé. Elle ressemblait aux photos qu'elle avait pu voir dans les articles de presse et lui paraissait moins imposante que dans ses souvenirs nocturnes. Pourtant elle eut une fois de plus le sentiment de perdre le contrôle des événements. Pourquoi était-elle venue jusqu'ici ? Son intuition la poussait à agir sans que sa raison y trouve une quelconque logique. Mais tout cela avait bien un sens. Cette logique existait forcément quelque part, dans les brumes opaques de son esprit.

Un homme d'une trentaine d'années portant un vieux caban en laine vint à sa rencontre. Il avait les traits épais, mais des yeux rieurs et une multitude de petites rides en pattes-d'oie lui donnant un air jovial.

— Bonjour, je peux peut-être vous aider, madame ? dit-il d'une voix dont la douceur tranchait avec sa stature.

— Bonjour… Je me demandais si… il y a encore une enquête en cours sur cette épave ?

— Vous êtes journaliste ? répondit-il plus fermement.

— Non… j'étais une amie de… Lorie Morvan. La femme d'un des hommes d'équipage…

— Je sais qui est Lorie, coupa le gars visiblement rassuré. On connaissait bien Félix aussi. C'est atroce ce qui est arrivé.

— Je ne l'avais pas revue depuis longtemps. J'ai appris sa mort et celle de son mari… qu'est-ce qui s'est passé exactement ?

— Les experts pensent que c'est un accident. Les filets se seraient accrochés au fond.

— Mais c'est possible ça ? Un bateau qui coule à cause d'un filet ?

— Possible, oui. Sauf qu'il n'avait rien à faire au fond, ce filet. Félix c'était pas un débutant et il était à cheval sur la sécurité. En vérité, personne ne comprend ce qui a pu se passer. Déjà que la famille avait du mal à joindre les deux bouts. Et puis la p'tite qui part, comme ça, quelques mois plus tard. Si c'est pas le malheur. Vous savez qu'ils ont sorti le bateau quasiment le jour où elle est morte. Les vieux diraient que c'est un signe.

Vivian fixa le chalutier dont la coque entièrement rouillée en dessous de la ligne de flottaison était enfoncée sur tout un côté.

— Le pire c'est qu'ils ont pas retrouvé les gars. Tout ce qui reste c'est leurs noms sur une plaque.

L'homme se retourna vers l'épave en hochant la tête.

— Dans quelques semaines ils vont venir la chercher pour la démonter. Après ça sera terminé. C'est ce qu'il y a de pire pour les familles, vous savez, de pas savoir où sont leurs morts.

Vivian baissa le regard en luttant pour ne pas se laisser déborder par ses émotions. Oui elle savait, elle savait parfaitement.

25

Maëlys Mons regardait fixement le petit bout de ciel gris à peine visible depuis la fenêtre de son bureau. C'était l'heure du déjeuner, mais elle ne sentait pas la faim, plutôt une boule d'angoisse qui lui serrait l'estomac. Depuis qu'elle avait raccroché son téléphone pour demander à Vivian de passer, elle réfléchissait à comment lui annoncer ce qu'elle venait de découvrir. L'examen minutieux des archives administratives de son mari mettait en évidence un certain nombre de difficultés financières et de multiples procédures avec des banques et différents fournisseurs.

Hadrien Legoff avait monté au cours des cinq dernières années plusieurs entreprises à l'activité douteuse. L'une d'entre elles vendait à des artisans une prestation de « service qualité » visant à fidéliser leur clientèle par l'intermédiaire d'une hotline téléphonique qu'il pensait visiblement assurer lui-même. Une autre proposait la mise en place d'une « carte Gold » pour stimuler les résultats de petits commerçants. Aucune de ses idées n'avait la moindre rentabilité et ses aventures entrepreneuriales se soldaient la plupart du temps par des ruptures de contrat et des actions en justice engagées contre lui pour récupérer les montants de ses factures de « conseil ». En d'autres termes, Hadrien Legoff vendait du vent et ses pratiques frôlaient l'escroquerie.

Mais ce n'était pas tout. Noyé au milieu d'une comptabilité chaotique, un feuillet dactylographié garantissait à Hadrien Legoff le remboursement d'une somme de cinquante mille euros sur un délai de douze mois. Et cette reconnaissance de dette était signée Félix Morvan, mari de la fameuse Lorie ! Plusieurs questions se posaient à la lecture de ces informations. Le couple Legoff n'avait pas un train de vie particulièrement faste, mais on pouvait se demander comment ils arrivaient à payer leurs factures avec un mari sans le sou et une épouse dont l'activité de photographe ne devait pas être très rentable. Plus flou encore : quelle connexion existait-il réellement entre Hadrien Legoff, Félix et Lorie Morvan ? À en croire Vivian – et la gendarme n'avait pour l'instant aucune raison de mettre sa parole en doute –, Hadrien était certainement le seul à connaître les Morvan. Quel pouvait être l'objet de ce prêt et surtout, où avait-il trouvé cet argent ?

Maëlys avait lancé ses hommes sur cette piste en leur demandant d'éplucher son dossier bancaire, les fadettes et tous les éléments qu'ils avaient saisis chez les Legoff. Les premières conclusions commençaient à tomber. Hadrien possédait des comptes dans plusieurs agences de la région. Ils étaient à peine alimentés et aucun virement ou retrait de liquidités n'étaient enregistrés depuis plus d'un an. En décortiquant les fadettes de son portable sur les six derniers mois, l'adjudant Broussard lui avait annoncé fièrement la découverte d'un certain nombre d'appels sur la ligne de Félix Morvan. Une bonne trentaine, courant sur juillet, août et septembre 2021, pour un total de plus de quatre cents minutes. Ces deux-là avaient visiblement des choses à se dire.

Et comme si tout cela ne suffisait pas, Vivian lui avait permis de faire le lien avec le naufrage du *Rujoden* et la brusque disparition de son capitaine lors du naufrage de novembre. Tout cela commençait à faire beaucoup et l'hypothèse d'une « mauvaise rencontre » sur la route des crêtes se dissipait au profit d'une potentialité bien plus sombre. Et si Hadrien Legoff était en réalité compromis dans une arnaque ? Si cette arnaque l'avait dépassé au point qu'il y succombe, tout comme son associé Félix Morvan ? La famille Legoff avait très bien pu tomber dans un guet-apens. Quelqu'un se terrait dans l'ombre, elle le sentait.

Vivian arriva à la gendarmerie de Carhaix vers midi trente et Maëlys lui trouva une mine inquiétante. De larges cernes noirs couraient sous des yeux qu'elle n'avait même pas pris la peine de maquiller. Son regard brillait d'une lueur qui évoquait la fièvre ou l'extrême fatigue. Elle se tenait voûtée, les mains triturant ses vêtements. La gendarme mit plusieurs secondes à prendre la parole. Chaque mot avait son importance, il ne fallait pas insinuer quoi que ce soit qui puisse braquer la victime. Elle opta pour un résumé court de la situation, sans entrer dans les détails concernant la situation financière et juridique de son mari. Visiblement Vivian ignorait tout de cet aspect. Pour elle, Hadrien ne roulait pas sur l'or, mais ses affaires fonctionnaient suffisamment pour permettre au foyer de vivre sans se poser de questions. Les photos qu'elle vendait à la galerie ou via son site Internet mettaient un peu de beurre dans les épinards. Elle ne connaissait pas les détails de son activité, mais elle avait entendu parler du projet de cartes de fidélisation. Elle lui avait d'ailleurs présenté une amie graphiste qui avait réalisé plusieurs logos pour lui donner un coup de main. Lorsque Maëlys lui tendit la reconnaissance de dette, son visage se figea de stupeur.

— Félix Morvan… celui du naufrage ?

— Oui, j'ai fait la vérification. L'adresse qui figure en bas du document correspond au siège social de sa microentreprise. Il était patron pêcheur.

— Mais c'est impossible. Il ne m'en a jamais parlé. cinquante mille euros ! Mais comment a-t-il pu prêter cet argent ?

— Je ne sais pas, madame Legoff. Vous pensez que votre mari pouvait avoir d'autres sources de revenus ?

— D'autres sources ? Comme quoi ?

— Un héritage… ou la vente d'un bien par exemple.

— Pas que je sache non.

— Votre mari est joueur ?

— Non, il déteste ça.

— Il ne boursicote pas sur Internet ?

— Il est comme moi, il n'y connaît rien à la Bourse. Et puis de toute manière, on n'a jamais eu d'argent pour ça.

Au fil des questions, Vivian s'enfonça dans son siège et ses yeux commencèrent à s'agiter dans tous les sens à mesure qu'elle cherchait une explication plausible.

— Je vais vous demander quelque chose qui va vous paraître un peu étrange, mais je dois le faire, vous comprenez ?

Elle acquiesça de la tête.

— Est-ce que vous pensez qu'Hadrien puisse être impliqué dans un quelconque trafic ?

— Trafic de quoi ?

— À cette étape c'est difficile à dire. Mais lorsque nous trouvons une grosse somme d'argent mentionnée sans aucune source… c'est généralement la principale raison.

— Mais l'argent, vous ne l'avez pas vu. Peut-être qu'il n'existe pas, tout simplement.

— Peut-être. Nous allons vérifier. Malheureusement M. Morvan et sa femme sont décédés. Ce qui rendra les recherches plus longues.

Une lueur froide s'illumina dans les yeux de Vivian et elle se redressa un peu pour faire face à la gendarme.

— Ça peut avoir un lien avec ce qui nous est arrivé ? demanda-t-elle d'une voix hésitante.

— Je ne sais pas, répondit Maëlys. Mais on ne peut pas écarter cette possibilité…

Et les deux femmes restèrent longtemps à se regarder silencieusement.

26

Vivian sentait son cœur battre au ralenti depuis son départ de la gendarmerie. Elle avait la sensation qu'un voile poisseux lui collait à la peau. Les mots de la lieutenante Mons se répétaient sans cesse dans sa tête sans qu'elle réussisse à les dissiper.

Des images de sa rencontre avec Hadrien s'extirpèrent de son esprit pour la projeter vingt ans plus tôt sur la terrasse d'un café parisien. Elle se trouvait là par hasard, sirotant un verre de vin. Il accompagnait des amis au Salon de l'agriculture. Le groupe s'était installé à la table à côté et elle avait rapidement remarqué la manière dont il la regardait à la dérobade. Ses yeux doux, son air gauche et son sourire discret lui avaient plu. Il n'était pas celui qui brillait le plus, mais une chaleur rassurante se dégageait de sa présence.

Elle n'avait pas osé l'aborder au café. C'est le hasard qui les avait fait se croiser à nouveau quelques jours plus tard dans les rues de Paris. Hadrien avait finalement fait le premier pas en l'invitant au restaurant. Depuis, ils ne s'étaient plus quittés. *Votre mari peut-il être compromis dans un trafic ?* Après le refus et la colère, ces mots avaient allumé en elle un flot de questionnements impossible à endiguer. Ils laissaient planer un doute, comme une souillure sur la toile immaculée de leur relation. Pourtant, les premières années de vie commune jusqu'à leur mariage lui avaient procuré un goût de bonheur indescriptible. La découverte de cet homme qu'elle aimait tant, leur installation en Bretagne. Vivian n'avait jamais connu autant de bienveillance. Et puis la beauté sauvage de cette région et de ses habitants l'avait envoûtée. C'était comme si elle retournait dans son pays après des années d'absence. Un coup de foudre si intense que quelques mois plus tard elle était enceinte, elle qui pensait ne jamais avoir d'enfants. Le bonheur s'était insinué en elle, rallumant tous les feux qu'elle avait éteints. Avec la grossesse, sa passion pour la photo était revenue et elle avait commencé à parcourir la région, scrutant paysages et habitants avec l'œil noir de son objectif. Jetant les bases du travail qui allait alimenter la galerie qu'elle n'avait pas tardé à ouvrir.

Mais toutes les questions de la gendarme ne collaient pas avec cette image d'Épinal. Il y avait quelque part un secret qui refusait de se livrer, mais que les terribles événements des monts d'Arrée avaient mis au jour. Après la naissance de leur fils, ils s'étaient installés dans la petite maison de Morlaix et avaient vécu une vie paisible. Bien entendu Hadrien ne lui racontait pas toutes ses journées, mais elle savait qu'il louait un bureau dans le centre-ville d'où il s'occupait de ses affaires. Le temps s'était écoulé sans qu'elle se pose de questions, entre l'éducation de Tom et son travail à la galerie, elle menait une existence qui la rendait suffisamment heureuse pour ne pas avoir à le faire.

Elle finit par rejoindre le portail de sa maison et hésita quelques secondes avant d'entrer. Son angoisse matinale avait disparu, balayée par la réalité brute des suspicions de la lieutenante Mons.

Elle passa le reste de la journée à s'occuper de diverses tâches ménagères pour essayer de mettre un terme à ses interrogations. En vain. Lorsque la nuit tomba, elle but un verre de vin et alla s'installer dans la chambre de Tom pour reproduire son rituel. La musique zen ne fit que l'énerver et elle coupa le baffle pour se retrouver dans le silence de sa maison.

Dans le noir, les yeux ouverts, elle lutta encore pour trouver le sommeil sans y parvenir, tournant sur elle-même, bataillant contre ses pensées. Lentement, le portrait de la famille parfaite se fissura. Elle vit des lignes apparaître, puis des crevasses qui se craquelèrent peu à peu pour dissoudre le visage d'Hadrien. Et si la flic avait raison ? Et s'il lui cachait quelque chose ? Peut-être depuis le début de leur relation. Oui… il ne serait pas le premier à l'avoir trahie. D'autres l'avaient déjà fait, dans sa vie d'avant.

Elle se retourna brusquement, serrant les draps dans ses doigts crispés, transpirant à grosses gouttes bien qu'elle eût repoussé la couette à ses pieds. Hadrien, ce mari parfait, cet homme respectable… Hadrien lui cachait quelque chose. Quelque chose qui avait peut-être entraîné sa mort. Des larmes coulèrent sur ses joues. Elle voulut les sécher, mais elle ne sentit pas ses mains. À la place, deux immenses brins d'algues effleurèrent sa peau. Une odeur de marée lui emplit les narines et un goût de sel piqua sa langue. Ça y est, elle dormait, elle avait réussi. Ses larmes se transformèrent en un flot plus épais et elle prit conscience de se débattre dans l'eau, luttant pour ne pas se noyer. La carcasse du *Rujoden* reposait quelque part dans les profondeurs abyssales en dessous d'elle. Une vague puissante la poussa jusqu'à la côte et le contact du sable la rassura.

C'est alors qu'un bruit de verre brisé l'extirpa de la plage sur laquelle elle se trouvait pour la ramener dans le lit étroit de son fils. Tout autour d'elle, le silence et la nuit. Quelle heure était-il ? Deux heures du matin. Un crissement inhabituel se fit entendre quelque part dans l'obscurité. *Ça vient de la maison, il y a quelqu'un dans la maison !* Son cœur se mit à battre la chamade, un flot d'adrénaline déversa en elle une énergie soudaine et elle se redressa d'un bond. Le bruit avait disparu, mais elle pensait l'avoir localisé du côté de la cuisine. Elle saisit son téléphone portable et glissa vers le salon. Ses pieds se déplaçaient lentement, effleurant à peine le carrelage. Un long raclement déchira le silence et la fit sursauter. Quelqu'un avait poussé un objet sur le sol.

Il y avait dans la cuisine un dégagement jusqu'à une porte menant au garage. C'est de là que ça venait. Elle composa le numéro de la gendarme et laissa un message sur son répondeur :

— Il y a quelqu'un chez moi, aidez-moi ! Vite !

Puis le raclement s'arrêta net. Elle était découverte. Vivian sentit ses muscles se crisper et elle saisit un couteau dans un râtelier posé sur le plan de travail. Elle avança lentement vers la porte, pesant chacun de ses gestes comme s'il risquait de lui coûter la vie. Un faisceau de lumière blanche passa un bref moment sur le sol pour confirmer ses craintes. Quelqu'un s'était bien introduit dans le garage. De légers fourmillements commencèrent à engourdir ses doigts et sa vision se brouilla. Elle n'était plus dans son pavillon de la banlieue de Morlaix, mais au milieu des monts d'Arrée, courant sur l'asphalte pour échapper au tueur. Son rythme cardiaque s'accéléra et elle s'appuya à un mur pour ne pas perdre l'équilibre. Il fallait qu'elle résiste contre son angoisse, il fallait qu'elle trouve en elle la force de se battre, d'affronter la réalité. Le visage de Tom apparut et canalisa ce qui, en elle, désirait continuer de lutter.

La porte du garage donnant sur la maison possédait une serrure. Habituellement, elle était ouverte, mais il lui suffirait d'un instant pour l'actionner, mettant un obstacle entre elle et la menace. Elle concentra toutes ses forces dans cette idée et avança pour se rapprocher de l'entrée. Une clé se trouvait dans le barillet et un verrou était visible sur la partie supérieure. C'est alors qu'un mouvement soudain lui parvint. Quelqu'un respirait juste derrière la porte. La poignée s'inclina vers le bas et elle se jeta contre la paroi. Une force brutale lutta contre son poids, entrebâillant la porte par laquelle apparut le bout d'une chaussure en cuir noir. Vivian hurla de terreur et poussa de toutes ses forces en réussissant à tourner la clé puis elle se hâta de fermer le verrou supplémentaire avant de reculer dans la cuisine en pointant son couteau devant elle.

— J'ai appelé la police ! rugit-elle en jaugeant la pièce du regard pour vérifier que tous les accès étaient scellés.

Mais il n'y avait plus aucun bruit dans le garage et la poignée de la porte restait fixe. Ce silence lui glaça le sang alors qu'elle imaginait le tueur rôdant dans son jardin, prêt à briser une fenêtre pour venir s'occuper d'elle. Elle s'accroupit au sol et alla se recroqueviller sous un meuble, multipliant les appels à la gendarmerie de Carhaix. Finalement, un homme à la voix nasillarde assura qu'une voiture allait arriver rapidement. Autour d'elle les murs de sa maison avaient disparu. Elle était seule, terrorisée face au paysage de lande noire.

27

Les hommes de Maëlys Mons fouillaient le garage pendant que deux techniciens s'affairaient à relever les empreintes sur la poignée de la porte et tout endroit susceptible d'avoir été touché par le cambrioleur. Première constatation : le verrou du volet extérieur était brisé et un coin de tôle tordu laissait présager l'usage d'un pied-de-biche.

La pièce se composait d'un vaste espace vide – là où Hadrien stationnait habituellement la Volvo familiale –, d'un long établi couvert de boîtes contenant toutes sortes de vis et de clous au-dessus duquel un râtelier d'outils était accroché. Chaque clé, chaque tournevis, chaque pince bien alignés comme Hadrien aimait l'organiser avec son côté un peu maniaque. Dans un coin on apercevait un lave-linge, un rack de vélos contre le mur ainsi qu'un espace rangement où plusieurs caisses en fer leur servaient de grenier. L'une d'elles avait été tirée au milieu du garage et visiblement fouillée à la va-vite. Son contenu se trouvait répandu sur le sol. Un véritable capharnaüm d'albums photo, de vêtements d'enfants devenus trop petits, de jouets que Vivian ne s'était pas décidée à jeter et d'autres vieilleries datant de leur installation.

Un gendarme photographiait d'épaisses traces de pas boueuses. « Grosses semelles, au moins du 45 », fit remarquer un technicien en disposant une réglette à côté pour bien évaluer l'échelle. Vivian se remémora cette botte plantée dans l'entrebâillement de la porte. Si elle ne s'était pas jetée de toutes ses forces pour fermer le verrou, que se serait-il passé ? Un frisson la parcourut alors que la lieutenante s'avançait pour la rejoindre à l'extérieur où elle attendait, emmitouflée dans une doudoune.

— Je sais que vous m'avez déjà tout expliqué, mais vous êtes certaine de ne rien avoir vu d'autre qui puisse nous aider ?

— Rien à part ses chaussures. Vous pensez que c'est un simple cambrioleur ?

— C'est possible, mais dans ce cas je ne vois pas vraiment ce qu'il serait venu faire dans le garage. Pourquoi ne pas directement essayer d'entrer dans la maison ? Non à mon avis il était venu chercher quelque chose. Qu'est-ce qu'il y a dans toutes ces caisses au fond ?

— Rien de valeur. Des affaires dont on a du mal à se séparer. Quelques vieux rouleaux de pellicule que je n'ai jamais développés, des vêtements, des souvenirs… ce genre de choses.

La gendarme hocha la tête avant de reprendre.

— Vous êtes rentrée chez vous vers quelle heure exactement ?

— Pas longtemps après notre entrevue. Je pense qu'il devait être dix-sept heures…

— Et vous n'avez rien remarqué d'étrange dans la journée ? Vous m'avez expliqué que vous vous sentiez observée depuis hier.

— Oui, mais ça allait mieux… Enfin, disons que je ne ressentais plus cette présence. J'avais fini par me convaincre que c'était dans ma tête.

— Visiblement pas que dans votre tête…

Il y eut du mouvement à l'intérieur et un des gars fit signe à sa chef de le rejoindre. Vivian se rapprocha elle aussi et se retrouva face à deux gendarmes luttant contre le poids de l'établi pour le faire glisser sur le côté. Une fois la manœuvre effectuée, ils s'agenouillèrent autour d'une petite trappe dont les bords se fondaient dans le béton de la dalle si bien qu'à moins d'avoir le nez dessus, elle était quasiment invisible.

— On a remarqué ça caché par une pile de cartons, dit le gars. Y'a pas de citerne sous la maison ? Genre récupération d'eaux de pluie ?

— Pas que je sache, répondit-elle perplexe.

— Vous connaissiez l'existence de cette trappe ? questionna la lieutenante Mons.

Vivian fit « non » de la tête.

— Ouvrez-moi ça.

Les deux hommes s'exécutèrent, utilisant les outils pour faire levier en les coinçant dans les rebords. Au bout de quelques minutes, la dalle se souleva, révélant un trou de un mètre de profondeur où se dissimulait une vieille boîte en fer. Ils n'eurent aucune difficulté à en retirer le couvercle qui s'ouvrit sur un espace vide.

— Une idée de ce qui pouvait se trouver là-dedans ?

— Aucune.

— Vous pensez que votre mari connaissait l'existence de cette cachette ?

— Je ne sais pas…

Vivian avait répondu sans réfléchir. Pourtant elle savait très bien qu'Hadrien avait insisté pour couler une nouvelle dalle de béton dans le garage. C'est d'ailleurs lui-même qui s'était chargé des travaux. Comment aurait-il pu ignorer cette trappe ?

Les deux techniciens s'occupèrent de récupérer la boîte pour pouvoir réaliser leurs prélèvements alors que cette découverte semblait avoir plongé la gendarme dans une intense perplexité.

— D'après moi, on a trouvé ce que votre cambrioleur était venu chercher…

— Et il aurait pris le contenu ?

— Ça m'étonnerait. Tout était en ordre, bien refermé. Vous l'avez interrompu avant qu'il ne puisse le faire. Mais ça n'aurait pas changé grand-chose étant donné que la boîte était déjà vide.

— Qu'est-ce qu'il pouvait y avoir là-dedans ?

— C'est ce qu'il va falloir découvrir. Vous savez où terminer la nuit ? J'imagine que ce sera difficile de rester chez vous et il est trop tard pour aller à l'hôtel.

Vivian jeta un œil autour d'elle. L'obscurité était totale et les premiers rayons du soleil ne perceraient pas avant plusieurs heures. Un coup de vent glacial fit frémir les branches des trois grands bouleaux plantés en bordure du terrain. Plus tôt dans la journée, elle s'était dit que jamais plus elle ne remettrait les pieds dans sa maison. Cette fois elle en était convaincue.

— De toute façon, mes hommes vont prendre quelques heures pour finir le boulot. J'imagine que vous n'avez rien contre un bon café et un bureau surchauffé…

28

Le soleil commençait à peine à luire sur l'herbe trempée par la rosée. La lande s'étirait à perte de vue, telle une mer verdâtre frangée de-ci, de-là, par la noirceur de quelques crevasses nichant des mares d'eau saumâtre où croupissaient des mottes de tourbe. Un vent frais en provenance de l'ouest charriait le goût âpre de l'océan et une fine bruine qui s'infiltrait partout. Le paysage entier semblait retenir son souffle dans un silence à peine interrompu par le hurlement lointain d'un chien.

Dylan se racla la gorge et expulsa un gros mollard dans la boue. Il s'était fatigué à rouler toute la nuit, sillonnant les routes et les chemins de ce trou paumé pour retrouver la baraque. D'après ses infos, le gars créchait pas loin de La Feuillée dans un coin reculé d'où on voyait un vieux moulin en pierre. Après plusieurs tentatives infructueuses pour localiser sa cible, il avait fini par échouer en face du moulin de Kerelcun, construit dans une cuvette un peu au-dessus du hameau. Là au moins, il avait peu de chances de se planter vu qu'il n'y avait qu'une seule baraque potentiellement habitable. Il avait donc stoppé le moteur de sa BM au bout du chemin et s'était allumé une clope tout en profitant des premières lueurs de l'aube sur le paysage en contrebas. *Quel trou de merde !*

Ce coin de la région représentait à peu près tout ce qu'il détestait : pauvreté, ruralité, labeur. Lui, il kiffait la vie facile. Celle qu'on écrivait à coups de liasses récoltées en injectant sa came dans les veines des clients. Dylan avait à peine vingt-cinq piges, une constitution de taureau et un visage de poupon si on omettait quelques détails. D'abord les piercings qu'il s'était faits aux sourcils, au nez et aux oreilles. Ensuite sa crête mohawk coupée court et teinte en blond platine de laquelle il faisait partir une petite tresse où pendait une plume rouge. Geronimo, c'est comme ça qu'on l'appelait dans le milieu. Un surnom qu'il avait gagné en taule avec ses poings.

Dylan remonta la fermeture de son bombers jusqu'au niveau de son col roulé. On se les caillait dans le coin, plus qu'ailleurs dans le Finistère. S'il était là, c'était principalement pour le biz. Un mec essayait de l'entuber, et ça, il aimait pas trop. Ce mec avait disparu dans la nature, il se l'était jouée ninja. Mais Geronimo allait s'occuper de son cas, et lui rappeler les risques à sa manière, radicale. Il hésitait encore entre directement lui mettre une balle, ou l'estropier à vie, histoire d'avoir le plaisir de le défoncer avec ses poings. Il avait son calibre et un bon vieux schlass des familles qui pourraient toujours servir à rigoler un peu. Ça devrait largement suffire à gérer cette raclure.

Il balança son mégot par terre et commença à se diriger vers la ferme. Qu'est-ce que ce petit con pouvait foutre ici depuis des semaines ? Dylan l'imaginait couché sur le sol, le corps plié en deux par le manque.

Si ça se trouve, il aurait pitié, il se contenterait de lui filer les jetons et de récupérer son oseille. Comme un putain de grand chef indien qui doit rendre la justice sous son arbre. *Geronimo est dur, mais Geronimo est juste.* Il sourit et son visage dégoulinant de flotte s'illumina quelques instants avant qu'il ne frappe à la porte. Et si le gars se cassait par-derrière ? Aucune chance. Il avait vérifié les alentours. Même s'il détalait, il pourrait pas aller loin. Y'avait personne ici à part l'Ankou et le grand chef indien, et pour le gars ça serait le même résultat. Lorsque la porte s'ouvrit, c'est pas le toxico qui pointa le bout de son nez, mais une sorte de vieux type en bleu de travail portant des petites lunettes, genre celles qu'on utilise pour lire.

— Qu'est-ce que je peux faire pour vous ? demanda le gars d'une voix ferme.

— Salut, pépé. Il est où Ronan ?

Le vieux le dévisagea des pieds à la tête avec un air de fouine qui commença à les lui briser sévèrement.

— Connais pas d'Ronan…

Ça puait le bullshit à plein nez. L'ancêtre se foutait de sa gueule et Geronimo n'aimait pas trop ça.

— J'ai beaucoup d'respect pour les anciens, dit-il en lui envoyant son poing gauche en pleine face.

Les lunettes du papy s'éclatèrent en deux et son nez aussi, vu le bruit de coquille de noix écrasée. Il se retrouva couché sur le sol, le blaze couvert de sang à gueuler comme un putain de cochon qu'on égorge. Geronimo s'en battait les couilles, y'avait personne à des kilomètres de toute façon.

— Alors j'vais répéter parce que t'as l'air dur d'oreille, papy. Il est où Ronan ?

C'est à ce moment-là que le vieux déconna. Toujours couinant en se tenant la face, il essaya de ramper vers l'intérieur pour attraper un truc et comme Dylan n'aimait pas trop ce genre de surprises, il lui envoya une bonne salve de coups de pompes dans le bide. Le dernier aurait pu facilement défoncer une porte blindée, il y eut donc un sérieux craquement au niveau des côtes et le vieux se mit à tousser en vomissant du sang, comme s'il n'arrivait plus à respirer.

Dylan, lui, respirait parfaitement. Il entra dans la ferme et inspecta les lieux. Rien, à part une déco pourrie de vioque, des plans de la région et des photos de dolmens. Le gars avait l'air de sacrément aimer les pierres. Tant mieux, il serait content quand on lui en mettrait une sur sa tombe. Dans pas longtemps à en juger par tout le rouge qui lui coulait de partout.

Pourtant il continuait de ramper sur le sol pour attraper son truc. Tellement pathétique que Dylan finit par aller lui chercher pour le lui donner. C'était une sorte de bâton mal taillé qui faisait un Y. Le vieux le serra contre lui de toutes ses forces en respirant comme un sanglier. Peut-être bien que ça dura une heure avant qu'il termine par fermer sa gueule. Dylan repensa à quand il était minot et qu'il s'amusait à écraser la carapace des crabes sur les pierres de la plage. Ça faisait une sorte de clac tout sec et parfois ils avaient les yeux qui explosaient d'un coup, comme des petits pétards tout blancs et laiteux. Il se dit que c'était pas très chrétien de laisser le vieux agoniser par terre. Il était pas bouddhiste, mais ça sentait le mauvais karma à plein nez. Il s'approcha donc de l'ancêtre, cala sa tête contre le carrelage de l'entrée et lui écrasa le crâne d'un coup sec. Clac. Même bruit qu'avec les crabes. Dylan rigola un bon coup en cherchant un chiffon pour nettoyer le sang et les bouts de cerveau qui collait sur ses bottes.

29

Le manoir Triste Lune dressait ses immenses tours en pierre face à la mer dont les flots étaient remontés jusqu'à lécher le bord de la route. Une lumière blafarde s'insinuait entre les nuages, éclairant la bruine et transformant le jardin en un tapis d'herbes luisantes gorgées d'eau. Entre le corps du bâtiment et ses dépendances s'élevait une tonnelle dont la structure en fer forgé était rehaussée de vitraux aux motifs Art nouveau. L'ensemble avait beau avoir plus d'un siècle, il gardait le cachet de ses jeunes années et offrait un abri confortable par mauvais temps.

C'est là que la docteure Blair avait proposé à Vivian de venir s'installer pour prendre le thé au frais. La petite femme portait un ciré canari et une grosse paire de bottes remontant jusqu'aux genoux. Sa crinière rousse et ses étroites lunettes dépassaient à peine sous un épais bonnet en laine qu'elle semblait avoir tricoté elle-même. Vivian avait fait la route jusqu'au manoir après sa nuit passée à la gendarmerie. Elle n'avait pas fermé l'œil depuis vingt-quatre heures, mais l'adrénaline la tenait parfaitement éveillée. Elle était d'abord retournée chez elle pour récupérer quelques affaires avant de prendre sa voiture en direction de Roscoff.

La psychiatre lui avait demandé de raconter les événements avec le plus de détails possible en l'interrompant parfois pour la questionner sur son état émotionnel au moment des faits. Malgré les frayeurs de la nuit, et la sensation d'avoir échappé de peu à une agression physique, Vivian se trouvait étrangement sereine. Comme si son psychisme ne considérait pas cette agression comme réelle, ou s'il en diminuait l'importance. Était-il possible de ne plus rien éprouver ? De devenir indifférent au monde et à ses événements, aussi terribles soient-ils ?

— Non… vous n'avez aucun souci à vous faire. Après le drame dont vous avez été victime, ce type de vide émotionnel est tout à fait courant. Vous savez, normalement j'aurais dû vous orienter vers une cellule de débriefing. En France on appelle cela intervention psychothérapique postimmédiate. C'est un groupe de parole qui se réunit pour relater les expériences traumatiques.

— Je pensais que cela faisait partie de notre travail.

— Oui, mais le suivi que je vous procure se met souvent en place dans un second temps. On essaie d'abord de privilégier l'échange en groupe à proximité de l'événement traumatique. Cela vous permet de parler de vos émotions devant des inconnus, ce qui soulage énormément. Mais surtout de les partager avec d'autres personnes qui ont elles aussi subi ce genre de traumatismes. Comme ça vous réalisez que vous n'êtes pas seule à souffrir de ces symptômes. Malheureusement la cellule d'urgence médicopsychologique avec laquelle je travaille n'était pas disponible. Mais maintenant que nous nous sommes trouvées, c'est ensemble que nous ferons tout ce chemin.

Elle s'interrompit quelques instants pour boire son thé et Vivian se dit qu'elle avait de la chance de connaître cette femme qui lui offrait si inconditionnellement son aide.

— Je ne veux plus rentrer chez moi, dit-elle, comme s'il s'agissait d'un secret honteux avoué du bout des lèvres.

— C'est bien normal après ce qui vient de se passer.

— Il n'y a pas que ça. Je n'ai plus le courage d'affronter cette maison, ces souvenirs… J'ai l'impression que ma place est ailleurs. Et puis j'ai le sentiment que je serai plus utile à Tom en trouvant un endroit qui me permette d'être dans le calme…

— Vous voulez parler de vos rêves, j'imagine ?

Vivian hocha la tête et sentit une vague d'émotion la submerger. Au-delà de la fatigue, c'est l'absence de son fils qui l'épuisait. Elle tourna son visage vers le jardin et fixa son regard sur un immense saule dont les branches retombaient lourdement sur le sol. Son feuillage éploré plantait une ombre étroite, glissant sur l'herbe mouillée. Ce lieu sentait la sève et le caillou froid, il lui faisait l'effet d'un marécage oublié au cœur de la Louisiane. Le genre d'endroit où elle pourrait se perdre pour l'éternité.

— Vous m'avez parlé d'une petite fille en robe jaune… vous vous souvenez ?

Son esprit cessa de vagabonder pour se focaliser sur la psychiatre. Elle hocha la tête sans rien ajouter.

— Qu'est-ce que vous pouvez m'en dire ?

— Rien de particulier, je l'ai aperçue simplement quelques secondes. Je ne me rappelle pas les détails.

— Écoutez, je vais vous révéler un secret de psy… Lorsqu'on vous demande de raconter vos rêves, ce n'est pas le contenu qui est important. C'est la manière dont vous en parlez. Vous connaissez le fameux test de Rorschach où l'on vous propose d'interpréter une série de taches. C'est ce qu'on appelle un test projectif. Les dessins sont les mêmes pour tous, mais l'interprétation du patient est unique. Dans le cas des rêves c'est votre esprit qui fournit la matière première, mais ce qui m'intéresse réellement c'est comment vous allez me décrire tout cela…

Vivian acquiesça de la tête et fit un effort pour se remémorer les images fugitives de cette petite, sans aucun résultat.

— C'est bizarre… je n'arrive pas à me souvenir. Je sais qu'elle devait avoir huit ou neuf ans. Elle portait une robe jaune… elle avait le visage tourné vers moi, mais je ne peux pas voir ses traits. Elle est comme floue.

— Vous avez le sentiment d'avoir connu cette enfant ?

— Je crois…

— Est-ce que c'est une amie de votre fils ? Quelqu'un de votre famille peut-être ?

— Je ne vois plus ma famille, répondit-elle avec une brusquerie soudaine qui l'étonna elle-même et que la docteure Blair ne manqua pas de remarquer.

— Il y a une raison à cela ?

— Oui. Ma mère est morte et je ne m'entends pas avec mon père.

— Et vous n'avez pas de frère ou de sœur ?

— Je ne comprends pas le rapport.

Elle avait pris un ton agressif et s'en voulut immédiatement. La petite femme ne parut pas s'en offusquer, mais nota quelques lignes sur son carnet de travail.

— Non, je n'ai pas de frère et sœur, répondit-elle d'une voix radoucie.

— Très bien… revenons à votre réflexion de tout à l'heure. Vous dites que vous souhaitez retrouver votre fils. Vous avez conscience que c'est de rêves dont il s'agit. Vous ne retrouverez pas « réellement » votre fils en déménageant.

— Je sais…

— Il est très important, Vivian, que vous compreniez le fonctionnement de votre esprit. Il est capable de miracles pour vous éviter la douleur. Particulièrement la perte d'un enfant. Mais vous devez à tout prix ne pas perdre contact avec la réalité, aussi difficile soit-elle.

— Je vois…

— C'est mon rôle de vous aider à garder le cap… quelle que soit la violence de l'orage, il faut me faire confiance, Vivian. Me faire confiance… vous comprenez.

Vivian hocha la tête et un mince rayon de soleil perça entre les nuages, éclairant les vitraux d'une lumière orangée. Dans ce halo vaporeux et coloré, le visage d'Eva Blair ressemblait à celui d'un ange.

— Nous y arriverons… ensemble, dit-elle en lui prenant les mains.

30

Onze heures du matin. Ça faisait déjà un bon bout de temps que la pluie tambourinait sur la fenêtre du bureau sans que Maëlys Mons y prête la moindre attention. Ses yeux parcouraient encore et encore les tableaux d'échantillonnages indiquant les différents marqueurs STR et mettant en évidence les similitudes et les conclusions d'analyses.

Le rapport en provenance du laboratoire de la police scientifique tenait sur quelques feuillets mais ne laissait malheureusement que peu de doutes. Le sang prélevé dans le coffre de la voiture des Legoff avait permis de définir trois profils génétiques distincts. D'abord ceux de Tom et Hadrien Legoff, en partie mélangés sur le tapis de sol de l'habitacle et sur la lame de la hache, ce qui présageait le pire. Maëlys imagina leurs corps allongés l'un contre l'autre dans une étreinte funèbre qui lui donna la nausée. Ensuite, il y avait le sang d'un « inconnu » en beaucoup plus faible quantité sous forme de ruissellement et d'empreintes non exploitables, localisé exclusivement sur le manche – ce salopard portait visiblement des gants.

Le reste des résultats concernait les différentes recherches de preuves réalisées sur le véhicule et n'ayant abouti qu'à l'identification des victimes. Idem sur les téléphones portables et l'intérieur de la voiture. Pas besoin d'être un expert en analyse criminelle pour interpréter ces résultats. La famille Legoff était tombée dans une embuscade, et l'agresseur s'était servi de l'arme retrouvée dans le coffre pour abattre ses victimes avant de les transporter dans leur propre voiture. La présence de son ADN laissait entrevoir la possibilité qu'il se soit blessé pendant l'assaut. Tom ou Hadrien avaient dû se débattre, peut-être avaient-ils même réussi à retourner la hache contre leur agresseur mais sans succès.

La gendarme lâcha le rapport et abandonna son bureau pour aller ouvrir la fenêtre et prendre un peu d'air frais. Maëlys avait déjà de profonds cernes sous les yeux et cette nuit blanche lui parut d'un coup encore plus lourde. Elle avait quitté Vivian Legoff quelques heures plus tôt en n'écartant pas l'hypothèse d'une issue favorable mais la porte venait de se fermer définitivement. *Quelle conne !* Pourquoi s'entêtait-elle à essayer de convaincre les autres que les choses allaient s'arranger ? Dans ce monde, rien ne s'arrangeait. Les choses ne faisaient qu'empirer petit à petit, gangrenant tout espoir aussi sûrement que la pourriture sur un vieux steak. Dans ce genre de situation, elle était censée faire face, garder une distance en se blindant émotionnellement pour ne pas altérer la qualité de son travail. Connerie ! Qui pouvait faire ça ? Dieu ?

Elle convoqua son équipe dans la salle de briefing attenante à son bureau et scruta les visages de ses hommes dont les mines sombres et la fatigue étaient déjà apparentes après cette nuit à bosser dans le garage des Legoff. Elle savait qu'eux aussi devaient nourrir un petit espoir de retrouver Tom et Hadrien vivants. Certains étaient de bons pères de famille, d'autres des gars gentils qui n'avaient pas demandé à récolter toute la merde de l'humanité. Mais c'était leur job et la seule chose qui restait à faire, et sur laquelle il fallait galvaniser ses hommes, était de coincer le salopard responsable de tout ça. Elle prit donc sa voix la plus calme pour exposer les nouveaux objectifs de l'enquête.

Premièrement, identifier le profil inconnu en vérifiant s'il ne matchait pas avec la base de données du FNAEG, le fichier des empreintes génétiques. Ça, c'était simple et le résultat ne devrait pas tarder à tomber ; Broussard déclara immédiatement qu'il s'en chargeait.

Deuxièmement, retrouver les corps des victimes, car à ce stade il était inutile de se voiler la face sur leur destin. La chronologie criminelle se dessinait peu à peu et il s'agissait de la compléter au plus vite. Vers vingt heures quinze, les Legoff s'étaient arrêtés sur la départementale 785 au niveau du Roc'h Trevezel. C'est à cet endroit qu'ils avaient été attaqués. À vingt-deux heures, Vivian s'était présentée à la gendarmerie de Carhaix-Plouguer et Maëlys avait envoyé une voiture de patrouille sur place pour constater aux alentours de vingt-trois heures que le véhicule n'était plus là. Autre élément : il était un peu moins de minuit lorsque Gwenaëlle Riou, la vieille dame du hameau de Kernevez, s'était étonnée qu'une voiture emprunte la route menant dans les tourbières. Elle avait également mentionné la présence d'un chien noir. Entre l'heure de l'attaque et le moment où le tueur avait tenté de faire disparaître le véhicule, il s'était donc écoulé plus de trois heures au cours desquelles il s'était débarrassé des corps. Pendant son exposé, Maëlys commença à délimiter une zone sur la carte IGN de la région qu'elle avait accrochée sur un mur. Le cercle rouge passait de Commana à Brasparts jusqu'à Huelgoat et son immense domaine forestier. Le périmètre de recherche était vaste.

Première question : pourquoi le meurtrier était-il revenu aussi près du lieu du crime pour camoufler la voiture ? Sans doute parce qu'il imaginait que les tourbières allaient l'avaler. Broussard fit remarquer que le tueur avait dû se rendre compte qu'il était blessé. Pourquoi abandonner l'arme du crime dans le coffre avec son sang sur le manche ? Cela renforçait l'idée que le gars était sûr de lui. Il était certain que le marais était un trou sans fond. Ou alors il s'en foutait. Il était sous l'effet de la drogue ou de l'alcool et il n'y avait même pas pensé. Possible.

Les assassins étaient souvent bas du front. Ce n'était pas juste une légende urbaine, ça se confirmait tous les jours. Des gars prêts à passer à l'acte pour rien, sans préméditation, sans anticipation sur les conséquences, il y en avait des tonnes. Pourtant, la piste du trafic avec l'argent à la clé laissait présager autre chose : une exécution. Mais alors, pourquoi vouloir faire disparaître les corps d'un côté, la voiture de l'autre ?

Quoi qu'il en soit, ils avaient un profil génétique et un périmètre de recherche. Les gendarmes se partagèrent donc le travail, définissant des zones d'investigation pour aller le plus vite possible. Ils savaient que le temps jouait contre eux. Le tueur était peut-être déjà loin.

Après le briefing, Maëlys décida de rentrer chez elle et de profiter de la pause du midi pour se reposer une petite heure. Les journées à venir s'annonçaient intenses et elle n'arriverait pas à tenir sans sommeil. Elle habitait dans un appartement qu'elle louait au-dessus d'une boulangerie, à moins de dix minutes à pied de la gendarmerie. Elle aurait très bien pu s'installer à Quimper ou même sur la côte, histoire de bénéficier un peu de l'animation locale, mais elle préférait rester là, en contact avec son équipe, sa brigade. D'une certaine manière, elle avait l'esprit de corps et ses années de caserne lui manquaient. Elle acheta un sandwich qu'elle dévora en grimpant les marches de son étroite cage d'escalier. Au moment où elle s'apprêtait à passer le seuil de la porte, son téléphone portable vibra, lui indiquant qu'elle avait un message en absence. La voix enthousiaste de Broussard lui annonça que le fichier FNAEG avait immédiatement matché avec l'ADN inconnu prélevé dans le coffre des Legoff. Il s'agissait d'un gars du coin, fiché pour utilisation de stupéfiants. Un certain Ronan Morel. Elle fit demi-tour en claquant la porte de son appartement. Le repos pouvait bien attendre.

31

Ron se réveilla avec la bouche pâteuse et l'impression d'être passé sous les roues d'un camion. Il était couché face contre sol, de la paille humide collée sur le visage, ses vêtements trempés lui glaçaient les os et pour couronner le tout, il n'avait aucun souvenir de ce qu'il foutait là. Il lutta pour faire fonctionner ses muscles et rouler sur le côté. Il se trouvait dans une grange, celle qui était dans le coin de la centrale, ça, il se le rappelait. Cela voulait dire qu'il avait dû passer la nuit en chasse de matos à s'injecter dans les veines et que d'une manière ou d'une autre il y était parvenu.

Vulcain était couché pas loin, la tête posée sur ses énormes pattes noires en guise d'oreiller. Il pionçait comme un nouveau-né. L'estomac de Ronan gargouilla et il sentit une violente envie de pisser. À mesure que ses sensations revenaient, il constata à quel point il était dans un état lamentable. Ses mains ressemblaient à celles d'un squelette, les muscles de ses cuisses avaient fondu malgré les kilomètres de crapahute qu'il faisait quotidiennement et il devait avoir la tête d'un vieillard, lui qui quelques mois plus tôt avait encore vingt-cinq ans. Il se rappelait les années où il avait essayé de s'en sortir, toutes ces sorties en mer pour gagner sa croûte et se tenir loin de la came.

Finalement t'as réussi, papa... tu m'as forcé à faire comme toi, partir en mer et me défoncer en rentrant.

La culpabilité, la colère, le manque, tout se mélangeait dans son cerveau. Dans quelque temps cela n'aurait plus d'importance de toute façon, car, il le savait, il ne tiendrait pas ce rythme éternellement. Il se leva pour s'extirper de la meule de foin qui lui avait servi de couchette et clopina jusqu'à l'extérieur où le froid le fit grelotter un peu plus. Il devait être quoi ? Quatre ou cinq heures de l'après-midi ?

— Bordel de merde ! hurla-t-il au paysage.

Un flash de mémoire venait de refaire surface. Ce matin il avait rendez-vous avec Jean-Hugues pour l'aider à finir sa foutue carte. Le vieux comptait arpenter un champ pas loin de Commana, sa baguette de sourcier à la main. Rendez-vous manqué, vu l'heure. Ron serra les mâchoires de honte. L'ancêtre l'avait pris sous son aile depuis le début et cela malgré l'état lamentable dans lequel il se trouvait, et la seule fois où il lui demandait un peu de soutien, il merdait sur toute la longueur !

Vulcain sortit à son tour de la grange et lui lança un regard profond. *Toi aussi tu sais que j'suis un connard*, pensa Ron en observant son chien. La bête ouvrit grand sa gueule pour bâiller et après s'être étirée sur ses pattes avant, elle partit dans les fourrés d'un pas décidé. Ron avait l'habitude de son petit manège. Généralement Vulcain disparaissait jusqu'au coucher du soleil, le temps de trouver de quoi manger. Vu l'épaisseur du bestiau, il se demandait bien ce qu'il pouvait chaparder.

Peut-être qu'il faisait simplement le tour des fermes à la recherche d'un paysan généreux ?

Quoi qu'il en soit Ronan décida de se mettre en marche vers La Feuillée, histoire de tenter de se faire pardonner. En partant maintenant, il avait une chance d'arriver avant la nuit. Il fouilla dans ses poches et découvrit un billet de cinq euros plié au point qu'il ressemblait à un filtre. S'il croisait un commerce, il achèterait une boutanche. Ron n'aimait pas ça, mais il savait que Jean-Hugues tétait du rouge pour le souper. Le trajet lui prit presque deux heures tellement il avait les guibolles en coton. Il passa par la boulangerie du centre-ville qui faisait aussi office d'épicerie et trouva une bouteille de merlot pas trop cher qu'il compléta par une baguette de pain. La jeune commerçante le dévisagea un long moment vu la manière dont il était fagoté, mais elle lui parla gentiment et le gratifia même d'un « bonne soirée » lorsqu'il quitta son magasin. Ron n'avait pas besoin de grand-chose pour être heureux. Le respect et un peu de came, c'est tout ce qu'il lui fallait.

Une demi-heure plus tard, il avait grimpé la colline sur laquelle se trouvait le vieux moulin. Jean-Hugues ne devait certainement pas s'attendre à le voir débarquer à une heure pareille. Il avala la moitié de la baguette pour caler son estomac qui ne cessait de se plaindre et franchit les derniers mètres sous une pluie fine. La porte de la ferme était grande ouverte, mais les lumières à l'intérieur étaient éteintes. Sans doute que le vieux déambulait dans son jardin ou arpentait les environs avec sa canne de magicien. Il faisait souvent ça pour « capter les énergies ». Ron se dit qu'il pourrait entrer et déposer la bouteille sur la table de la cuisine, ça lui ferait une surprise, mais son enthousiasme disparut dès qu'il arriva sur le perron. Il aperçut d'abord les jambes étendues comme deux poteaux raides en travers du couloir, et puis le buste dont les bras serraient le bois de sa baguette et finalement la tête. Enfin l'absence de tête, étant donné qu'une bonne moitié du crâne était écrasée contre le sol si bien qu'on voyait l'intérieur, qui avait coulé sur les côtés dans un flot de sang et de liquide blanchâtre. Mais ce qui lui fit lâcher la bouteille c'est les yeux de Jean-Hugues, qui ressemblaient à deux ballons prêts à exploser. La violence du coup les avait projetés hors des orbites et l'un d'entre eux pendait sur sa joue, à peine tenu par un faisceau de nerfs et de tendons.

Le litron de merlot se brisa sur le sol et le vin commença à se mélanger avec le reste des liquides dans lesquels Ron pataugeait. Son estomac se retourna d'un coup et il courut à l'extérieur pour dégobiller son contenu dans la boue. C'est à ce moment qu'il comprit qu'il n'était pas seul. Un gars gigantesque avec une crête le fixait avec de petits yeux porcins.

— Salut Ron, dit-il avant de lui envoyer un immense coup de pompe dans le bide et de lui mettre un sac plastique sur la tête.

32

Maëlys sentait la fatigue l'envahir au point qu'elle luttait pour ne pas s'endormir sur la route de Morlaix. L'identité confirmée par l'analyse ADN du sang prélevé sur le manche de la hache changeait la donne. Elle avait un suspect sérieux, Ronan Morel, un gars de la région de vingt-cinq ans. Impossible de le localiser avec fiabilité, elle s'était donc rabattue sur son inscription au FNAEG pour consommation et détention de stupéfiants. Après avoir fait le tour des organismes du coin, il était répertorié dans deux établissements : le service de santé des gens de mer (SGDM) de Brest où il était suivi par le docteur Sangnier et le centre de soin, d'accompagnement et de prévention en addictologie (CSAPA) de Morlaix où elle avait obtenu un rendez-vous le soir même avec la médecin addictologue Francine Berthier.

Le centre, situé à Plourin-lès-Morlaix, était composé d'un bâtiment de plain-pied à la façade rouge posé sur un terrain isolé. Après avoir été reçue par une hôtesse d'accueil, Maëlys avait rencontré la docteure Berthier, une grande femme élancée aux cheveux blonds et au sourire communicatif. Elle lui avait rapidement fait visiter les lieux, le bureau des médecins, la salle de distribution de méthadone, la salle de réunion pour les groupes de parole, avant de l'installer dans une petite pièce dont la fenêtre donnait sur la campagne environnante.

— Ronan, je vois tout à fait. Il est venu au centre pendant plusieurs mois l'année dernière. Je vais vérifier nos registres, mais je dirais jusqu'à septembre. Je me souviens bien de lui, c'est un gamin touchant. J'espère qu'il ne lui est rien arrivé ?

— Non, pas que je sache… C'est quel type de consommateur exactement ?

— Un peu de tout… vous savez, on a commencé à voir se développer le cannabis dans les années quatre-vingt-dix, mais maintenant, presque toutes les personnes qui passent ici sont addicts à l'héroïne et à la cocaïne. Ils prennent aussi des amphétamines. Ronan, lui, c'est un gamin qui a un passif familial en plus…

— C'est-à-dire ?

— Son père était marin pêcheur et Ronan a quasiment grandi sur son chalutier. À quatorze ans il embarquait déjà avec les hommes. Mais on nous a transmis un dossier de l'assistance sociale, car il a dû être placé en foyer après plusieurs bagarres…

— Son père le battait ?

— Oui… il était de l'ancienne école et visiblement, il avait souvent une gueule de vent debout comme disent les marins… c'est-à-dire qu'il consommait son alcool à terre avant de prendre la mer. Du coup le petit a développé un autre type d'addiction… C'est compliqué de se sortir de la drogue avec un passif comme le sien.

— À cause de son père ?

— Pas seulement. Lorsqu'on tente d'expliquer les causes d'une addiction, il faut toujours revenir au triangle d'Olivenstein : le sujet, l'environnement, le produit. Dans le cas de Ronan, le métier de la pêche l'expose à un stress et à une excitation continue, son cerveau est sollicité en permanence par des flots d'adrénaline et de sérotonine. Certains neurostimulants comme la cocaïne vont permettre de gérer ce stress. Mais une fois sur terre, c'est le *down*… le moment où tout retombe et où guette la dépression. Généralement les consommateurs de cocaïne vont prendre de l'héroïne pour atténuer cette descente et se retrouver piégés dans un cercle vicieux. Si vous rajoutez à cela le profil psychologique du sujet, les marins sont souvent ce que nous appelons des *risk seekers*, ils cherchent le risque, car c'est un métier difficile et dangereux. Ce sont donc des personnalités spécifiques, encore plus susceptibles de développer une addiction. Et puis il y a la peur… personne n'en parle par fierté, mais l'héroïne procure l'illusion temporaire que « tout va bien », même dans les situations les plus dures… bref, Ronan était pris dans une spirale dont il voulait sortir, et c'est cela qui compte. J'ai bien compris que votre enquête est confidentielle, mais qu'est-ce qu'il a fait exactement ?

Maëlys sentit l'affection que la docteure portait au jeune homme dans sa manière de poser la question. Elle se dit qu'elle pouvait préserver le doute.

— Je ne sais pas encore… j'essaie juste de définir à qui j'ai affaire pour le retrouver.

— Rien de grave j'espère ?

— Peut-être que si… Il avait des comportements violents ?

— Non. Il a participé à plusieurs groupes de parole avec d'autres consommateurs. Il n'est jamais rien ressorti de la sorte. En plus comme je vous l'ai dit, il était sur une bonne pente. Sa rencontre avec un gars… Félix quelque chose… un patron pêcheur.

— Félix Morvan ?

— Oui c'est ça… Ronan s'était embarqué sur son chalutier et ça lui réussissait bien. Il venait au centre récupérer sa méthadone avant de partir en mer, il fournissait régulièrement ses analyses de sang et passait à la visite médicale. Pour nous il était sur la bonne voie. Cet homme lui servait visiblement de modèle paternel, ils avaient d'excellents rapports. J'imagine que quand le bateau a sombré, il s'est retrouvé à nouveau face à ses addictions et il n'a pas su gérer. En tout cas, à partir de là, il n'est plus revenu me voir.

— Vous avez un numéro où je peux le joindre ?

— Aucun. Normalement les soins sont anonymes et totalement gratuits. Je vous donne toutes ces informations dans le cadre de votre enquête, mais la moitié des jeunes que je vois passer ici ne me communiquent pas leurs numéros.

— Il ne s'est pas lié d'amitié avec quelqu'un au centre ? Aucune autre piste ?

La médecin réfléchit quelques instants avant de répondre.

— Il parlait souvent d'une fille qu'il aimait bien. Je pense qu'il avait envie de lui faire plaisir en faisant tous ces efforts…

— Vous avez un nom ?

— Juste son prénom… Lorie… je crois bien que c’est ça.

33

Depuis le choc encaissé dans les côtes, Ron avait un mal de chien à respirer. Le plastique lui collait à la peau si bien qu'il s'étouffait chaque seconde un peu plus sans espoir de sortir du coffre dans lequel on l'avait jeté. Il connaissait parfaitement ce salopard et sa réputation de psychopathe. Pas difficile d'évaluer ses chances de s'en tirer vivant, elles étaient proches du néant.

La voiture roulait sur un chemin paumé, ça, il pouvait le sentir aux soubresauts qui l'envoyaient valdinguer contre les parois d'acier de sa prison. En pointant le bout de sa langue hors de sa bouche, il réussit à dilater le plastique pour créer une minuscule poche d'air qui lui fournit quelques minutes d'espoir supplémentaires. Mais à quoi bon ? Ses poumons en feu menaçaient d'exploser, son corps tout entier lui donnait l'impression d'être à vif et son cerveau ne fonctionnait plus qu'au ralenti. Quelle chance avait-il de toute façon face à cette masse de muscles et de haine ?

Un nouveau tressaillement de l'essieu l'envoya rouler dans le fond de son cercueil et ses oreilles bourdonnèrent dangereusement avant que le son ne se coupe. C'est alors qu'il commença à l'entendre. C'était une mélodie lancinante qui emplissait son esprit comme le battement d'un cœur invisible. Le flux et le reflux de la mer devinrent de plus en plus clairs si bien qu'il eut presque l'impression de se trouver sur la plage, la tête tournée vers l'océan. Un air frais chargé d'embruns lui remplit les poumons et il fut transporté tout gamin, lorsqu'il s'était embarqué pour la première fois sur le chalutier familial. Il se tenait sur le pont avant, les doigts agrippés au garde-corps, le regard perdu dans l'horizon. Il sentait le vent lui battre les joues et ses yeux pleuraient de bonheur. Là-bas tout était possible loin des tourments de la terre ! L'océan lui offrait le frisson de l'aventure et une place parmi les frères et sœurs qui avaient depuis la nuit des temps parcouru le même rêve de liberté.

C'est là que la mer l'avait pris. C'est là qu'il s'était abandonné tout entier, scellant le pacte d'eau et de sel dont il ne pourrait plus jamais se délier. Toute la merde qui avait suivi n'avait rien à voir avec les mots chuchotés par les sirènes ce jour-là. La mer, elle, restait pure, comme le corps nu de Lorie entre ses bras. Lorie, il l'avait tant aimée et elle n'était plus là, elle non plus. Sa famille, son capitaine, son amour, ils avaient tous rejoint la fosse de l'oubli et Ron ne tarderait pas à les suivre, il le sentait jusqu'au tréfonds de son âme. À quoi bon de toute façon s'accrocher à un abîme de douleur ? Tout ce qu'il regrettait c'était de finir dans un trou de vase et de tourbe, lui qui avait toujours pensé servir de nourriture aux poissons et se dissoudre dans cet élément qui lui avait tant donné.

La voiture s'arrêta net et l'horreur reprit sa place. Le coffre s'ouvrit et Ron se sentit soulevé comme une plume avant de retomber lourdement au sol. Une main gigantesque lui attrapa le visage et arracha d'un coup le plastique. L'air glacial le transperça, il gonfla sa poitrine dans un sursaut désespéré et toussa un flot de sang et de morve. En décollant les paupières, il comprit qu'il se trouvait dans une sorte d'excavation à ciel ouvert où se dressait une ruine en pierres sèches avec d'épais moellons rougeâtres. Sa tête était posée sur un socle de schiste dont une arête coupante lui tailladait le cuir chevelu. Partout autour de lui, il n'apercevait que la rocaille couverte de mousse et quelques arbrisseaux à la silhouette rachitique. Il devait être dans le coin de Commana ou de Sizun, dans une de ces carrières dont Jean-Hugues lui avait parlé. Elles avaient livré leur lot d'ardoise bien avant l'ère industrielle et s'étaient éteintes progressivement en ne laissant que des cratères lunaires que le ciel se chargeait de remplir. Ron releva la tête pour tenter d'apercevoir l'Indien et reçut pour toute récompense une énorme claque dans les gencives.

— Reste par terre, Ducon.

Il aurait bien aimé bondir sur ses jambes et détaler vers le bas de la côte où la voiture s'était arrêtée, mais son corps ne répondait plus et lui donnait l'impression d'une vieille éponge molle qui partait en lambeaux.

— Il est où le fric ? questionna le dealer en le fixant avec des yeux injectés de sang.

Ron pensa : *Quel fric ?* Mais ses lèvres ne réussirent pas à se desserrer suffisamment pour former les mots.

— Tu te fous de ma gueule c'est ça ?

Et le type le souleva de terre comme s'il ne pesait rien pour l'envoyer valdinguer contre un rocher à quelques mètres. Cette fois son épaule heurta la pierre et Ron sentit une douleur atroce lui déchirer les ligaments avant de percuter qu'il n'arrivait plus à bouger son bras.

— OK tu t'fous de ma gueule, alors on va faire sale, dit l'Indien en se dirigeant vers la voiture pour revenir avec un sac en toile qui semblait minuscule entre ses mains gigantesques.

Il fouilla quelques secondes à l'intérieur et son visage s'illumina d'un sourire carnassier lorsqu'il sortit une grande pince du genre de celles qu'on utilise pour élaguer les arbres. Avant que Ron n'ait le temps de faire quoi que ce soit, l'Indien saisit le bras dont le junkie venait de se démettre l'épaule et le tira vers lui, écartant ses doigts comme une pauvre chose désarticulée.

— J'vais t'éplucher comme une fleur. Ça te dit qu'on joue tous les deux ?

Ron hurla qu'il ne savait pas de quoi il voulait parler, ni son fric, ni son jeu, ni toute cette merde qui n'en finissait pas de se déverser depuis des mois.

— Un, deux, trois, SOLEIL !

Et il posa les lames rouillées du sécateur autour de son auriculaire avant de lui faire claquer les mâchoires d'un coup sec. Le doigt se détacha instantanément de la main et tomba sur le sol dans un flot de sang. La douleur mit quelques secondes à arriver et Ron beugla comme un animal coincé dans un piège mortel.

— J'sais pas où elle est ta thune ! J'te jure, j'sais pas ! réussit-il à articuler malgré son supplice.

— Merde ça c'est con, répondit l'autre. Personne sait où est ma thune. Un, deux, trois…

SOLEIL… et la lame claqua ses dents d'acier une seconde fois, coupant la peau, la chair, les nerfs pour envoyer valdinguer un deuxième doigt sur le sol. La souffrance fut si forte que Ron eut l'impression que son cœur allait lâcher. De sa main valide, il chercha à attraper quelque chose, mais il n'y avait que la roche dont ses ongles grattaient désespérément le lichen pour trouver une échappatoire à ce supplice.

— Arrête ! J't'en supplie arrête ! gémit-il en pleurant. J'sais pas où elle est ta thune, arrête…

Le géant le dévisagea un instant et parut décontenancé par sa réponse. Il n'avait pas l'habitude qu'on lui résiste. Pourtant Ron disait bien la vérité, mais cette vérité allait causer sa mort.

— OK… tu te fous de ma gueule… Un, deux, trois…

— Attends j'vais t'dire où elle est…, larmoya Ron dans un instant de lucidité. C'est pas moi qui l'ai… c'est l'autre…

— Qui ça l'autre ? T'as pas intérêt à me raconter de craques.

— C'est l'autre… Legoff… c'est lui qui a ta thune…

— Tu te fous de moi ?

L'Apache sembla hésiter à actionner le sécateur. C'est à ce moment que les doigts de Ron agrippèrent un caillou dont il pouvait sentir les arêtes acérées. Sans réfléchir, il concentra toutes ses forces en un effort ultime et projeta son arme de fortune en direction de la tête du bourreau. Le projectile rencontra sa cible au niveau de la tempe. Il y eut comme un petit claquement sec et l'homme s'effondra de tout son poids. Ron se replia sur lui-même en roulant sur le côté et finit par se retrouver sur ses pieds, détalant vers la forêt à toute allure sans même jeter un regard derrière lui. Il était vivant, c'est tout ce qui comptait.

34

C'était une vieille bâtisse en pierre de deux étages avec un toit en ardoises usées. Depuis la fenêtre de sa chambre, Vivian apercevait la tour granitique de l'église Notre-Dame-et-Saint-Tugen se dressant au centre du bourg de Brasparts comme une sentinelle silencieuse. Elle avait décidé de venir s'installer dans cette pension nommée L'Auberge des maquisards, non pour fuir sa maison mais pour se rapprocher de son fils. Car malgré les doutes et la douleur, malgré la peur et l'incompréhension, l'espoir de le revoir en vie refusait de la déserter et elle s'accrochait à cette lumière, aussi ténue soit-elle, comme au fil de sa propre existence. Elle pensait également que la proximité du lieu de sa disparition lui permettrait d'user plus efficacement du seul moyen dont elle disposait : ses rêves. C'était une croyance étrange que certains auraient qualifiée de mystique, mais pour elle cela s'imposait comme une évidence, aussi réelle que le froid de cette soirée hivernale.

Vivian ouvrit la fenêtre de sa petite chambre. Quatre murs posés sur un parquet en pente, un vieux lit aux ressorts grinçants et un épais matelas gorgé d'humidité. Un confort spartiate mais qui conviendrait. À l'extérieur la nuit commençait à s'étaler et de gros nuages noirs s'accumulaient en couches sur les toits du village, laissant présager l'orage. Il régnait déjà une obscurité menaçante percée par quelques touches de lumière aux lucarnes des habitations les plus proches. Ses hôtes, un gentil couple de Londoniens expatriés pour fuir la frénésie de la vie citadine, lui avaient donné rendez-vous à vingt heures précises dans la salle du rez-de-chaussée où son souper l'attendait face à l'âtre dans lequel un bon feu crépitait.

Vivian était exténuée. Non seulement elle n'avait pas réussi à dormir, mais son esprit ne cessait de ressasser le peu d'informations dont elle disposait. Les affaires secrètes d'Hadrien et son association douteuse avec Félix Morvan. La disparition du marin et de son équipage dans ce terrible naufrage suivie par celle de sa jeune compagne dans un accident domestique… enfin le sang retrouvé dans le coffre de la voiture. Le sang de son fils. Une saison entière de malheur et de mort. L'Ankou, le grand faucheur de destins, venait réclamer son lot d'âmes et rôdait autour d'elle. Vivian en avait cauchemardé, elle avait senti son souffle, vu son visage et ressenti la déchirure dans sa chair. Pourtant, elle était toujours en vie, prête à se battre pour faire surgir la vérité, pour sauver son enfant.

Ses lèvres se posèrent sur un bol de soupe aux asperges mais aucun goût ne vint égayer son repas. Ses sens semblaient se restreindre à l'essentiel. Elle était capable d'entendre le moindre craquement du parquet au-dessus d'elle, d'apercevoir du coin de l'œil l'ombre d'un branchage poussé par le vent, mais les aliments n'avaient plus de saveur. Certainement un symptôme de l'hypervigilance post-traumatique dont la psy lui avait parlé.

On lui fournit du vin qu'elle consomma jusqu'à sentir les prémices de l'ivresse avant de quitter le petit salon pour retourner à l'étage. Dans quelques minutes, elle sombrerait dans le sommeil et rejoindrait Tom. Elle espérait que le flot de ses angoisses se tarirait pour la laisser arpenter les contrées du rêve. Pourtant, au moment de se déshabiller pour glisser sous ses couvertures, elle remarqua une lumière qui scintillait, pas loin du clocher de l'église. Un éclat très vif apparaissait quelques secondes avant de disparaître pour revenir un peu plus longtemps. Elle s'aperçut rapidement que cela ressemblait à un code. Gamine, elle se souvenait de ses années à courir les bois avec sa sœur. Dorothy avait à peine un an de plus qu'elle, mais dans les yeux une assurance que Vivian n'atteindrait jamais. Pour ses parents, elle était la plus jolie, celle à qui l'on donne toutes les chances, car son charme opère en continu. On ne devrait jamais avoir de préférence lorsqu'on est parent et pourtant… Devant cette sœur modèle et glorifiée, Vivian s'était rabattue sur la malice et la débrouillardise en devenant le « garçon manqué » de la famille. Toujours en pantalon, la plupart du temps déchiré, elle arpentait la campagne quel que soit le coin de France où leur père militaire de carrière les obligeait à s'installer. Sa sœur, elle, ne quittait jamais ses robes et ses froufrous, mais Vivian arrivait parfois à l'embarquer dans ses expéditions hasardeuses. Passer la nuit en forêt, explorer une grotte, voler les tomates des voisins… Et elle n'était jamais aussi heureuse que lorsque la belle Dorothy revenait à la maison avec un joli bleu au coude, un accroc à sa jupe, une touffe de cheveux de travers.

Ces souvenirs brusques la firent sourire alors que la lumière continuait de pulser près du clocher. Du morse, c'est de cela qu'il s'agissait à coup sûr ! Elle attrapa donc un morceau de papier et commença à déchiffrer les lettres correspondant aux signaux. Lorsqu'elle eut fini de le faire, elle fut obligée de s'y reprendre à plusieurs fois pour être certaine de ne pas rêver. Quelqu'un dans la nuit lui envoyait un message et ce message était :

J.E S.A.I.S Q.U.I T.U.E

35

Ron courait à s'en faire péter les rotules. Son cœur battait tellement fort dans ses tempes qu'il avait l'impression que du sang coulait de ses oreilles. Il dégringolait entre les masses de schiste sans oser regarder en arrière. Sa main gauche pendait au bout de son bras comme un moignon poisseux et inerte. Il ne sentait pas la douleur. Tout ce qui comptait c'était détaler le plus loin et le plus vite possible et se concentrer sur son unique objectif : survivre.

Une mouette poussa un cri plaintif dans l'obscurité au-dessus de sa tête. Il pensa aux histoires de marins et se dit que ça ne pouvait pas être un hasard. La terre essayait de l'aspirer dans son magma boueux, lui qui venait des lointains océans. Depuis la nuit des temps, ces deux forces s'affrontaient sans concession. Il suivit la trajectoire de l'oiseau et bifurqua le long d'un gros talus de remblai recouvert de ronces et d'arbustes griffus. Ses pieds s'accrochèrent à une ornière et il perdit une basket qu'il ne prit même pas la peine de récupérer. S'enfuir aussi vite que le vent dans les voiles avec pour seul phare cet animal qui le menait vers le salut du large. Ses yeux se mouillèrent de sueur si bien qu'il manqua de justesse de heurter un vieux chêne dont le tronc noueux était bouffé par le lierre. Son pied nu se posa sur la surface lisse du bitume et il réalisa qu'il se trouvait sur une petite route. À une centaine de mètres devant lui se découpait le contour d'un pavillon en bordure de forêt. La mouette poussa un dernier hurlement avant de disparaître au-dessus des nuages.

Était-il arrivé à bon port ? Ron s'immobilisa quelques secondes pour reprendre son souffle et une chaleur inquiétante commença à irradier de sa main. Il regarda sa chair boursouflée recouverte de sang noir. Un spasme lui retourna l'estomac et il tomba à quatre pattes pour vomir ses tripes sur le sol. Mille couteaux lui labourèrent la main avant de remonter sur son avant-bras. Son cœur se serra si fort que les nerfs de ses yeux se contractèrent. *J'vais crever là... comme une merde*, se dit-il en roulant sur le côté. L'humidité froide de la route lui colla à la joue. Il se retrouva ailleurs. Il avait seize ans, il se tenait dans la même position, le visage baignant dans le jus de poisson. Il avait mal dosé son shoot et son corps l'avait abandonné, le laissant inerte au milieu des viscères et des carcasses jonchant le pont où les marins triaient leurs prises. Figés par l'overdose, ses yeux fixaient une ligne de fuite où se trouvait une étroite vanne permettant l'évacuation des eaux usées. De là, il apercevait les flots déchaînés autour du chalutier voguant entre les vagues. La masse insondable de l'océan emplit lentement son esprit et l'aspira vers ses profondeurs. Ce jour-là, il s'était senti appelé par le néant et il avait failli perdre pied.

Ron cessa de lutter contre la douleur et son corps se détendit à mesure que la certitude d'une fin rapide commençait à l'envahir. À quoi bon se battre contre le destin ? N'était-il pas condamné à crever face contre terre, comme le poisson qui se débattait dans les filets ? Une lumière s'alluma quelque part dans la nuit et un bruit parvint de la maison. Quelqu'un se trouvait dans l'encadrement de la porte, scrutant les alentours, et ce quelqu'un était une femme. Ron se redressa sur ses coudes et essuya ses yeux avec le tissu d'une manche. Il reconnut le petit visage rond, l'air doux et un peu triste qui cherchait à l'apercevoir. C'était la jeune femme de l'épicerie où il avait acheté son vin pour Jean-Hugues. Celle qui lui avait répondu gentiment. La douleur s'estompa suffisamment pour qu'il se lève, gonflé par un nouvel espoir. Cette femme était son ange gardien, elle le sauverait de la nuit dans laquelle il avait failli s'abandonner. Il se traîna jusqu'à elle, collant ses cheveux gras de sa main valide pour tenter de donner son air le plus présentable.

— S'cusez moi… on s'est déjà vus ! lança-t-il d'une voix rauque.

La femme le fixa et ses yeux s'écarquillèrent de peur. Sous la lumière pâle de la lune, le corps et le visage couvert de boue, il devait ressembler à un fou. Elle eut un mouvement de recul, mais se ravisa lorsqu'elle aperçut le moignon sanguinolent qui lui servait de main.

— Vous êtes blessé… vous voulez que j'appelle une ambulance ?

Ron lui fit non de la tête et s'avança encore d'un pas jusqu'à sentir la chaleur qui s'échappait de la maison. Depuis l'intérieur, des rires d'enfants montèrent dans la nuit.

— Non… vous… vous avez de quoi désinfecter… ?

Elle détailla la blessure et se mordit les lèvres en comprenant la gravité de la situation.

— Non… je pense qu'il faut que vous alliez à l'hôpital. Qu'est-ce qui vous est arrivé ?

Une petite tête blonde apparut contre la cuisse de la fille, puis une autre, et les enfants plongèrent leur regard dans celui de Ron. Il sentit une tristesse et une honte l'envahir à tel point que des larmes commencèrent à couler sur ses joues. Comment avait-il pu en arriver là ?

— On m'a attaqué.

— J'appelle la police !

— Surtout pas non !

Les mots avaient jailli de sa bouche avec un peu trop de fermeté et les gamins s'étaient serrés contre leur mère en baissant la tête.

— Je… je ne voulais pas vous faire peur… j'vais partir… j'suis désolé.

La fille suivit son regard et il pria intérieurement pour qu'elle le retienne. Une fraction de seconde son visage se confondit avec celui de Lorie et il imagina la prendre contre lui pour sentir sa chaleur. La drogue lui avait tout volé, sa vie, ses rêves, ses espoirs, elle l'avait essoré comme un vieux chiffon avant de le jeter aux ordures. De quel droit se tenait-il ici, en face de cette fille si pure, si saine ? Comment osait-il faire peur à ces enfants avec sa sale carcasse ? Il était devenu une ombre et il n'appartenait plus à ce monde. Il n'y aurait plus ni maison accueillante, ni douceur d'une étreinte, ni amour d'une mère ou d'une femme. Son royaume à lui s'étendait par-delà le gouffre de l'oubli et il se devait de s'y rendre. Quelque chose se brisa dans sa volonté et il se retourna pour partir dans la nuit.

— Attendez ! dit la jeune femme en le voyant s'éloigner.

Mais il n'était déjà plus là. Juste en transit vers sa prochaine destination : la mort.

36

Vivian marchait d'un bon pas en direction de l'église. Une bruine glacée imbibait le tissu de son manteau, mais elle n'y prêtait aucune attention. Le message qu'elle avait décrypté la plongeait dans un abîme de questionnements. « Je sais qui tue. » Quelques mots sortis des ténèbres qui lui étaient forcément adressés. Pourtant ça n'avait aucun sens. Comment savoir qu'elle se trouvait à la fenêtre de cette auberge, à ce moment précis ? Il aurait fallu la suivre et l'espionner jusque dans sa chambre.

Elle accéléra le pas pour rejoindre la route menant au bourg et vit apparaître l'imposant clocher en pointe se dressant vers un ciel noir. Face à elle, un calvaire massif en granit rongé par le lichen. Trois femmes aux figures sévères soutenaient la dépouille mortelle du Christ, leurs corps voilés sous un épais manteau dont les plis laissaient apercevoir d'immenses mains. *Il ressemble à un enfant*, se dit Vivian en détaillant le visage gracieux du supplicié. *Un enfant endormi.*

Un grincement en provenance de l'entrée la fit s'éloigner pour rejoindre le porche sud. Sur les rampants d'un pignon, un squelette tenant un javelot se dressait fièrement : l'Ankou. Son corps, rongé par le temps, semblait se fondre dans l'église, mais on discernait encore une inscription gravée dans la roche : *JE VOUS TUE TOUS*. Elle frissonna avant de s'engager sous le porche où les statues des apôtres la foudroyèrent de leurs yeux vides. La porte de l'église était entrebâillée et un coup de vent la fit claquer d'un coup sec. Vivian n'avait aucune preuve, mais elle était certaine que l'auteur du message codé se cachait là, quelque part au fond de ce sanctuaire de granit. Elle poussa le panneau d'une main mal assurée et s'introduisit à l'intérieur de l'édifice plongé dans la pénombre. La lumière chaude d'une bougie luisait depuis un immense bénitier situé à quelques pas. Elle s'engagea dans la nef, distinguant à peine les contours des autels nichés de part et d'autre. La clarté l'attirait comme un papillon de nuit et elle se dit que quelqu'un avait forcément dû allumer cette bougie. Pourtant, il régnait un silence complet dans l'église, même le vent qui soufflait à l'extérieur ne réussissait pas à en percer les murailles. La cuve baptismale était formée d'un bloc de pierre tellement usé qu'on apercevait tout juste les inscriptions qui en décoraient les bords. Elle était profonde d'un bon mètre et une eau sombre la remplissait. On avait posé la bougie sur le côté, si bien qu'un peu de cire commençait à couler vers l'intérieur.

— Tu me vois, petite ?

La voix rauque venait de derrière son dos. Elle se retourna précipitamment pour découvrir une vieille femme, le corps ratatiné dans une robe noire, un béret vissé sur la tête.

— Qu'est-ce que tu fais ici ? questionna-t-elle en la fixant avec ses yeux sombres.

— C'est vous… le message codé… c'est vous ?

— Quel message ? De quoi tu parles, gamine ?

— La lumière dans la nuit… « Je sais qui tue »…

— Oh… ce genre de messages, je pense qu'on sait toutes les deux à qui ça ressemble.

Elle avait raison. Vivian se souvint de la face érodée de l'Ankou luisante sous la pluie. Le faucheur de vies se moquait d'elle.

— Je vois que tu comprends, dit la vieille en souriant. Si tu me vois et si tu te trouves ici, c'est que tu as répondu à son appel et que tu n'es pas comme… les autres.

— Quels autres ?

— Les morts. On est chez eux ici. C'est leur pays, le noir pays.

— Et vous, vous êtes morte ?

— Moi ? (Elle se prit d'un fou rire dérangeant.) Moi je suis comme toi, une voyageuse. Je passe sans rien laisser derrière. Parce que si tu laisses, il te retrouve. Il n'aime pas trop que tu traînes dans son royaume, vois-tu.

— Je ne comprends pas de quel royaume vous me parlez ? Qu'est-ce qui se passe ici ?

— Ici, oh (la vieille femme sembla réfléchir), ici les morts chuchotent. Ils ressassent leurs tourments… le Yeun Elez tu vois, c'est pas un endroit comme les autres ma fille. C'est une terre qu'on partage avec eux…

— Mais pourquoi je suis là avec vous ?

— Ça c'est à toi de le comprendre… (Elle pencha la tête sur le côté.) Ce bénitier… il te plaît ?

— C'est vous qui avez allumé la bougie ?

— Non… C'est lui. Et il l'a fait pour toi. Peut-être qu'un des leurs a quelque chose à te dire. Si j'étais toi, j'irais regarder à l'intérieur.

La vieille femme se recroquevilla et commença lentement à marcher vers le chœur de l'église.

— Moi je ne peux rien pour toi… sauf si tu viens me voir.

— Où ?

— Il y a un village sur la lande noire. *Tyr Ar Yun*… Cherche et tu trouveras.

Elle fit encore un pas en arrière et disparut dans l'obscurité.

— C'est quoi votre nom ?

Mais elle n'était déjà plus là. Vivian se trouvait seule dans cette église perdue au milieu d'une terre morte. Était-ce un rêve ou la réalité à laquelle se mêlaient ses visions ? Impossible de le dire. La mèche de la bougie crépita en consumant ses ultimes réserves de cire. Vivian approcha d'un pas hésitant, posant son regard sur la surface de l'eau dans les fonts baptismaux. Elle n'était plus dans la nef, mais au bord d'un étang. Tout autour d'elle s'étendait la végétation dense d'une forêt de conifères aux troncs serrés les uns contre les autres. Une légère brume flottait au-dessus de l'eau. Vivian se tenait sur la rive, ses genoux écorchés sous la toile du pantalon. Elle avait douze ans. Elle se pencha en avant et posa une main dans l'eau sombre et fraîche. Une sensation d'effroi terrible la saisit à la gorge et elle n'eut plus d'autre idée que de s'enfuir loin de cette mare abandonnée. Ses muscles refusèrent de se contracter et elle resta là, contrainte d'assister à ce qui allait suivre. Son esprit ne voulait pas voir la vérité, mais elle s'était déjà rendue dans cet endroit. Sa main s'enfonça sous la surface et toucha une matière flasque et huileuse. Son visage se rapprocha comme si elle tentait d'apercevoir quelque chose. Le décor s'estompa et elle revint dans l'église de Brasparts. Elle se trouvait juste au-dessus du bénitier, elle pouvait sentir des relents d'eau croupie s'en échapper.

Soudain, une main blanche et décharnée sortit de la cuve pour l'attraper à la gorge. Vivian hurla de terreur en essayant de se libérer, mais des doigts fermes l'agrippèrent et des ongles couverts de vase s'enfoncèrent dans la peau de son cou. Une force herculéenne la tira en avant et son front percuta la pierre avant qu'elle ne plonge la tête sous l'eau. Elle gémit un flot de bulles en se débattant et ouvrit grand les yeux pour fixer le fond. Le visage d'une jeune fille la contemplait. Un visage gonflé dont des lambeaux de chair se détachaient par endroits. Elle reconnut sa sœur Dorothy. « Pourquoi m'as-tu fait ça ? siffla une voix éteinte. Pourquoi ? » Elle sentit ses poumons se contracter à mesure que l'air s'échappait de sa bouche. Un bourdonnement intense lui traversa les tempes, provoquant une migraine insoutenable. Elle aurait voulu fermer les yeux, mais elle ne pouvait pas quitter l'horreur bouffie dont les cheveux blonds flottaient vers elle comme des algues putrides. Un dernier souffle gonfla ses poumons et elle l'utilisa pour hurler.

C'est alors qu'elle s'éveilla dans la chambre de son auberge. Il était quatre heures du matin et elle ne se souvenait pas de s'être couchée. Elle se leva de son lit pour rejoindre la fenêtre et observa le clocher de l'église, se préparant à voir apparaître une lumière. Tout était sombre et silencieux, seul le bruit de la pluie contre la vitre résonnait dans la pièce. Au loin s'étendait le « noir pays » dont lui avait parlé la vieille femme. Elle resta là toute la nuit sursautant au moindre craquement du parquet, au moindre hurlement de chien et lorsque les premières lueurs de l'aube finirent par apparaître, elle se dit qu'elle avait enfin quitté le royaume de l'Ankou.

37

Maëlys roulait à toute allure vers le site nucléaire de Brennilis, situé à une vingtaine de kilomètres de la gendarmerie. Il était à peine sept heures du matin quand le lieutenant Fabrice Tellier, du commissariat de police de Morlaix, lui avait fait suivre un appel nocturne concernant un rôdeur aperçu marchant le long de la départementale 36 et répondant au signalement de son avis de recherche. L'homme était visiblement blessé et semblait sous l'emprise de l'alcool ou de la drogue.

Maëlys avait réussi à récupérer quelques heures de sommeil malgré une nuit agitée de cauchemars et elle avait envoyé deux de ses gars sur place avant de sauter dans son uniforme pour les rejoindre. Sur le chemin, Broussard l'avait avertie qu'ils avaient dû faire un crochet par le village de La Feuillée après avoir été informé par le facteur du village d'une découverte macabre au vieux moulin de Kerelcun. « La situation est déjà bien dégradée chef, y'aurait au moins une personne décédée. » Maëlys avait demandé à Broussard de sécuriser le périmètre et d'organiser la venue du TIC pendant qu'elle vérifiait le signalement du rôdeur. La Feuillée et Brennilis n'étaient pas si éloignés et il se pouvait parfaitement que ces deux événements soient liés. S'il s'agissait bien de Ronan Morel, peut-être qu'elle tenait enfin leur tueur.

Il était huit heures lorsqu'elle arriva sur place et la nuit se terminait tout juste. Brennilis était un modeste village d'à peine quelques centaines d'habitants nichés dans de vieilles bâtisses en pierre collées les unes aux autres pour supporter la rigueur de l'hiver. Il avait connu un certain essor dans les années soixante lors de la construction et de la mise en service de la centrale nucléaire des monts d'Arrée, mais cette période de prospérité s'était éteinte avec son démantèlement. Aujourd'hui c'était un petit bout du monde au-dessus duquel veillaient les silhouettes inquiétantes du réacteur et des turbines à gaz implantées non loin.

Maëlys réduisit son allure pour guetter les quelques ruelles coupant la voie principale sans apercevoir quoi que ce soit d'inhabituel. Elle finit par atteindre la limite du village et gara son véhicule sur un bas-côté bordé d'arbres. Après avoir vérifié son arme de service, elle sortit avec l'idée de suivre son instinct, même si Broussard lui avait demandé d'attendre que ses hommes la rejoignent – il était mignon ce Broussard, il s'inquiétait pour elle, mais elle sentait que le temps jouait en sa défaveur. C'était une occasion unique de coincer le fantôme qui leur glissait entre les doigts depuis le début de cette affaire, et elle n'avait aucune envie de la laisser passer.

Depuis l'endroit où elle se trouvait, un étroit sentier s'enfonçait dans la forêt en direction de la centrale. La rivière Ellez, qui alimentait le lac de réserve, ne coulait pas très loin et après les pluies des derniers jours, on pouvait entendre l'eau tomber du déversoir du barrage Saint-Michel. Brennilis était un cul-de-sac, il n'y avait nulle part où aller si ce n'est rejoindre les berges pour disparaître dans les tourbières et cela ressemblait à ce qui s'était déjà produit avec la famille Legoff. Maëlys s'engagea donc sur le chemin, arme au poing, et progressa le plus vite possible entre les arbres en prenant garde de ne pas glisser dans la boue. Rapidement, elle vit apparaître les grilles délimitant la zone réservée de la centrale et bifurqua en direction du lac le long de la rivière. Le soleil avait du mal à trouer les nuages et une fine brume s'attachait aux feuillages. L'immense tour de béton décrépi du réacteur nucléaire surmonté de sa coupole perça la végétation sur sa droite. Elle ressemblait à un donjon médiéval, à la différence près qu'il ne renfermait pas quelques vestiges oubliés, mais un cœur d'atome qui, bien qu'ayant cessé de battre depuis une décennie, continuait sérieusement d'inquiéter les riverains.

Le chemin remonta en ligne droite sur une bonne centaine de mètres avant de déboucher sur un bras d'accès du barrage. Tout au bout se dressait la passerelle du déversoir par laquelle l'eau du lac coulait dans la rivière. Une silhouette se trouvait à mi-chemin. Maëlys tenta de distinguer ses traits, mais la distance était trop grande. Elle força l'allure et découvrit dans la clôture un trou par lequel l'homme avait dû se faufiler. En saisissant la grille pour élargir le passage, elle aperçut des traces de sang frais. Sa peur grandit maintenant qu'elle était certaine de ne pas faire fausse route. Une étroite sente entre les broussailles lui permit d'accéder au pied du barrage duquel s'élevait un escalier en béton. Au sommet, l'homme se tenait appuyé contre une barrière de protection, il n'avait pas l'air d'avoir remarqué sa présence. Depuis son emplacement, Maëlys détailla son visage recouvert de crasse, c'était bien Ronan Morel. Elle gravit les marches à toute vitesse et se retrouva à l'autre bout de la passerelle, pistolet en main. L'homme n'était pas armé et une traînée de sang coulait d'une de ses manches. Elle avança doucement vers lui dans le vrombissement de l'eau qui se précipitait une bonne quinzaine de mètres en contrebas. Lorsqu'elle fut proche de sa cible, il enjamba immédiatement le garde-corps.

— Ronan… je sais qui vous êtes…, dit-elle en forçant la voix.

Il se trouvait sur un étroit parapet au-dessus des chutes, sa main valide agrippée à la rambarde. Entendre prononcer son nom sembla l'étonner, car il tourna la tête vers la gendarme.

— Vous savez pas, non… Personne sait qui j'suis.

— Revenez avec moi sur la passerelle, on va discuter tous les deux.

Tout en lui parlant, elle essaya de s'approcher au maximum, prête à faire usage de son arme si nécessaire.

— On peut trouver une solution tous les deux.

— La solution j'la connais, c'est pour ça que j'suis ici. C'est pas la mer, mais ça fera l'affaire.

Il avança d'un pas pour se retrouver à la limite du gouffre. En contrebas l'eau s'écrasait sur un tas de rochers luisants.

— Ne faites pas ça, Ronan, il y a toujours un moyen de s'en sortir... il y a forcément quelqu'un qui vous attend.

— Personne, y'a personne, hurla-t-il en lâchant le garde-corps.

Il se tenait en équilibre à quelques millimètres d'une mort certaine. Malgré les soupçons qu'elle avait sur ses crimes, Maëlys ne put s'empêcher de se sentir accablée par le dénuement de ce gamin au bout du désespoir. Elle avança encore d'un pas. Il fallait qu'elle trouve quelque chose pour le calmer.

— Il y a des gens qui vous ont aimé Ronan..., Des gens qui désirent vous voir vivre... pensez à Lorie.

— Elle est morte... et je vais bientôt la rejoindre...

— Et votre enfant... je suis certaine qu'il aurait voulu que son père soit heureux...

En entendant ces mots, Ron se figea sur son perchoir. Ses yeux mouillés de larmes se tournèrent enfin vers la gendarme.

— Lorie... elle était enceinte... vous le saviez, n'est-ce pas Ronan ?

— Mon enfant...

Son visage exprima une surprise indescriptible et il parut hésiter. C'est à ce moment que Maëlys se jeta sur lui et l'agrippa de toutes ses forces en le tirant sur la passerelle. Ron se débattit à peine, il semblait avoir perdu toute force, même celle de mettre fin à ses jours. Alors qu'elle le plaquait au sol en sortant ses menottes pour le maîtriser, Maëlys sentit un profond soulagement d'avoir réussi à le sauver. Elle pensa à Vivian qui cherchait désespérément son fils et son mari et se dit qu'elle aurait peut-être une chance d'apprendre enfin la vérité.

38

Mireille Legoff habitait à Quimper, un tout petit pavillon avec un joli jardin clôturé, pas loin du chemin de halage longeant l'Odet. C'était une grande femme un peu austère au visage marqué par le temps et au port altier trahissant un tempérament autoritaire.

Lorsque la docteure Blair sonna à sa porte, elle parut d'abord déconcertée, comme quelqu'un qui s'attend à recevoir une mauvaise nouvelle. Après lui avoir indiqué son identité, la psychiatre lui exposa la raison officielle de sa visite : en apprendre davantage sur le couple formé par Hadrien et Vivian, afin qu'elle puisse aider sa patiente à gérer au mieux la situation. Sa demande se faisait en dehors de toute procédure médicale, elle venait simplement par sympathie pour cette famille frappée par le malheur.

Mireille hésita un peu, mais se laissa convaincre, car, comme Eva l'avait supposé, cette pauvre femme de quatre-vingts ans était isolée, sans nouvelles de son fils ni de son petit-fils, et elle avait certainement besoin de parler à une personne qui saurait l'écouter et la rassurer. Elles s'installèrent dans un salon modeste dont le papier peint des murs était tapissé de portraits. Eva y devina son mari « décédé il y a quelques années d'une attaque cardiaque », mais aussi son fils Hadrien avec lequel Mireille partageait un visage allongé, de grands yeux noirs et un air mélancolique. Il y avait aussi de nombreux clichés d'enfants à différents âges, dont un où elle tenait un garçonnet en costume de dinosaure, les joues barbouillées de glace au chocolat.

Tom, son petit-fils, était devenu le centre de son monde affectif et Eva perçut parfaitement la douleur qui irradiait de cette vieille dame qu'on avait amputée de ses deux raisons de vivre. Même s'il restait un espoir de les retrouver, elle savait que le processus de deuil s'était déjà engagé. Un mécanisme de défense de l'esprit humain aussi ancien que vital. Eva connaissait les étapes qu'elle allait devoir franchir et les ressources nécessaires pour le faire et elle se dit qu'en cas de coup dur, il allait falloir à cette femme de l'aide pour ne pas sombrer dans une dépression mortifère. Après lui avoir bien expliqué qu'il n'y avait « aucune raison d'imaginer le pire » tant que l'enquête était en cours, elle rentra dans le vif du sujet en la questionnant sur Vivian.

Mireille lui raconta son arrivée dans la famille. À l'époque René, le mari, était encore vivant, et ils avaient immédiatement constaté à quel point leur fils était amoureux. Quelques années plus tard avait suivi leur mariage à l'église Notre-Dame-de-Locmaria et la naissance de Tom. Sa joie de devenir grand-mère et tous ces étés passés avec lui à ramasser des coquillages sur la plage de Kermor ou en camping lorsqu'ils décidaient de l'emmener dans le coin de Valras, où ils aimaient aller chercher le soleil estival. C'était une mamie heureuse, comblée par un petit-fils qu'elle appelait « mon ange ». Quand Eva lui demanda si le couple avait parfois des disputes, elle la sentit se raidir avant de lâcher un timide : « Ça arrive… Faut dire qu'elle est pas facile, Vivian. » Cette réponse, l'air de rien, masquait quelque chose de plus profond qui cherchait à percer le mur des convenances. La psychiatre n'eut pas beaucoup besoin d'insister pour qu'elle se décide à vider son sac.

— Vivian… elle a un passé, vous savez.

— Un passé ? Comment ça ?

— Je veux dire… quand Hadrien l'a ramenée de la capitale, elle n'allait pas bien déjà. Elle prenait des médicaments et tout.

— Ah oui ? Quel genre de médicaments ?

La vieille dame porta la main à sa tête en reprenant la parole.

— Je n'ai jamais trop su ce qu'elle avait, mais ça allait pas bien là-dedans… à cause de sa famille je crois. Des fois j'en parlais à Hadrien, mais il n'était pas bavard là-dessus. Faut le comprendre…

— Il se serait passé quelque chose dans sa famille, c'est ça ?

— Tout ce que je sais, c'est que ça a un rapport avec sa sœur. Elle gamberge beaucoup, Vivian, c'est pour ça qu'elle est tout le temps fourrée à faire ses photos… La compagnie des autres, ce n'est pas son fort. On a toujours eu du mal à communiquer toutes les deux, beaucoup de mal. D'ailleurs elle ne m'appelle presque jamais, même aujourd'hui avec ce qui se passe…

— Et vous avez rencontré ses parents ?

— Oh jamais ! Elle ne voulait pas les voir. Sa maman, c'était une Anglaise, elle est morte avant qu'ils se mettent ensemble avec Hadrien, mais il lui reste son père. Moi je trouvais ça dommage que mon petit ange grandisse sans connaître son grand-père et j'ai eu le malheur de le lui dire une fois ! Ça l'a mise dans une colère noire. Alors je n'ai pas insisté.

— En colère ? Pour quelle raison ? Ils étaient brouillés tous les deux ?

— Je ne sais pas exactement… Elle ne voulait pas qu'on en parle.

— Et vous savez où il habite ce monsieur ?

— Dans l'Aveyron, je crois. Hadrien a voulu le joindre, mais je ne sais pas s'il l'a eu ni pour quelle raison d'ailleurs. Il ne m'a jamais dit.

— Mais elle continuait à « aller mal » ? Même après la naissance de Tom ?

— Ils se disputent souvent… moi je ne vois pas d'autres explications. Il l'aime mon Hadrien, il l'aime comme un fou.

— Elle aussi elle l'aime non ?

— Sûrement…

Eva sentit une pointe d'aigreur dans ses paroles. Pour elle, il était évident que Mireille nourrissait une certaine amertume vis-à-vis de sa belle-fille. Peut-être même de la colère. Sans doute qu'inconsciemment, elle la tenait responsable de ce qui s'était passé dans les monts d'Arrée. L'esprit humain a souvent besoin d'un coupable pour cristalliser sa douleur et la colère est une des toutes premières étapes du deuil.

— Est-ce que vous connaissez le nom de jeune fille de Vivian ?

— Campergues… Vivian Campergues. Hadrien avait proposé que Tom porte les deux noms, mais elle a refusé.

La vieille dame parut hésiter avant de continuer.

— Docteure… vous savez, quand le petit est né, ç'a été un soulagement. Voir mon Hadrien heureux… J'étais certaine que ça le transformerait d'être papa. Il a laissé tomber les broutilles pour devenir quelqu'un de respectable, de droit… Cet enfant, c'était une chance pour lui… Ça l'a fait grandir.

Eva la fixait de ses yeux clairs. Elle pensa l'interroger sur son fils, mais la charge émotionnelle était trop forte pour l'interrompre.

— Est-ce que vous pensez qu'on va les retrouver ? Je veux dire qu'on va les retrouver en vie ?

La psychiatre savait à quel point la pauvre Mireille était vulnérable à ce moment précis. Lui laisser l'espoir d'une fin heureuse lui faisait l'effet d'une trahison, du genre de mensonge raisonné que l'on fait pour éviter le pire. D'un autre côté, lui pointer la réalité objective des faits risquait de saper ses dernières forces et de la plonger plus rapidement dans le deuil.

— Vous savez Mireille, une autre personne m'a posé exactement la même question il y a quelques jours. Votre belle-fille, Vivian…

Le visage de la grand-mère s'éclaira. Quels que soient ses griefs contre Vivian, elle était heureuse d'entendre qu'elle partageait sa peine.

— Et je vais vous faire la même réponse… Il y a toujours un espoir quelque part. Nous pensons pouvoir tout anticiper, ou restreindre les choses à des plans ou à des schémas bien définis, mais la réalité c'est que la vie nous surprend toujours… Vous n'êtes pas d'accord ?

Elle vit alors cette femme digne perdre un peu de sa réserve pour se pencher vers elle et la prendre dans ses bras. Et elle la serra fort lorsqu'elle sentit les sursauts de ses pleurs.

39

Lorie le regardait dormir avec ses grands yeux tristes. Des yeux d'un bleu si intense qu'ils contenaient à eux seuls tout l'océan. Ses mains étaient croisées sous son ventre arrondi et elle se pencha pour lui caresser le visage et venir y déposer un baiser. Mais la porte s'ouvrit et le visage d'un homme surgit face à lui, faisant disparaître l'amour de sa vie. Il devait avoir la quarantaine, portait de petites lunettes rondes et une fine moustache. Ron leva son bras au-dessus de sa tête, fixant l'énorme pansement recouvrant sa main droite. Les souvenirs revinrent et il vit la cisaille. *1. 2. 3... Soleil !* Des larmes se formèrent au coin de ses yeux alors que ces mots faisaient renaître la souffrance de son supplice.

— Vous êtes réveillé… c'est parfait… comment vous sentez-vous ?

Ron se contenta de bouger ses lèvres sans arriver à articuler.

— Nous avons été obligés de vous anesthésier pour soigner vos blessures. Vous aviez perdu énormément de sang. Mais tout va bien maintenant… vos plaies vont cicatriser, vous allez vous remettre, il vous faut juste un peu de temps. Vous savez où vous vous trouvez ?

Ron fit un effort pour se rappeler, mais ne récolta qu'une intense migraine.

— Vous êtes au CHU de Morlaix, c'est la gendarmerie qui vous a amené ici, vous vous souvenez ?

Il inclina la tête pour dire que non.

— C'est tout à fait normal d'être désorienté… c'est à cause de l'anesthésie, mais ça va passer rapidement, ne vous inquiétez pas.

Le médecin parut soudain un peu plus embarrassé.

— Il y a des personnes qui désirent vous parler à l'extérieur… Des gendarmes… Vous pensez être en état de les voir ?

Ron hésita. D'un côté il n'était pas pressé de se retrouver entres les pattes des flics, d'un autre il avait besoin de comprendre ce que cette femme lui avait dit alors qu'il se tenait au seuil d'un destin qu'il s'était lui-même fixé. Il voulut prendre la parole, mais sa langue resta collée contre son palais.

— Bien… je vais leur dire de patienter encore un peu, dit le petit homme. Reposez-vous au calme, ce sentiment de faiblesse va bientôt disparaître.

Il se passa ainsi un temps imprécis durant lequel Ron tenta de se remémorer les événements de la nuit. La mort de Jean-Hugues, sa fuite, son calvaire et la décision qu'il avait prise. Tout lui sembla cohérent comme la fin d'une sale histoire qui ne méritait aucune happy-end, et puis il y avait eu cet éclair de pure lumière… ces mots dans la bouche d'une inconnue. « Votre enfant. » Il attendit encore longtemps avant que la porte ne s'ouvre à nouveau pour laisser entrer cette femme qui lui avait sauvé la vie. Elle avait un visage assez grave et un air un peu cassé dans le regard. Il se dit qu'il l'aimait bien.

— Vous vous appelez bien Ronan Morel ? On n'a trouvé aucun papier d'identité dans vos affaires, questionna-t-elle d'une voix posée.

Il hocha la tête et elle sourit, visiblement rassurée. Elle lui demanda alors ce qu'il faisait à la centrale et comment il s'était blessé de la sorte. Ron tenta de lui expliquer, mais les mots s'emmêlèrent. Comment résumer le bordel atroce de sa vie de junkie. Il prononça le prénom de Jean-Hugues et elle voulut confirmer l'identité de son ami. Oui, il était bien mort dans sa maison du vieux moulin.

— C'est vous qui l'avez tué ?

Il répondit que non.

— Qui alors ? Il y avait quelqu'un avec vous ?

La sale face du dealer lui rigola en pleine tronche. Il y avait eu ce petit claquement lorsqu'il l'avait frappé à la tempe… Ses lèvres se pincèrent et il lâcha le seul nom qu'il connaissait…

— Geronimo, c'est lui qui l'a tué. Jean-Hugues, c'était mon ami…

La gendarme nota tout ça en lui demandant de préciser, mais il en fut incapable. Elle changea alors de sujet pour lui parler d'une nuit dans la lande quelques jours plus tôt. Un père et son fils auraient disparu.

— Hadrien et Tom Legoff, ça vous dit quelque chose ?

Legoff ! Ce nom lui fit l'effet d'un tisonnier qu'on lui passait sur la plante des pieds. Il se raidit d'un seul coup et la fille ne manqua pas de s'en apercevoir. Elle le martela de questions, précisant que les événements s'étaient déroulés sur la route des crêtes à hauteur du Roc'h Trevezel. Ron tenta de rassembler le peu de neurones qui lui restaient et vit apparaître les contours d'une grange qu'il avait squattée quelques jours plus tôt. Et puis une image étrange s'imposa. Vulcain, la gueule couverte de sang rampant entre les buissons pour venir le rejoindre. *Vulcain, mon bon toutou, dans quel merdier tu t'es fourré !*

La gendarme le fixa quelques minutes sans rien dire et lui annonça qu'elle reviendrait plus tard lorsque son état se serait amélioré. Il voulut lui demander, « Votre enfant », c'était quand même pas rien ! Mais elle semblait agacée par ses silences. Son air avait changé.

— Il faudra bien que vous me parliez, lança-t-elle sur le pas de la porte. On a la preuve que c'est vous qui les avez tués.

Et elle le planta là, avec ces mots aussi aiguisés que le fil d'une guillotine.

Ron se dit qu'il était dans la merde, mais il s'en foutait. Tout ce qui comptait c'était cet enfant dont il ne savait rien. Il se rappela l'ultime prière qu'il avait lancée aux eaux noires du lac, peut-être que finalement on l'avait entendu. Quel que soit son désespoir et même s'il avait tout perdu, il ne pouvait pas quitter cette existence sans lui rendre hommage. Sans lui montrer, où qu'il se trouve, qu'il avait un père qui pensait à lui.

40

Des chênes partout recouverts de mousses fluorescentes, des bouleaux, des peupliers mais aussi des sapins et des pins sylvestres aux troncs noueux. La forêt d'Huelgoat, ou « Haut Bois » en breton, dégageait une atmosphère particulière, à la fois fascinante et apaisante, envoûtante diraient certains, avec son chaos d'immenses blocs granitiques roulant dans les vallons pour constituer de gigantesques amas entre lesquels s'immisçait l'eau d'une rivière souterraine. Les touristes s'étonnaient de voir les arbres pousser sur les rochers. Cela faisait sourire Quentin. Il savait que, dans ce sanctuaire, minéral et végétal faisaient bon ménage. La plus petite plante se frayait un passage entre les masses de schiste vomies des entrailles de la Terre. Les mousses et les fougères envahissaient la moindre pierre. La vie se glissait dans les interstices, elle s'adaptait pour créer l'harmonie magique de ce bois millénaire.

Quentin était né dans le village en contrebas. Il connaissait toutes les mares, tous les gouffres de la rivière d'Argent, du camp d'Artus aux grottes peuplées de chauves-souris des mines de Locmaria. C'était à la fois son royaume et son gagne-pain, car depuis l'âge de la retraite, il venait guider les visiteurs à la découverte du Haut Bois. Il déplaçait avec la seule force de son dos les milliers de kilos de la roche Tremblante sous le regard époustouflé des enfants, il enseignait le langage des pierres dont chaque bloc était un visage ou un animal. Il montrait les restes des repas que les loutres s'amusaient à laisser sur les rochers, les traces des sangliers, des cerfs ou des chevreuils dont la chasse était interdite dans ce lieu préservé.

Depuis tout petit, ce bois merveilleux était son terrain de jeu, il adorait d'ailleurs expliquer comment il avait pu acheter sa première mobylette avec les pourboires des citadins auxquels il racontait la légende d'Arthur ou celle de Gargantua, dont la colère aurait créé ce curieux paysage. Pendant le confinement, c'est ici qu'il perdait les gendarmes lorsqu'ils tentaient de contrôler son attestation de sortie quotidienne. Ça le faisait bien rigoler, lui qui avait juré de vivre libre avec la voûte étoilée au-dessus de sa tête et les troncs noueux en guise de murs.

En cette fin de journée pluvieuse, Quentin se dirigea vers la grotte du Diable, un gouffre profond auquel on accédait par une échelle de fer scellée à même la roche. La légende voulait qu'un révolutionnaire breton, essayant d'échapper à la traque des chouans, se soit réfugié dans cette cavité naturelle pour les semer. Il y aurait allumé un feu qui, avec son chapeau orné de plumes rouges, lui aurait donné l'aspect du diable et mis en fuite ses ennemis. Aujourd'hui, la grotte – pas plus de quelques mètres de roche plate au pied d'une cascade dont les eaux disparaissaient dans les tréfonds de la terre – n'était guère accueillante et les visiteurs n'y restaient que quelques secondes.

Avec les pluies torrentielles des derniers jours, le débit de la rivière avait doublé et l'accès était interdit, mais Quentin s'en foutait, personne ne lui interdisait quoi que ce soit dans son royaume. Il grimpa donc l'étroite sente menant au sommet de la cavité et jeta un coup d'œil à l'intérieur. Un vrombissement impressionnant lui titilla les oreilles et là où la plupart des gens auraient rebroussé chemin, il se dit que c'était une occasion unique de communier avec la puissance qui jaillissait depuis le cœur de la Terre. Le danger était réel mais il s'en moquait bien, comme du jour de sa mort d'ailleurs. Quentin n'était pas homme à vivre dans la peur de l'Ankou, il avait choisi de longue date son lieu de sépulture : une charmante petite mare au milieu de laquelle émergeait un minuscule îlot entouré de trois gros blocs de granit dont les courbes suggéraient de voluptueuses paires de fesses. Là se trouvait un hêtre où les fauvettes et les grives aimaient se réfugier. Elle était située hors des chemins touristiques et jouissait d'un calme propice au recueillement, et si aucun humain ne venait le visiter, il aurait au moins les allées et venues des sangliers qui pullulaient dans le coin. L'éternité entre les fesses des fées du « Haut Bois », on pouvait trouver pire !

Il sourit en posant un pied sur le premier barreau de l'échelle menant au fond de l'abîme. L'endroit était sombre et d'une humidité telle qu'il fut obligé de passer sa capuche par-dessus le bonnet de marin qui protégeait ses oreilles. Une vingtaine de marches plus bas, il atteignit un étroit tunnel formé par l'assemblage improbable de titanesques blocs de schiste brut. Il fallait baisser la tête et ouvrir grand les yeux pour éviter de se cogner contre les bords, même si la plupart étaient émoussés depuis longtemps. Ce n'était pas de la spéléologie, mais ça donnait son lot de frissons aux touristes. Après tout, ils étaient dans la grotte du Diable.

Il déboucha dans la salle principale, une cavité dont la lumière provenait d'un des nombreux scialets perçant le sol de la forêt. L'eau jaillissait en trombe juste en face de l'entrée et allait se jeter dans les tréfonds obscurs de cet antre sans que l'on sache vraiment d'où elle venait et à quel endroit elle se retirait. C'était la magie de cette rivière souterraine qui surprenait toujours, invisible par moments, surgissant entre les rochers à d'autres. Le débit était tel qu'une épaisse vapeur emplissait l'espace, se collant à ses vêtements. Quentin se rapprocha de la petite rambarde installée par les gardes forestiers pour éviter aux touristes de chuter dans l'abîme. Il grimpa un plan incliné et vint se poster à l'extrémité. C'est d'ici que les visiteurs aimaient à se prendre en photo pour garder le souvenir de leur expédition. Quelquefois il y avait même aidé, provoquant des hurlements de terreur lorsqu'il faisait mine de faire tomber leurs précieux téléphones à l'intérieur du gouffre. Humour douteux, certes, mais ça le faisait bien marrer.

La cascade s'écrasait lourdement sur un surplomb avant de disparaître et Quentin se dit qu'il aurait fallu que le gars de Berrien vienne en été pour réussir à allumer un quelconque feu de fortune dans ce royaume aquatique. Il resta là quelques minutes, fixant du regard le point par lequel s'échappait la rivière en contrebas.

Il était temps de partir s'il voulait éviter de finir complètement trempé. C'est alors qu'il remarqua quelque chose d'inhabituel. Il crut d'abord que ses yeux lui jouaient des tours mais ils s'étaient accoutumés aux ténèbres et malgré les gouttes perlant sur ses paupières, il dut se rendre à l'évidence. Quelque chose était coincé entre deux rochers à l'entrée du gouffre. C'était une doudoune orange d'enfant dont une partie semblait déchirée. Pour la première fois dans son domaine, il sentit un frisson lui parcourir le corps en imaginant un pauvre gamin aspiré dans les entrailles de la Terre. Finalement peut-être que cette grotte appartenait bien au diable…

41

— On le tient, bordel on le tient ! lâcha Broussard en terminant la lecture du rapport du TIC.

Il se rapprocha de la lieutenante Mons pour lui tendre les feuillets qu'il venait d'imprimer et elle eut le sentiment qu'il allait la prendre dans ses bras tellement il paraissait enthousiaste. Les premières analyses effectuées dans la ferme du moulin mettaient en évidence la présence d'empreintes digitales « nombreuses et exploitables » identifiées comme étant celles de Ronan Morel. La violence ignoble du crime perpétré sur ce pauvre Jean-Hugues Lefranc et les résultats de ce premier relevé allaient permettre d'obtenir vingt-quatre heures de garde à vue, largement assez pour relier ce meurtre à celui qu'il avait probablement commis quelques jours plus tôt sur la famille Legoff et peut-être même de lui arracher des aveux. Le procureur chargé du dossier allait se frotter les mains et ce serait la première grosse affaire résolue par Maëlys sans avoir eu besoin de transmettre le bébé à ses camarades de la section de recherche. Un début de carrière prometteur après tout juste quelques mois à la tête de cette brigade. Elle aurait dû se réjouir, mais elle savait qu'en l'absence des corps d'Hadrien et de Tom, non seulement le doute persistait, mais la pauvre Vivian n'aurait aucune chance de faire son deuil. Elle se dirigea d'un pas hésitant vers le bureau où l'attendait Ronan depuis son transfert de l'hôpital. Broussard allait se charger de la paperasserie et on lui énoncerait officiellement sa garde à vue et ses droits avant de commencer à l'interroger. Maëlys avait très envie de le cuisiner tout de suite, mais elle savait que tout aveu obtenu hors procédure n'aurait aucune valeur légale, il lui fallait absolument jouer dans les règles.

Pour ne pas tourner en rond le temps nécessaire à la mise en place de tout ça, elle abandonna l'idée de lui rendre visite – autant qu'il marine encore un peu dans son jus – et décida de retourner à son bureau pour se concentrer sur les éléments en sa possession et préparer son futur interrogatoire en griffonnant son carnet. Ronan Morel était un junkie, elle en avait la preuve et il apparaissait déjà dans leurs fichiers pour détention et consommation de substances illégales. Elle avait tracé son parcours le reliant à Félix et Lorie Morvan, tous les deux morts à quelques mois d'intervalle. Elle avait découvert que la petite Lorie était enceinte au moment de son intoxication au monoxyde et que Ronan semblait en être amoureux. Pourquoi lui avait-elle annoncé qu'il était le père de l'enfant ? Une simple intuition qui s'était transformée en coup de poker pour l'empêcher de se balancer sur les rochers. Visiblement elle avait vu juste, ou en tout cas, ces deux-là se fréquentaient suffisamment pour qu'il puisse croire à sa paternité.

Ensuite, concernant l'affaire Legoff, elle avait une bonne quantité de sang lui appartenant sur le manche de la hache qu'on pouvait imaginer être l'arme du crime.

Pourquoi l'avoir laissée dans le coffre de la voiture ? Et pourquoi avoir échoué le véhicule à cet endroit des tourbières où il risquait d'être découvert ? Ronan Morel devait être sous l'emprise de la drogue, ce qui pouvait expliquer le manque de rationalité de ses actes.

Et puis il y avait le malheureux radiesthésiste au crâne éclaté et les empreintes du garçon partout dans la maison. Un cambriolage qui avait mal tourné ? Peut-être qu'il cherchait du cash pour financer sa dope. La ferme du moulin était isolée et on pouvait s'y introduire sans difficulté. Maëlys l'avait appréhendé à quelques kilomètres seulement de la scène de crime, sur le point de se balancer dans les eaux du réservoir. Ça ressemblait sacrément au dernier acte d'une fuite en avant sanglante et désespérée.

En relisant ses notes, elle se dit qu'elle n'avait pas besoin de grand-chose d'autre pour convaincre le procureur de l'envoyer en détention et le juge de le mettre derrière les barreaux pour le reste de sa vie. Mais il demeurait quelques points à élucider et surtout, l'endroit où il avait caché les corps d'Hadrien et Tom Legoff. S'il se murait dans le silence, et c'était son droit, une famille entière serait plongée dans la détresse pour le restant de ses jours. Maëlys souhaitait éviter ça à tout prix.

On frappa à la porte du bureau et Broussard la gratifia de son plus adorable sourire en lui confirmant qu'ils avaient reçu l'autorisation du procureur. Les choses sérieuses allaient pouvoir débuter.

— Vous voulez que je commence à le cuisiner chef ?

Pourquoi pas. De toute façon ils allaient se relayer et elle savait qu'avec cette histoire de paternité, elle tenait entre ses mains un atout précieux qu'il lui fallait placer au bon moment. Elle lui demanda de procéder à la notification de mise en garde à vue et le félicita pour son travail sur un ton affectueux suffisamment rare pour voir ses petits yeux en amande s'écarquiller.

— À vous de jouer, Broussard…

L'image fugace d'une étreinte sur le bureau avec le beau brigadier lui traversa l'esprit, mais elle fut rapidement chassée par la sonnerie de son portable. Maëlys décrocha et entendit la voix affolée d'un homme lui annoncer qu'il avait découvert quelque chose dans la forêt d'Huelgoat. Quelque chose de très inquiétant.

42

La pluie tambourinait sur la fenêtre de la petite pièce où elle avait décidé de mettre en place l'interrogatoire. Les plongeurs de la brigade fluviale sondaient la rivière d'Argent, mais on lui avait bien fait percuter que ça allait être compliqué de trouver quoi que ce soit. Cet affluent de l'Aulne slalomait entre les vallons et les blocs de granit avec de nombreuses parties souterraines impraticables. Difficile d'y retrouver des corps.

Maëlys fixa l'écran de son téléphone sur lequel on lui avait envoyé des photos de la parka orange. Cela correspondait parfaitement à la description faite par Vivian et on y apercevait plusieurs déchirures franches au niveau du dos ne présageant rien de bon. Elle était directement partie au labo qui lui avait certifié qu'elle aurait des résultats avant la fin de la garde à vue de Ronan Morel. Si cette parka était bien celle de Tom Legoff et qu'on y décelait la moindre trace de sang, ce serait un pas de plus de franchi vers la triste conclusion de cette affaire. La pièce lui sembla tout à coup plus froide et elle pensa à cette grand-mère bigoudène dont les histoires la terrorisaient lorsqu'elle était gamine. Ça commençait toujours par un : « Va vite fermer la porte petiote… tu sens l'froid qui rentre… c'est l'Ankou qui vient. »

Maëlys se leva machinalement et aperçut Broussard derrière la silhouette frêle de Ronan. Il lui parut plus chétif que lorsqu'elle l'avait attrapé sur la passerelle, mais sa démarche assurée et la franchise de son regard montraient qu'il avait récupéré des forces. Elle le fit s'installer sur une chaise juste en face du bureau et Broussard lui retira ses menottes avant d'aller se poster devant son clavier pour retranscrire la déposition. Impossible désormais de perdre du temps en le laissant entre les mains du brigadier, elle avait changé de stratégie en décidant d'attaquer de front sans répit. Broussard se chargerait de faire le méchant pour pimenter un peu les choses.

— On vous a expliqué vos droits. Vous avez souhaité ne pas avoir recours au service d'un avocat, c'est bien ça ? lança-t-elle d'une voix encore plus glaciale que l'atmosphère de la pièce.

Ronan inclina la tête pour acquiescer.

— Vous savez pour quelles raisons monsieur le procureur et moi-même avons décidé de vous placer en garde à vue, monsieur Morel ?

Le jeune homme leva son visage vers elle. Maëlys y décerna un regard plus vif que dans son souvenir et des traits exprimant une angoisse profonde. Pas étonnant vu la situation.

— J'sais pas, m'dame… à cause de la mort de Jean-Hugues et de toutes les autres histoires dont vous avez parlé.

— J'ai eu le rapport du légiste entre-temps. Il a eu le crâne défoncé à même le sol par de nombreux coups portés avec une violence extrême. Des coups de pied, monsieur Morel. On a retrouvé vos empreintes partout dans la maison… Alors je vous le demande à nouveau : est-ce que c'est vous qui l'avez tué ?

— Non, il était d'jà mort quand j'suis arrivé au moulin.

Broussard se tourna soudain vers lui et reprit de sa voix grave.

— Y'a tes empreintes partout, petit. À quoi ça sert de mentir ? T'es rentré, t'as fouillé la maison et quand le vieux t'a découvert ça a mal fini…

— Non c'est faux ! C'était mon ami. J'ai même dormi chez lui plusieurs fois… C'était mon ami.

— D'où est-ce que vous le connaissiez ?

— Il m'emmenait pour faire ses trucs avec son bâton, chercher les énergies… J'l'aidais et il me donnait des sous aussi. J'l'ai trouvé comme ça j'vous dis. Moi j'voulais juste venir le voir et lui filer une bouteille pour le remercier, mais il était d'jà mort…

Maëlys échangea un regard avec Broussard. La bouteille dont il parlait correspondait bien à la déposition faite par la commerçante de la supérette du village de La Feuillée et les techniciens en avaient retrouvé des débris près du corps.

— Et donc vous avez commencé à picoler un peu tous les deux et à un moment ça a pété c'est ça ? lança l'adjudant sans sourciller. Tu lui as demandé de l'argent, il a refusé et avec l'alcool… ça a dégénéré. J'me trompe ?

— Non vous racontez n'importe quoi ! Il était mort j'vous dis ! MORT.

— Est-ce que vous étiez sous l'effet de stupéfiants, monsieur Morel ?

— Non j'étais clean… J'avais plus rien et plus de thunes non plus.

— Tu vois… t'étais à sec. D'où ta visite au moulin.

Ronan baissa le regard et s'enfonça contre le dossier de sa chaise.

— Vous voulez m'faire dire que j'l'ai tué… Mais j'l'ai pas tué. C'est l'Indien qui l'a tué. C'est lui qui m'a fait ça.

Il leur tendit sa main gauche et l'agita dans tous les sens.

— Comment j'me serais fait ça hein ? Tout seul ?

— Il s'est p't'être défendu le vieux…

— Ah ouais ! Alors y sont où mes putain de doigts ?

Maëlys fit signe à Broussard de laisser tomber et reprit plus calmement.

— Très bien… C'est qui cet Indien dont vous parlez ?

— Geronimo… c'est comme ça qui s'fait appeler. C'est lui qui me fournissait… avant.

— Il est d'où ce Geronimo ?

— J'sais pas… P't'être Brest. Chez les consommateurs, tout l'monde le connaît. Vous avez qu'à vous renseigner.

— Et qu'est-ce qu'il faisait chez Jean-Hugues Lefranc hier soir ? C'est vous qui l'avez appelé ?

— Non… j'avais coupé les ponts, d'puis plusieurs mois. D'puis que j'ai pris la route.

— Alors pourquoi ? C'est lui qui vous cherchait ?

Ronan sembla réfléchir et continua sur un ton plus posé, mais avec un air de gravité qui surprit Maëlys.

— J'crois bien… j'crois qu'il était là pour moi. C'est à cause de ça que Jean-Hugues est mort. Il est v'nu à la ferme à cause de moi…

— Il vous recherchait pour quelle raison ? Vous lui devez de l'argent ?

— Moi… non.

Le silence qui suivit cette déclaration mit la puce à l'oreille des gendarmes. Il y avait dans tout interrogatoire un moment de grâce où la vérité s'exprimait clairement. Un moment où chaque parole prononcée semblait solide et sincère.

— Qui alors ?

Ronan hésita longuement.

— J'sais pas…

Maëlys décida de ne pas le brusquer, elle y reviendrait plus tard.

— D'accord… donc c'est ce Geronimo qui vous a coupé les doigts ?

— Y m'a attrapé oui… Il m'a amené à la mine…

— La mine ? Quelle mine ?

— Quelque part vers Commana… y'a un talus et une vieille ruine… il a commencé à me torturer…

Des larmes de vérité coulèrent sur ses joues. Impossible de remettre en cause ce qu'il venait de dire.

— D'accord… mais vous torturer pour quelle raison ?

— Il cherchait sa thune. Mais moi j'l'avais pas sa thune !

— Qui l'avait ?

— J'en sais rien.

Il se prostra dans le silence. Broussard fit mine d'y revenir, mais Maëlys lui fit signe de rester tranquille. Il ne fallait surtout pas risquer de fermer les vannes. Il était temps de changer d'angle.

— Hadrien Legoff ça vous dit quelque chose ?

Aucune réponse, mais le regard fuyant de Ronan en disait long.

— Il va falloir que vous acceptiez de me parler, Ronan. Sinon on va avoir un problème. Avec tout ce que j'ai entre les mains, je peux vous envoyer en détention pour vingt ans, au moins… vous n'avez pas envie de ça ?

Il fit non de la tête machinalement, comme un gamin qui vient de se faire gronder pour une bêtise.

— Le couple Legoff et leur fils ont été attaqués la nuit du 5 février. Un inconnu a poursuivi Mme Legoff en la menaçant d'une hache. Et on a retrouvé votre sang sur cette hache Ronan.

— Mon sang ?

Il avait levé le visage d'un coup, comme si cette information sortait de nulle part. Soit c'était un grand comédien, soit il était encore plus stone que Maëlys le pensait au moment des faits.

— Oui votre sang. Il y en avait une bonne quantité et uniquement sur le manche. Et vous savez où on a retrouvé cette arme ? (Pas de réponse.) Dans le coffre de la voiture des Legoff abandonnée un peu plus bas dans le marécage.

— T'étais où cette nuit-là ? coupa sèchement Broussard en le fixant avec des yeux mauvais.

Le jeune homme commença à se tortiller sur sa chaise, les doigts de sa main droite se serrèrent comme s'il luttait intérieurement et ses lèvres finirent par se délier.

— Dans la grange… je crois… j'y ai dormi pas mal la s'maine dernière.

— Quelle grange ?

— Une grange abandonnée… Vers le lac.

— Quel côté du lac ?

— De l'autre côté d'la centrale…

Maëlys n'eut pas besoin de consulter la carte de la région pour savoir qu'il s'agissait du coin où ils avaient retrouvé la voiture. En tout cas c'était le secteur.

— D'accord… mais qu'est-ce qui s'est passé cette soirée ?

— Rien… j'étais cramé. J'avais fumé ma dernière dose. J'suis resté toute la soirée dans l'foin à comater. C'est tout.

— Il n'y avait pas une hache dans cette grange ? Tu ne t'en souviens pas ?

— J'l'ai jamais vue votre hache. J'l'ai pas tué Legoff ! (Son visage se figea soudain.) Mais si j'me rappelle d'un truc… Vulcain… il est revenu avec plein d'sang sur sa tête…

— C'est qui ce Vulcain ?

— Mon chien… Il était bizarre… Il avait pas l'air bien et il avait du sang.

— T'as un chien toi ?

— Oui un gros chien noir.

La gendarme nota ce détail. « Un gros chien noir », c'étaient les mots exacts prononcés par Vivian lors de sa toute première déposition.

— Et il est où ton clébard ?

— J'en sais rien… il est parti…

Elle n'était pas plus avancée, mais Maëlys sentait un malaise s'installer. Même s'il ne leur disait pas tout, ces bribes de vérité fissuraient le mur de ses certitudes. Et s'il s'était passé autre chose… Ce gamin ne semblait pas avoir les épaules pour commettre un triple meurtre.

Oui, mais sous l'effet de la drogue, il pouvait très bien s'être transformé en tueur sanguinaire. Ça au moins, elle en était certaine.

— Donc tu ne sais rien de la famille Legoff ? questionna finalement Broussard agacé.

— Non…

— Alors comment ton sang a atterri sur le manche de cette hache ?

— J'en sais rien.

Maëlys consulta sa montre. Il était un peu plus de vingt-trois heures et il leur restait jusqu'au lendemain vingt heures pour l'interroger. Elle mit fin à cette première séance et demanda à son adjoint de rentrer chez lui se reposer. Il était temps de fournir un repas au gamin et de le mener dans la cellule où il pourrait, lui aussi, prendre un peu de repos. Il recommencerait le matin à la fraîche. En attendant, Maëlys relirait ses notes et passerait quelques coups de fil pour se rencarder sur ce fameux Geronimo. La nuit promettait encore une fois d'être longue…

43

Il avait beau se bourrer de Doliprane, la douleur continuait de lui défoncer la tronche et le gros hématome bleuâtre sur sa tempe n'en finissait pas de s'étendre. *Ce pt'tit enculé a failli me tuer !* Depuis son expédition nocturne dans la carrière de Commana, Dylan avait un goût de mort dans la bouche et l'envie de défourailler tous azimuts. *Moi putain ! Geronimo l'Apache ! Explosé par ce p'tit fion de merde. C'est pas réglo, bordel !*

Après son réveil glacé, la face écrasée contre la terre humide, il avait passé la matinée à traquer sa proie en errant sur les routes des monts d'Arrée jusqu'à cc qu'une présence un peu trop importante de flicaille le convainque de se mettre au vert. Ron le toxico était peut-être mort, vu que deux de ses putain de doigts se trouvaient dans un Kleenex bien au fond de sa poche. S'il le chopait vivant, Dylan avait prévu de les lui faire bouffer, histoire de lui donner une bonne leçon avant de l'envoyer rejoindre le grand manitou.

Après s'être envoyé un McDo, il s'était installé dans sa caisse pour sniffer une petite ligne de coke qualité premium. La mana du totem de l'ours enragé lui avait submergé le cortex et il se sentait désormais prêt à affronter une armée de connards. Mais il y avait un problème sérieux : son fric ! Un enculé de fils de pute lui avait pompé cinquante mille biftons. Beaucoup trop pour qu'il jette l'éponge sans faire couler le sang. Pour lui, c'était forcément le toxico sauf que cette petite fiente s'était chié dessus sans cracher le morceau et en lui balançant un nom : Hadrien Legoff. Ce gars, Dylan l'avait pourtant bien scanné et il ne pouvait pas l'imaginer avoir les couilles de faire un truc pareil. Pour lui c'était juste un escroc sans envergure qui faisait dans son froc dès qu'il élevait la voix. Et surtout, il n'y connaissait rien au business. Alors franchement, si Geronimo s'était fait entuber par un bleu, ce serait mauvais pour sa réputation, et ça, il n'aimait pas trop.

Il avait essayé de joindre Legoff une bonne dizaine de fois sur le numéro qu'il lui avait donné, sans succès. La rage était montée d'un cran et il avait envisagé toutes sortes de sales magouilles que ce tocard de Legoff avait dû faire sur son dos. La face de Ron commençait à s'effacer de son carnet de chasse pour être remplacée par celle de ce vieux bâtard qui l'avait carotté et il s'était mis en tête de retrouver l'adresse d'un endroit où il aurait pu planquer le pognon.

Dylan était déjà passé chez lui et avait retourné son putain de garage sans succès avant d'être repéré par sa connasse de femme qui avait appelé la cavalerie. Du coup inutile d'aller là-bas, mais y'avait forcément une autre cache où dormait son fric. Et vu le profil du type, il l'imaginait bien aller pleurer dans les jupons de sa maman. Il décida de débusquer la vieille pour lui faire cracher le morceau. Le problème, c'est que des Legoff y'en avait des caisses dans le secteur. Heureusement qu'il se souvenait que le mec lui avait dit être originaire de Quimper. Ça réduisait le champ des recherches et comme ses darons étaient des ancêtres, ils s'étaient forcément inscrits dans l'annuaire. Bingo. Y'avait bien une Mireille Legoff à Quimper, et Dylan poussa le moteur de sa BM pour rejoindre le pavillon minable qu'elle habitait. Il pria le grand esprit pour que l'oseille soit là, avant d'embarquer une cagoule qu'il gardait toujours dans sa boîte à gants. Avec tout le bordel dans les monts d'Arrée, les flics devaient déjà être sur les dents. Inutile d'afficher sa tronche dans tout le Finistère. Il attrapa aussi un coup-de-poing américain en acier doré, peu probable que la vieille lui donne du fil à retordre, mais on n'était jamais trop prudent.

Dylan respira un grand bol d'air avant de sortir de sa caisse. Le temps de chiotte lui pissa en pleine figure et il se dit qu'avec ce pognon et ses économies, ça serait peut-être le moment d'aller prendre sa retraite à Miami. Là-bas il pourrait bronzer toute l'année au bord de la piscine de sa villa. De temps en temps, il sortirait du transat pour se faire sucer par une de ces bombasses qu'on voyait dans les clips sur Instagram. Booba l'avait bien fait, alors pourquoi pas lui ?

Ces images d'Épinal version *Scarface* quittèrent son esprit et il se concentra sur le muret en béton qui entourait le jardin des Legoff. Il l'escalada facilement et se retrouva devant la porte principale. Il était dix-huit heures, difficile de rentrer discrètement pour fouiller la maison. Il frappa et attendit quelques minutes avant que Mireille Legoff vienne ouvrir.

— Salut, c'est le facteur.

Il ne savait pas pour quelle raison il avait dit ça, mais il rigola lui-même de sa connerie en se rendant compte qu'il avait sa cagoule sur la tête. Toujours est-il que la vieille eut l'air d'avoir pigé le truc vu qu'elle lui claqua immédiatement la porte au nez. *Et merde pour la discrétion*, se dit-il en envoyant un énorme coup de pompe dans la serrure qui vola. Mireille avait reculé dans un couloir et voilà qu'elle détalait vers le fond. Il prit le temps de refermer la porte avant d'avancer d'un bon pas pour la rejoindre. Elle hurla « Mon Dieu ! À l'aide ! » et se dirigea vers la cuisine en percutant une table au passage. Un vase s'écrasa sur le sol et une odeur d'eau saumâtre remplit l'atmosphère.

— Tranquille, mémé ! C'est bien vous la gentille maman d'Hadrien ?

Il n'eut pas besoin d'attendre sa réponse, il y avait des portraits de ce trou du cul accrochés un peu partout sur les murs. Visiblement la chance lui souriait enfin.

— J'ai juste deux trois p'tites questions à vous poser après j'me casse, lança-t-il sans trop d'espoir de la calmer.

Elle continua de hurler et il se dit qu'il allait devoir lui fermer sa gueule sinon elle allait finir par rameuter tout le quartier. Le problème c'est qu'elle avait chopé une sorte de gros hachoir à viande qu'elle dressa au-dessus de sa tête avec un air menaçant. Dylan attrapa le coup de poing américain au fond de sa poche et le passa à sa main droite en s'avançant tranquillement.

— Faut vous calmer, madame, j'suis un ami de votre fils… il est où Hadrien ?

Elle le dévisagea avec étonnement quelques secondes avant de recommencer à agiter son hachoir dans tous les sens.

— Lâchez ça, m'dame, vous allez finir par vous blesser. Y'a pas un endroit où il dépose des affaires chez vous ? Il a une chambre ?

En guise de réponse, mémé envoya vers lui un bon coup de tranchoir qu'il esquiva d'un bond en arrière.

— Partez, laissez-moi tranquille ! La police va arriver !

Au moment où elle se redressa pour prendre de la distance, il bondit comme un chat et lui balança une énorme patate de forain dans le ventre. Déjà qu'avec sa droite il dévissait la « boxing machine » du bowling, en y rajoutant les deux centimètres d'acier trempé, ça donnait un cocktail explosif qui coucha mamie en deux sur le sol. Il avait dû lui péter quelques côtes au passage, mais au moins, elle lâcha son arme et arrêta de gueuler. Il sortit alors son rouleau de Gaffer d'une poche de treillis et lui colla les lèvres bien serré puis les poignets et les chevilles pour être certain qu'elle reste là.

Maintenant il allait falloir fouiller cette putain de maison de fond en comble. S'il trouvait son fric, Dylan pourrait se casser sans en rajouter puisque la vieille n'avait pas vu son visage. P't'être même qu'il appellerait les pompiers pour leur signaler un début de feu, histoire qu'elle ne poireaute pas trop longtemps sur son carrelage. Il était comme ça, Dylan, un cœur juste dans un corps de pierre. C'était la mana de l'ours enragé qui défend ses petits en harmonie avec le grand esprit. Par contre si son putain de pognon n'était pas dans cette baraque, il devrait lui causer sévère et lui faire cracher tout ce qu'elle savait sur son connard de fils. Là, il y aurait de la casse et cette fois, il ferait en sorte de ne pas laisser de traces.

Enfin bref, le destin allait décider du sort de Mireille Legoff, lui n'y était pour rien. Il se dirigea donc vers l'escalier menant à l'étage en se disant que cette journée pourrie pourrait finalement bien se terminer.

44

La photo de Dylan luisait sur l'écran d'ordinateur du bureau de Maëlys Mons. La tonalité du téléphone retentit longuement dans son oreille avant que Vivian ne prenne son appel. La lieutenante lui expliqua la découverte macabre qu'ils avaient effectuée dans le gouffre de la forêt d'Huelgoat sans mentionner tous les détails. Mais cette annonce fit l'effet d'une bombe et elle entendit la pauvre femme fondre en larmes avant de raccrocher.

Maëlys détestait apporter les mauvaises nouvelles, mais elle pensait que Vivian avait le droit de savoir et surtout que cela lui permettrait de commencer à faire son deuil, car pour elle il n'y avait plus aucun doute possible : Tom et Hadrien Legoff n'avaient pas survécu à cette rencontre dans les monts d'Arrée. Charge à elle de mettre au jour ce qui s'était réellement passé ce soir-là et, surtout, de retrouver leurs corps.

Depuis l'interrogatoire de Ronan Morel, elle avait appris deux choses. Les analyses du labo l'attendaient dans sa boîte mail à sept heures trente du matin : la parka appartenait bien à Tom Legoff et les fibres internes étaient recouvertes de sang. Son sang. Et puis il y avait ce fameux Geronimo. Un appel à un collègue du groupe des « stupéfiants » de la brigade de recherches de Quimper l'avait mise au jus sur le gars. C'était à l'origine une petite main qu'ils soupçonnaient d'avoir participé à l'affaire de la « reine des neiges » qui avait défrayé la chronique quelques années plus tôt. Le mec était a priori d'origine serbe et très difficile à loger, car rompu à toutes les techniques de la vie clandestine. À l'époque, il servait principalement de gros bras et intimidait les mauvais payeurs de ce juteux trafic de cocaïne et de shit ayant mobilisé près de cent vingt-cinq gendarmes dans le Finistère, le Morbihan et le Maine-et-Loire. Pour finir ils avaient démantelé le réseau et saisi un bon paquet de matos ainsi que cent vingt mille euros en liquide. Mais son collègue pensait qu'une partie du butin circulait encore dans la nature et ils n'avaient pas pu envoyer Geronimo derrière les barreaux faute de preuves.

En tout cas le gars était dangereux, possiblement armé et vu son pedigree, peu de chances qu'il se soit rangé pour admirer le paysage des côtes bretonnes. Concernant Ronan Morel, pas grand-chose à dire à part qu'il appartenait bien au vivier fertile des consommateurs de stupéfiants. Maëlys interrogea son contact sur le milieu de la pêche qui lui confirma ce qu'elle savait depuis longtemps. Les médias continuaient de stigmatiser ces pauvres marins dans des reportages « chocs », mais ils n'étaient en réalité que 5 % d'après les dernières statistiques à consommer régulièrement de la drogue. C'était certes beaucoup plus que dans certains corps de métier, mais la dureté du boulot, les risques omniprésents, la peur et la sensation de *down* lorsqu'ils rentraient à terre formaient un terrain favorable à toutes sortes d'addictions. Les vieilles légendes de chalutiers remplis de toxicos avaient bon dos et blessaient sérieusement l'image et l'orgueil des marins pêcheurs dont la majorité étaient de simples travailleurs passionnés ayant du mal à joindre les deux bouts. Pour plus d'infos, il lui proposa de faire une visite au SSGM de Brest, le service des gens de la mer, dans lequel les médecins pratiquaient des contrôles réguliers avant les départs au large. Ronan Morel avait certainement dû passer par là à un moment ou un autre. Elle le remercia et lui promit de lui offrir une mousse s'il venait dans le coin des monts d'Arrée avant de raccrocher.

Douze heures de garde à vue, c'est tout ce qu'il leur restait, même si le proc n'aurait sans doute rien contre un prolongement d'une journée. Mais il fallait que ça avance et pour ça, elle avait besoin d'y voir clair. Pour le meurtre de Jean-Hugues, ça se précisait. Morel et lui se connaissaient – ses gars vérifiaient l'agenda du radiesthésiste pour interroger ses contacts –, et le drame s'était joué entre eux et le fameux Geronimo venu débusquer son client pour lui soutirer du fric. Le pauvre vieux s'était trouvé au mauvais endroit, au mauvais moment. Par contre, l'affaire Legoff lui paraissait beaucoup plus opaque. Ronan était bien là, son ADN sur le manche de la hache l'attestait indubitablement, mais pourquoi s'en prendre à cette famille ? D'abord, il y avait les magouilles du père Legoff et cette reconnaissance de dette de cinquante mille euros. Une somme trop énorme pour ce foyer aux revenus modestes. Et puis pourquoi la prêter à Felix Morvan dont le chalutier coulerait quelques mois plus tard. Une subite passion d'Hadrien Legoff pour la pêche maritime ? Peu probable. Et la cerise sur le gâteau, Lorie Morvan, la jeune et jolie épouse décédée d'un accident domestique alors qu'elle entretenait une relation clandestine avec Ronan Morel ! Visiblement tout ce petit monde était connecté d'une manière ou d'une autre et ça tournait autour d'une histoire d'argent. Comme toujours ou presque finalement.

Maëlys demanda à Broussard de la rejoindre pour qu'elle le briefe sur les interrogatoires à venir. Son regard se posa sur sa table où attendait le carton rempli de pièces à conviction renvoyé par le labo. À l'intérieur on avait consigné les téléphones retrouvés dans la voiture des Legoff. Elle ferma le portrait de Geronimo et entreprit de parcourir le dossier contenant les fichiers du portable de Vivian archivés par les techos de la police scientifique. Il y avait un répertoire photo, pas mal de paysages, mais aussi des inconnus pris sur le vif à différents endroits de la région. Chaque image avait « quelque chose », que ce soit le cadre, la lumière ou le sujet en lui-même, le talent de Vivian crevait l'écran. Elle isola une série de clichés de Tom Legoff en les classant par date et constata que la dernière photo avait été prise à quelques minutes seulement du drame. Tom se trouvait à l'arrière de la voiture. Il portait la parka orange dont les lambeaux étaient désormais couverts de son sang, et il avait les yeux fixés sur l'écran du smartphone que Maëlys apercevait brisé dans un sac à scellés.

Cette triste réalité la remplit d'un profond désespoir. Le visage rond de l'adolescent lui parut soudain presque blême éclairé par la lueur du portable. Elle se dit que sa mère avait immortalisé l'image d'un être aux portes de la mort. Les ombres autour de lui semblaient l'entourer comme si elles s'apprêtaient à l'aspirer pour toujours. C'était peut-être cela, les griffes de l'Ankou.

Broussard frappa et elle se décida presque à fermer le fichier lorsqu'un détail attira son attention. Sur la plage arrière de la voiture se trouvait un sac assez long et dont la forme lui fit penser à celle des paquetages étanches utilisés par les marins. Elle zooma au maximum et malgré la faible luminosité, réussit à définir qu'il était de couleur vive, probablement rouge. Un léger scintillement laissait supposer que la matière devait être imperméable. L'adjudant rentra dans le bureau une tasse de café à la main, mais elle lui fit signe d'attendre quelques secondes avant de l'interrompre. Maëlys attrapa le procès-verbal établi par ses hommes après la découverte du véhicule des Legoff et scruta l'inventaire des objets présents dans l'habitacle. Il n'était fait mention nulle part de ce sac rouge, le tueur avait dû l'emporter. Elle nota cet élément sur son carnet et sourit à Broussard qui lui tendait la tasse.

— Prête pour la journée, cheffe ?

Le désespoir avait disparu, remplacé par la soif de vérité et la détermination de boucler cette affaire au plus vite. Oui, elle était prête.

45

Un vent puissant souffla de la terre et la forêt entière gonfla ses poumons. Vivian continua à s'enfoncer sur l'étroit sentier lézardant entre les blocs granitiques et les troncs moussus de vénérables chênes qui semblaient plantés là depuis des millions d'années. Depuis combien de temps errait-elle dans ce chaos végétal ? Elle n'en avait plus la moindre idée. Chaque grotte, chaque bosquet, chaque taillis pouvait cacher son fils. Elle était prête à marcher des heures ou des jours, tomber de fatigue et mourir ici, plus rien n'avait d'importance si on lui enlevait Tom.

Une tourterelle au plumage cendré s'envola sur son chemin et le sentier disparut complètement pour ne laisser qu'un tapis de lichens entouré de rochers aux aspects étranges. Un œil, un nez, une oreille, une bouche, elle eut l'impression que le visage d'un géant s'était effondré sur son passage. Une vibration anormale lui évoqua la respiration d'une créature tapie dans l'ombre. Elle savait que la rivière d'Argent coulait quelque part sous ses pieds, invisible au visiteur, mais capable de jaillir au moindre interstice. Ce fleuve semblable au Léthé grec dispensait-il l'oubli aux âmes des trépassés ? Son fils avait-il déjà parcouru ses rives pour la quitter à jamais ?

Elle sentit une douleur lui tenailler les entrailles et posa ses mains sur le granit mais aucune chaleur ne vint la réconforter. Rassemblant ses forces, elle grimpa pour contourner une pierre monumentale et finit par découvrir la fin de son périple. Il s'agissait d'une petite mare nichée au creux de cette apocalypse rocheuse, comme une oasis en plein désert. Quelques discrets arbrisseaux y prenaient racine et son eau était si claire qu'elle pouvait en apercevoir le fond. Le ciel se chargea un peu plus de nuages noirs que le vent poussa si fort qu'ils détalaient à toute vitesse vers la mer. Elle décida de se reposer quelques instants dans ce sanctuaire oublié et s'accroupit au bord de l'eau, plongeant ses mains blanches dans la mare. Le liquide glacé lui saisit tout le corps en un long et vivifiant frisson. *Tom, mon bébé, où es-tu ? Il y a tellement de choses que tu aurais pu vivre. Pourquoi est-ce qu'on t'a éloigné de moi ?* Ses lamentations ressemblaient à des prières et elle resta silencieuse pour attendre une réponse. Mais rien ne vint. La forêt l'entoura un peu plus, serrant ses feuillages tout autour d'elle, agitant ses branches en tous sens dans un ballet hystérique.

C'est alors que Vivian aperçut une lueur au fond de l'eau claire. Quelque chose brillait sur la terre rouge. Un dauphin effilé au bout d'une étroite chaîne d'argent. Elle reconnut ce pendentif, c'était celui de sa sœur Dorothy. Elle adorait les dauphins et collectionnait les objets à leur effigie. Vivian avait toujours trouvé cela mièvre, une preuve de plus du manque de caractère de « la préférée ». Ses souvenirs se mélangèrent à la réalité et elle se vit une fois de plus au bord des rives de l'étang entouré d'arbres lugubres. Son esprit lutta pour retrouver sa lucidité et la forêt d'Huelgoat réapparut. Le pendentif était encore là. C'était impossible, mais bien réel.

Elle hésita un moment avant de plonger sa main dans l'eau pour le récupérer. Mais ses doigts ne touchèrent pas le métal qui s'enfonça dans la terre. En fouillant, elle souleva un nuage vermeil qui souilla la pureté de son refuge jusqu'à le transformer en une mare de sang. Le visage de Tom apparut dans un reflet et elle s'approcha un peu plus, collant sa face contre le liquide écarlate. *Viens avec moi. Rejoins-moi.* La voix de son fils résonna dans sa tête, effaçant le son du vent qui se déchaînait autour d'elle. Vivian sentit son cœur se serrer et un vide glacial remplit tout son être. Elle se pencha lentement en avant et se laissa tomber. Là où elle aurait dû toucher le fond, la terre sembla s'ouvrir pour l'aspirer et elle glissa dans un boyau humide. La masse sombre de la roche fit disparaître toute lumière et le courant l'entraîna dans les méandres de cet univers chtonien rampant sous la surface.

Sa tête heurta un obstacle et une vive douleur réveilla en elle l'instinct de survie que chaque être vivant possédait à l'approche de la mort. Elle hurla de toutes ses forces, mais ne réussit qu'à s'étouffer un peu plus. Était-ce un cauchemar ? Se pouvait-il réellement qu'elle soit allée se perdre dans ce labyrinthe souterrain pour rejoindre l'enfant qu'elle souhaitait tant retrouver ? Ses doigts fouillèrent l'obscurité à la recherche d'une prise, mais ne trouvèrent qu'une surface lisse et glissante, rien ne put retenir sa chute vers le domaine des morts. Elle se rappela les années après l'événement de l'étang, combien de fois avait-elle désiré mourir ? Des dizaines ? Des centaines ? Ses poignets en portaient encore les marques. L'espoir commença à l'abandonner. À quoi bon lutter contre le courant qui l'emmenait ? Sans Tom, elle n'avait plus aucune raison de s'accrocher à cette triste existence. Aucune passion ne pourrait plus la détourner de la réalité de son absence, il était plus simple de le rejoindre et vite.

Elle ouvrit grand la bouche et sentit un liquide brûlant rentrer dans sa gorge. Quelque chose ne collait pas. Si c'était bien un rêve, tout lui sembla trop concret. Ses poumons se gonflèrent et la douleur la transperça comme la lame d'une faux. C'est alors que Tom apparut, il n'était pas dans l'eau, il était partout, dans son cerveau, dans ses muscles, dans son cœur et il lui cria : « *Réveille-toi maman ! Réveille-toi !* »

Elle ouvrit les yeux à nouveau et aperçut la lumière du jour quelques centimètres au-dessus d'elle. Son corps convulsa. Dans un ultime effort, Vivian se plia en deux pour rejoindre ce dernier espoir de vie. Ses mains trouvèrent enfin à quoi s'accrocher et elle sortit la tête de l'eau. Elle était dans la salle de bains de sa petite chambre, entièrement habillée, plongée dans la baignoire. Une boîte de somnifères était posée sur le rebord d'un évier. Elle reprit lentement ses esprits et se rappela le coup de téléphone de la gendarme et sa décision d'en finir. Son corps était tétanisé par la proximité de la mort et elle mit longtemps à sortir du cercueil qu'elle s'était choisi pour terminer ses jours. Tom l'avait sauvée, et malgré la douleur, ce contact authentique avec son fils la fit pleurer de joie. Elle réussit enfin à quitter la baignoire et se déshabilla pour rejoindre la chambre.

Quelques heures plus tard, assise au rebord de sa fenêtre, contemplant la silhouette des maisons et le clocher de l'église sous la lumière matinale, elle se sentit apaisée par cette expérience mystique. Non ce n'était pas un rêve, c'était plus que ça. Ses yeux se posèrent sur une pile de dépliants touristiques posés là par ses loueurs et un nom s'accrocha soudain à son esprit : *Tyr Ar Yun*.

46

Les accords d'un fox-trot endiablé emplissaient les immenses salles vides du manoir Triste Lune. La voix nasillarde de Willy Roberts accompagnait un orchestre de jazz, conférant à la ruine des allures de bal musette. Eva avait découvert ce vieux Gramophone et une série de disques soixante-dix-huit tours au fond d'un carton oublié dans les combles. Elle s'amusait depuis à écouter cette collection de classiques d'avant-guerre.

La patine inimitable du saphir traçant sa route le long du sillon et amplifié par un immense pavillon de cuivre ouvragé en forme de fleur lui donnait l'impression d'être projetée au cœur des années folles, une période pour laquelle la psychiatre avait une sensibilité particulière. D'abord parce que son grand-père, pilote de chasse émérite de la Royal Air Force et personnage haut en couleur, l'avait bercée d'histoires de combats aériens où les Spitfire de son escadrille abattaient les Messerschmitt de la Luftwaffe au-dessus de la Manche. Ensuite parce que c'est à cette période qu'on avait vu émerger en Grande-Bretagne les premiers écrits et théories de Freud dont la vision de la psychiatrie allait bientôt révolutionner le monde.

Peu de gens se doutaient qu'il y avait à peine quelques décennies, on appelait les malades mentaux des aliénés et qu'on les traitait comme des bêtes, principalement à coups d'électrochocs et de lobotomie. Walter Freeman, un médecin américain, avait même inventé un « pic à glace » et équipé un autocar pour pratiquer cet acte chirurgical en série, enfonçant son outil moyenâgeux dans le lobe orbital des patients, le plus souvent sans aucune anesthésie. Entre 1945 et 1954, il lobotomisa lui-même quelque quatre mille personnes avant que la communauté scientifique ne décide d'abandonner cette technique brutale au profit des neuroleptiques fraîchement testés par des chercheurs français.

Mais la vocation de psychiatre d'Eva venait également d'un événement beaucoup plus intime. Elle avait dans sa propre famille le cas d'un oncle schizophrène dont elle avait bien connu les tourments jusqu'à son suicide à tout juste vingt ans. Comment ce garçon plein de vie qui l'emmenait jouer l'été sur les pelouses de Hyde Park et dont elle pouvait encore entendre le rire avait-il perdu tout espoir au point de se pendre dans sa chambre ? Ce mystère lui avait fait perdre son innocence de petite fille. Eva avait compris que derrière la façade des visages et des mots se cachaient des souffrances inexprimables.

Tout cela l'avait guidée vers la mission qu'elle s'était fixée : mettre à profit sa connaissance de la psyché humaine pour aider ses patients, qu'elle considérait avant tout comme des personnes en détresse. Dans son grand bureau dont les fenêtres donnaient sur la baie, elle essayait quotidiennement de lutter contre la misère affective, apportant sa faible mais nécessaire participation au combat de ceux qui croyaient en un avenir radieux. Non pas qu'elle s'imaginait pouvoir changer le monde, mais contrairement à certains de ses confrères résignés dans une forme de pessimisme, elle pensait qu'un espoir existait toujours, que ce soit individuellement ou collectivement.

Et le cas de Vivian Legoff l'inquiétait particulièrement. La disparition de ses proches datait presque d'une semaine et elle allait faire face à la réalité d'un deuil d'autant plus redoutable que leurs dépouilles n'avaient pas encore été retrouvées. Ses rêves et ses visions pouvaient parfaitement prendre leur source dans le trauma de l'agression de sa famille, mais certains éléments semblaient bien antérieurs. Il y avait d'abord cette petite fille en robe jaune qui revenait la hanter et dont elle sentait l'importance tant Vivian opposait une résistance chaque fois qu'Eva tentait de la faire parler. Et puis les paroles de Mireille Legoff suggéraient qu'elle était sous traitement lorsque Hadrien l'avait rencontrée. Eva craignait que l'attaque survenue dans les monts d'Arrée n'ait été le déclencheur d'une forme de décompensation d'événements antérieurs, peut-être aussi terribles. Elle avait la possibilité d'aider Vivian à surmonter la mort de son fils et de son mari en y mettant les mots nécessaires, mais elle serait impuissante contre un trauma dont elle ne connaissait rien et qui risquait d'emporter la jeune femme dans une détresse profonde.

Déjà, la présence d'éléments comme le chien blanc et le chien noir suggérait un choix inconscient difficile, comme celui de continuer à vivre. Tout cela était très alarmant. Elle avait donc utilisé le peu de moyens qu'elle possédait pour tenter d'en apprendre plus, à commencer par une recherche Internet sur Roger Campergues habitant dans l'Aveyron. Ce nom de famille était visiblement assez répandu dans la région, mais en le croisant avec celui de Vivian Campergues, elle était tombée sur une rubrique nécrologique parue dans *Centre Presse Aveyron* et mentionnant une certaine Dorothy Campergues décédée d'une noyade accidentelle. La jeune fille en question était morte à tout juste seize ans, et d'après leurs âges respectifs, c'était sans doute la grande sœur de Vivian. D'ailleurs leurs deux prénoms laissaient supposer que la mère avait des origines anglo-saxonnes. L'image de la gamine en robe jaune devenait beaucoup plus concrète et Eva se demanda si cette mort n'était pas la première pierre à l'édifice traumatique dont Vivian semblait souffrir.

Il lui aurait fallu beaucoup plus d'informations, comme son parcours médical, mais il n'existait aucun fichier en France permettant de suivre un patient au niveau psychiatrique. À peine pouvait-on retrouver la trace d'internements si ceux-ci étaient décidés pour des raisons judiciaires et ordonnés par le préfet dans le cadre d'une hospitalisation d'office. Eva était dans une impasse, mais avec l'intuition qu'il y avait urgence. D'ailleurs elle était sans aucune nouvelle de Vivian depuis que cette dernière lui avait signalé son départ pour les monts d'Arrée, et les récentes découvertes de la gendarmerie – la lieutenante Mons la tenait informée de l'enquête – laissaient craindre le pire.

Eva décida de s'équiper chaudement et de prendre sa voiture – une vieille Austin Mini de couleur rouge – pour se rendre directement à l'auberge où logeait la jeune femme. Elle poussa la lourde porte du manoir dont les salles vides étaient retournées à leur silence lugubre et s'engagea sur la route longeant la mer. Derrière elle, les phares d'un autre véhicule s'allumèrent juste après son passage, mais elle ne les remarqua pas. Pas plus lorsque la BMW commença à la suivre en direction des monts d'Arrée.

47

Il était tout juste midi lorsque Vivian coupa le moteur de sa voiture pour parcourir à pied le bout de bitume au bout duquel se trouvait le hameau de Tyr Ar Yun. Un vent froid agitait les longues branches d'un saule dont le feuillage trempé lui fit l'effet d'une touffe de cheveux huileux plantés sur la tête d'une créature fantastique. Il n'y avait personne aux alentours et les quelques granges en ruine ne lui donnèrent pas envie d'explorer les lieux. *Où est-ce qu'elle peut habiter ?* Elle n'avait vu la vieille femme qu'une seule fois et c'était dans un de ses cauchemars. *Qu'est-ce qu'elle a dit déjà ? Retrouve-moi à Tyr Ar Yun ? Et rien d'autre ?* Autant dire que cette expédition lui parut de plus en plus désespérée.

L'unique ferme en état s'étalait à quelques pas de là, face à un sentier s'enfonçant dans les tourbières. Ses murs décrépis en pierres noires et son toit de chaume étaient percés de quelques étroites lucarnes dont nulle lumière ne s'échappait. Vivian s'approcha d'une fenêtre pour essayer de regarder à l'intérieur, mais la porte s'ouvrit avant même qu'elle n'atteigne son but et la silhouette frêle mais vigoureuse de la vieille femme apparut dans l'entrebâillement.

— Te voilà…, dit-elle en replaçant le béret noir qu'elle portait sur la tête.

Ses yeux malicieux la fixèrent avec une intensité qui la mit mal à l'aise.

— Vous… vous saviez que j'allais venir ?

La femme ne répondit pas et lui fit signe d'entrer dans sa demeure. Vivian pénétra dans une pièce si obscure qu'elle eut l'impression que la nuit était tombée soudainement. Il y régnait une odeur rance de cire chaude et un mince filet de fumée blanche émanant d'un encensoir en étain lui piqua les yeux. Le souvenir de l'église et de ses fonts baptismaux maudits devint beaucoup plus vif, comme si ce lieu la ramenait dans son cauchemar. La vieille se dirigea vers une table en chêne sombre sur laquelle un verre et une bouteille étaient posés. Elle lui indiqua une chaise et ouvrit un buffet duquel elle attrapa un verre supplémentaire. Sans lui demander son avis, elle servit à Vivian une bonne dose de vin écarlate avant de venir s'installer face à elle.

— Bois… ça va te détendre.

Vivian n'en avait pas vraiment envie, mais elle avala quelques gorgées sans rechigner pour ne pas contrarier la vieille dame. Cela parut lui faire plaisir, car son visage se radoucit et elle commença à boire elle aussi.

— Je savais que t'allais v'nir, petite, car je lis les intersignes… Tu sais ce que c'est ?

Même si elle en avait déjà une idée, Vivian décida de la laisser parler sans l'interrompre.

— C'est l'monde invisible qui nous parle, petite… par toutes sortes de moyens. Faut être attentive… oh oui ! très attentive… Parce qu'il en a des trucs à dire le monde invisible…

La vieille se pencha pour fouiller dans une des poches de sa longue robe noire. Elle en sortit un mouchoir qu'elle déplia sur la table. À l'intérieur se trouvait la dépouille encore fraîche d'une tourterelle cendrée. Une bonne moitié de sa tête était éclatée et Vivian aperçut la chair rouge et le sang coagulé à l'intérieur de son crâne.

— Elle est v'nue s'écraser contre ma f'nêtre ce matin. Juste au lever du jour, aux alentours de sept heures… J'ai pensé qu'il était trop tard, mais bon, comme t'es là c'est que t'as un peu d'force en toi. T'as su lutter contre ton destin. Et c'est bien, ça.

En prononçant ses derniers mots, elle lui avait attrapé les mains et Vivian perçut d'un coup l'intense chaleur qui se dégageait de sa poigne. Il y avait, au-delà de ce corps courbé par le poids des années, une puissance brute, un élan vital qui la fit se sentir toute petite.

— Il est là autour de toi, il rôde, l'Ankou… Je crois qu'il te veut. Mais tu lui échappes… encore et encore… ça l'agace. Faut l'comprendre, d'habitude c'est lui qui s'charge de ça. *Oberour ar marv*, l'ouvrier de la mort, c'est comme ça qu'on l'appelle.

Vivian avala une gorgée de plus. Même si les mots lui parurent totalement mystiques, ils étaient prononcés avec une telle sincérité qu'il était impossible de les remettre en question.

— Quelque chose l'empêche d'faire son triste labeur… une injustice… parce qu'il est pas méchant l'Ankou. Il aime son métier et il l'fait bien. Comme un artisan. Et les morts, ils lui parlent une fois dans l'noir pays. P't'être qu'il y a quelqu'un qui plaide en ta faveur… depuis là-bas.

« Réveille-toi. » Vivian entendit les mots prononcés par son fils. Les mots qui lui avaient sauvé la vie ce matin même. Des larmes commencèrent à couler sur ses joues.

— Comment savoir qui m'aide ? réussit-elle à demander malgré l'émotion.

— Y'a un moyen, p'tite, c'est pour ça qu't'es là.

Et elle lui tendit le mouchoir qui avait servi de linceul à la tourterelle avant de se lever péniblement pour aller rejoindre une bibliothèque plantée contre un mur. Elle attrapa un petit coffre posé sur un des rayonnages et Vivian crut y apercevoir un symbole, comme une sorte de pentacle avec un point en son milieu, gravé sur le bois. À l'intérieur se trouvait un jeu de cartes : des tarots. La vieille les prit avec beaucoup de délicatesse et revint s'asseoir en face d'elle.

— Cinq cartes, voilà c'qui faut pour t'aider. Cinq cartes, c'est bien, oui…

Elle mélangea le paquet et Vivian choisit les lames d'une main tremblante. Une fois qu'elles furent alignées face à elle, la vieille femme retourna la première et découvrit un squelette dressé sur un cheval portant un drapeau noir sur lequel on pouvait lire le nombre *XIII*.

— C'te carte c'est ton passé… la Mort. Mais la Mort inversée. On s'méprend souvent sur sa signification. Ici… L'immobilité, le manque d'espoir. T'es dans une impasse depuis bien longtemps, tu n'sais pas quoi faire ma petite. T'as perdu quelque chose d'important. D'vraiment important. Mais il y a autre chose… ça peut être bénéfique, oui, en fin de compte. T'as trouvé un moyen de t'débrouiller on dirait. Tes rêves… ils te parlent. C'est là qu'on s'est rencontrées, non ?

Vivian resta figée dans une concentration intérieure intense. Elle voulait fixer chaque mot, chaque symbole pour ne rien perdre de cet instant où la vérité lui serait peut-être accessible.

La deuxième carte révéla le visage monstrueux d'un démon sur le front duquel le chiffre *XV* se détachait. À ses pieds, deux êtres cornus et complètement nus, un homme et une femme, étaient accrochés à un pilier par des chaînes.

— Le diable inversé, c'est ton présent. Faut pas s'inquiéter du cornu, les apparences sont trompeuses, mais tu commences à y voir plus clair. Ton esprit, il domine ton instinct, ça t'aide. Mais ça peut être fâcheux aussi. Les intuitions, les émotions, c'est p't'être ça qui te donne la clairvoyance. T'es entre deux mondes, sur la lisière. Va falloir choisir… mais attends, on va tirer une autre carte…

La suivante était l'arcane *XII*, le pendu.

— Ton futur… L'égoïsme, l'égocentrisme… Se débarrasser d'ses peurs pour réussir, ne pas rechigner au sacrifice, y compris de toi-même. Tu cherches quelqu'un.

— Mon fils, Tom, c'est lui que je cherche…

— Y'a pas que lui… C'est pas très clair… faudra p't'être le laisser partir en définitive. P't'être même abandonner une partie de toi-même…

Elle retourna rapidement la quatrième carte et révéla un homme portant un fagot composé de nombreux bâtons et avançant sur ce qui semblait être la route d'un village.

— Dix de bâton… inversé… laisse-moi réfléchir… C'est ton obstacle. La trahison. Le mensonge… Mais oui. On t'ment, c'est sûr… Mais toi aussi, tu t'mens à toi-même. Et ça pourrait causer ta perte. Pour réussir, faudra arrêter ce mensonge… ça te donnera la force au dernier moment. Le dix de bâton… faudra y penser, au moment voulu… Voyons ta dernière carte, les conséquences…

Sur cette ultime carte, une série de lames étaient plantées dans le corps sanguinolent d'un homme.

— Dix d'épée. La douleur, l'angoisse. Tu vas tomber au plus bas. Mais y'a comme du bien qui pourrait en résulter. Je crois que… le pire sera passé… La vérité, d'une manière ou d'une autre, ce s'ra l'abandon. Oui c'est sûr… C'est comme ça qu'il faut l'prendre.

Vivian fixa la vieille femme avec des yeux pleins de questionnements. Elle avait la sensation d'en avoir appris beaucoup sans être plus avancée.

— J'aimerais que vous m'expliquiez…

— Moi j'peux rien expliquer ma fille… C'est les cartes…

— Mais j'ai du mal à comprendre.

— Oh oui, ça fait partie du tirage… La vérité, elle ne se révèle pas comme ça. Moi j't'en ai donné une image, comme un rêve. Mais le jour où tu la verras, tu la reconnaîtras tout d'suite.

Elle rangea les lames dans son coffret et ferma méticuleusement le petit mécanisme qui servait de serrure.

— Maintenant, tu d'vrais rentrer chez toi et réfléchir à tout ça.

Vivian acquiesça et prit la direction de la porte. Avant qu'elle ne franchisse le seuil, la vieille la retint par un bras.

— Et fais attention à toi, ma fille. Il rôde autour de toi, j'te l'ai dit.

48

Sur le chemin du retour vers Brasparts, Vivian ne cessa de s'interroger sur cette étrange rencontre avec la tireuse de cartes. Abandonner quelqu'un, mais qui ? son fils ? Jamais elle ne l'accepterait. Elle sentit une pointe de culpabilité l'envahir en réalisant que depuis le début de cet enfer, sa douleur se cristallisait autour de Tom alors qu'Hadrien, lui aussi, avait disparu. Peut-être était-ce à cause des soupçons que l'enquête faisait peser sur lui ? Était-il en partie responsable de leur malheur ? Dans ce cas, si on le retrouvait, pourrait-elle lui pardonner ? La vieille avait parlé de trahison…

En arrivant au niveau de L'Auberge des maquisards, Vivian remarqua une Austin rouge garée sur le parking. Elle l'avait déjà vue cette voiture, mais où ? Son esprit était à la fois en ébullition, capable de capter d'infimes détails de son environnement, mais elle avait également l'impression de perdre des pans entiers de mémoire. « T'es entre deux mondes… » La voix rocailleuse de la vieille lui résonna une fois de plus dans la tête. « Va falloir choisir. » Choisir ? Mais choisir quoi ? La vie, la mort… l'oubli ? Aucune de ces options ne la satisfaisait vraiment. Ce qu'elle désirait par-dessus tout c'était retrouver Tom, le serrer dans ses bras et que tout redevienne normal. Pourtant, elle savait parfaitement que rien ne serait plus comme avant. Elle se trouvait en transit entre deux réalités. *L'avant* était un précieux souvenir qui commençait déjà à disparaître, le présent un chaos dans lequel elle avançait en aveugle, quant à l'avenir…

Lorsqu'elle se concentra sur le monde autour d'elle pour arrêter de penser, un petit bout de femme rousse se tenait sur le perron de l'auberge, agitant une main pour attirer son attention. Le docteur Eva Blair… voilà, c'est au manoir qu'elle avait vu cette voiture. Que faisait-elle ici ? Vivian se dépêcha de sortir et alla à sa rencontre. La psychiatre la salua chaleureusement et lui dit être venue discuter. Elles décidèrent de s'installer face à l'âtre dans la salle à manger où se trouvaient toujours une bouilloire et quelques sachets de thé. Il y régnait une douceur apaisante et on s'y sentait à l'abri des épais murs de pierre. Elles prirent le temps de se mettre à l'aise et la docteure Blair souffla sur les braises pour faire repartir le feu. Une fois confortablement assise, une tasse chaude dans les mains, elle commença à lui parler de sa visite chez Mireille Legoff. Vivian éprouva comme une sensation de trahison sans pouvoir vraiment l'expliquer.

— Pourquoi êtes-vous allée la voir ?

— Parce que je m'inquiète pour vous, Vivian. Je pense que la situation actuelle a des effets sur votre psychisme bien plus importants que je ne l'avais envisagé. Les reviviscences intrusives et le caractère hallucinatoire de vos symptômes me fait…

— Vous pensez que je débloque c'est ça ? coupa-t-elle sèchement.

— Non. Vous n'êtes pas folle, Vivian. Je pense que vous êtes victime d'une amnésie traumatique. Une amnésie qui pourrait concerner un autre événement que la disparition de votre famille. La mort de votre sœur, par exemple.

Vivian eut l'impression que la psychiatre venait de lui tirer une balle en plein ventre. Une immense douleur se déploya à l'intérieur de son corps et les plaintes torturées de milliers d'appels restés sans réponses commencèrent à la harceler. *« C'est ta faute Vivian, c'est toi qui m'as fait ça. C'est toi qui m'as tuée. Tu vas payer. »* Le temps se figea et elle fut incapable de parler. Les murs s'obscurcirent au point qu'il ne subsista plus que la lueur orangée du feu et les yeux pétillants de la psychiatre. Était-elle en train de rêver ? Sa visite à Tyr Ar Yun avait-elle vraiment eu lieu ? Ce village existait-il seulement ?

— Votre sœur Vivian… Il est arrivé quelque chose en Aveyron lorsqu'elle avait seize ans. Elle s'est noyée…

La pénombre grandit encore et la silhouette d'immenses sapins remplaça les bords de la pièce. Juste derrière la docteure Blair, Vivian aperçut l'étang aux rives noires. Dorothy se tenait à côté, elle la fixait de ses yeux magnifiques, mais froids. Sa robe jaune souillée de boue remplit l'atmosphère d'une odeur de vase.

— Quel âge aviez-vous à l'époque ?

— Quinze ans.

— Et comment l'accident est-il arrivé ?

Dorothy se dressait derrière la psychiatre. Elle souriait, dévoilant une rangée de dents pourries. Ce joli sourire dont elle était si fière lui donnait désormais un air sinistre.

« Dis-lui Vivian, dis-lui comment tu m'as tuée. »

— Je l'ai emmenée jouer dans la forêt et… elle a accroché son pendentif à la branche d'un arbre. Il est tombé dans l'étang… Elle s'est penchée pour le récupérer et… elle a glissé…

« Et après Vivian, dis-lui ce qui s'est passé après… » chuchota le cadavre en inclinant son corps vers elle.

— J'ai voulu l'aider à sortir de l'eau… j'ai tendu la main, mais… Elle se débattait. Sa robe… elle s'est accrochée à une branche et…

« Non ! Tu mens ! Tu m'as noyée, c'est toi qui m'as noyée… parce que tu étais jalouse ! Jalouse. »

— Vous n'avez pas réussi à la sauver c'est ça ?

Vivian hocha la tête en fermant les yeux et le cadavre putride de sa sœur disparut de la salle à manger.

— Comment s'est déroulée la suite des événements… avec vos parents ?

— Ils ont appelé les secours, mais c'était trop tard.

— Je veux dire après son enterrement. Après le deuil…

La douleur continuait à pulser à l'intérieur de son corps comme une gangrène grignotant ses organes.

— Ils ne m'ont jamais pardonné de l'avoir emmenée là-bas. Il y a eu des disputes, ils se sont séparés et ma mère s'est suicidée trois ans tout juste après la mort de Dorothy. Mon père, lui, est devenu distant… il ne m'adressait presque plus la parole. Dès que j'ai pu, je suis partie.

Il y eut un long silence durant lequel les deux femmes n'entendirent que le crépitement du feu et la respiration saccadée de Vivian.

— Tout cela, toute cette culpabilité, c'est un fardeau impossible à porter, Vivian. Et ce qui vient de vous arriver fait écho aux événements du passé pour le rendre encore plus insupportable. Vous avez été suivie par quelqu'un après la mort de votre sœur ?

— Non… c'était pas le genre de ma famille. Par contre j'ai eu quelques épisodes difficiles lorsque ma mère s'est suicidée. Vous voulez savoir si j'ai vu un psy : oui. Mais ça m'a servi à rien à part à me bourrer de médocs. Ce qui m'a sauvée, c'est la photo. Ça m'a permis de me focaliser sur autre chose. D'oublier le visage de ma famille à travers celui des gens… C'est comme ça que je fonctionne.

— Mais aujourd'hui, avec la disparition de votre fils et de votre mari, vous ne pouvez plus le faire. Ces visages-là, vous ne devez pas les oublier.

Vivian sécha les larmes qui coulaient sans discontinuer depuis le début de leur conversation et tenta de se concentrer. La luminosité était redevenue normale. Sa sœur n'était plus là. Il était temps de reprendre pied.

— Vous savez, je ne vais pas vous mentir… il est impossible d'oublier les événements d'un traumatisme et ils reviennent toujours à un moment ou un autre. Par contre, vous pouvez les reléguer au rang de souvenirs normaux et retrouver la paix intérieure… C'est ce que vous désirez, Vivian ?

Le regard plein de compassion d'Eva Blair rencontra le sien, et dans un flash, elle eut l'impression de la voir entourée d'une aura. *Un ange, cette femme est mon ange gardien.*

— Oui c'est ce que je désire.

— Alors il faut que vous répondiez à cette question : est-ce que vous avez aidé votre sœur ce jour-là ? Est-ce que vous avez fait tout votre possible pour la sauver ?

Le visage gonflé d'eau croupie de Dorothy réapparut soudain juste à côté d'elle. Sa bouche béante laissait couler un filet de bave visqueuse dans son cou. *« Dis-le ! »*

Elle s'apprêtait à parler lorsque la porte d'entrée s'ouvrit avec fracas. Un homme de grande taille portant un treillis sombre et un bombers pénétra dans la pièce. Il avait une expression de folie et sa crête blonde mouillée par la pluie collait sur son front. Il tenait une arme à la main.

— C'est toi, la meuf de Legoff ?

La docteure Blair se leva de sa chaise pour se rapprocher de lui, mais il la frappa violemment au visage avec la crosse de son pistolet. Vivian hurla de terreur en voyant la psy s'effondrer sur le sol.

— On va faire un petit tour tous les deux et tu vas me dire où est mon pognon.

49

La voiture de Maëlys roulait à toute vitesse sur la départementale 785 pour rejoindre Brasparts. À quinze heures trente, la gendarmerie de Carhaix avait reçu l'appel affolé d'un couple d'Anglais tenancier d'une auberge signalant l'enlèvement avec violence de leur cliente, Vivian Legoff. Ils avaient également transmis le numéro d'immatriculation d'une grosse cylindrée censée appartenir au ravisseur ainsi qu'une description de l'homme coïncidant parfaitement avec le portrait de Dylan, le Serbe dit « Geronimo ». Le kidnapping s'était déroulé après l'agression du docteur Eva Blair qui se trouvait désormais prise en charge par le Samu, mais dont les jours n'étaient pas en danger.

Étant donné l'urgence et la gravité de la situation, Maëlys avait immédiatement contacté le préfet pour déclencher le plan Épervier et poser des barrages un peu partout dans le département. Elle avait également demandé l'aide de l'antenne régionale du GIGN basé à Nantes afin qu'ils envoient une équipe pour gérer l'intervention. Alors que l'adjudant Broussard se concentrait sur la route, elle réalisa que le dernier acte de cette enquête était peut-être en train de se jouer. Geronimo, le dealer ultra-violent qui semait les cadavres sur son passage, était toujours à la recherche de son argent et pensait certainement que Vivian savait où il se trouvait. Cela donnait une bonne piste sur l'origine de « l'argent magique » qu'Hadrien Legoff possédait. Peut-être que lui aussi était compromis dans un trafic et qu'il s'était endetté auprès de la mauvaise personne.

La radio embarquée RUBIS commença à grésiller et elle décrocha la pédale pour écouter un de ses collègues. La voiture suspecte avait été repérée dans un champ en bordure de route sur la D42, juste après avoir quitté Berrien. Elle fit signe à Broussard de changer de cap et confirma à ses hommes de l'attendre avant de tenter quoi que ce soit. Elle vérifia les attaches de son pare-balles et sentit l'adrénaline monter à mesure qu'ils se rapprochaient de la zone. Deux véhicules se trouvaient déjà sur place. Ses collègues étaient postés à l'extérieur, à l'abri d'un muret, et lui désignèrent la BMW garée sur le bas-côté. Cette zone rurale se composait d'un petit bois de sapins dont l'enchevêtrement formait une barrière opaque. Un étroit sentier s'y enfonçait et la topographie des lieux suggérait que les occupants de la BM avaient dû l'emprunter. Le souci étant qu'il n'y avait pas moyen de contourner cette forêt ou d'organiser une battue tant les branchages et les sous-bois s'emmêlaient dans un labyrinthe inextricable.

Maëlys demanda à Broussard de prendre les hommes disponibles pour former un périmètre de sécurité autour du massif, mais en vérifiant les dimensions de la zone sur le GPS, elle se rendit vite compte qu'ils auraient besoin de renforts pour l'établir. Dix-sept heures, le GIGN était encore loin. Vivian Legoff se trouvait entre les mains de ce tueur, elle n'avait aucune intention de la laisser tomber. Elle lança un regard à l'adjudant et lui dit de sa voix la plus sereine.

— On va y aller.

— On ne devrait pas attendre l'unité d'intervention ?

— On n'a pas le temps. Il faut qu'on fasse au moins une reconnaissance.

— OK chef.

Broussard sortit du véhicule et vérifia son arme de service. Maëlys progressa jusqu'au muret, demanda à un des gendarmes d'envoyer des voitures se poster sur les chemins entourant la forêt et se dirigea vers la BMW pour constater qu'elle était vide avant de rejoindre le sentier. Son adjoint se tenait derrière elle, son arme braquée vers le sol, le doigt sur le côté de la détente. Elle n'avait encore jamais vécu ce genre d'intervention « pour de vrai » et les exercices pratiqués à l'école militaire lui semblaient bien loin.

À peine eurent-ils franchi la première ligne d'arbres que l'obscurité les avala. Le chemin, recouvert de feuilles humides, ne laissait deviner aucune trace et masquait le bruit de leurs pas. Face à eux, les troncs s'alignaient en rangs serrés, offrant d'innombrables cachettes. Maëlys se sentit observée de toutes parts. Geronimo avait choisi un endroit approprié pour venir s'embusquer, il pouvait surgir à tout moment.

Broussard posa une main sur son épaule et pointa une direction du doigt. Ils s'arrêtèrent et Maëlys força le regard pour tenter d'apercevoir ce qu'il lui montrait. Au nord-est de leur position, à une bonne cinquantaine de mètres, une ombre se détachait entre les troncs. Difficile de dire de quoi il pouvait s'agir, peut-être une ruine ou les restes d'une cabane forestière. Elle s'aperçut qu'une étroite sente partait du chemin pour rejoindre cet édifice perdu. Elle le regarda et d'un geste de la tête lui indiqua de s'engager avec elle. Ils ralentirent le rythme à mesure que la silhouette se précisait, révélant un vieil abri en granit dont le toit avait disparu. Elle fit signe à Broussard de stopper et se plaça à couvert d'un arbre pour tenter d'apercevoir l'intérieur du bâtiment.

C'est alors qu'un craquement sec retentit dans leur dos. Broussard fut le premier à se retourner et elle le vit pointer son arme devant lui, puis s'effondrer sur le sol. Ses yeux accrochèrent ceux de Geronimo, il était nu, il avait barbouillé son visage de boue et son regard pétillait d'une lueur de folie surnaturelle.

— Crève, dit-il en pressant la détente de son Glock.

Et Maëlys sentit son cœur exploser dans sa poitrine.

50

Dylan en avait ras la gueule de cette histoire. Déjà qu'il avait dû casser quelques doigts à la vieille Legoff pour qu'elle lâche un nom, celui de la psy qui s'occupait de sa belle-fille, il se retrouvait maintenant en cavale avec une nana dans son coffre. Même s'il n'en avait globalement rien à foutre tant qu'il finissait par récupérer son fric, les traces commençaient à s'accumuler et il sentait bien qu'il était temps de mettre les voiles. Pas question de retourner en taule, la vie entre quatre murs, c'était pas fait pour le big chef indien avide de liberté et de grands espaces. Ce qu'il avait de mieux à faire c'était se débarrasser de sa passagère, dès qu'il lui aurait fait cracher le morceau. Après, il récupérerait son sac de thunes et se casserait définitivement de la région.

Une envie de pisser le fit se garer sur le bas-côté et sortir de sa BM pour rejoindre un petit bois bien sombre. Après avoir soulagé sa vessie, il s'envoya une nouvelle ligne de coke et sentit la puissance du totem brutal lui gonfler les veines. Y'avait un truc spécial dans ce bois, comme une présence chamanique qui pulsait de la terre et s'élevait dans le cosmos. Ça devait être un de ces endroits que les druides des environs considéraient comme sacrés. Il n'y connaissait rien en druidisme, mais depuis qu'il zonait dans le département, il se rappelait avoir croisé pas mal de gugusses qui carburaient aux histoires de dolmens et se tatouaient des runes à la con pour se protéger des saloperies de la vie. C'était pas trop sa culture de grand chef indien, mais ça y ressemblait un peu, du coup il avait regardé plein de vidéos YouTube sur le sujet.

Peut-être qu'il ne s'était pas arrêté là par hasard finalement, Dylan croyait au destin, à l'alignement des étoiles et aux signaux de fumée dans le ciel bien clair du Nevada même s'il n'y avait jamais foutu les pieds, mais ça ne tarderait pas avec tout le pognon qu'il allait récupérer. Il retourna à la voiture et ouvrit le coffre. La femme de Legoff s'agita dans tous les sens, mais vu la quantité de Gaffer qu'il lui avait passée autour des poignets et des chevilles, y'avait peu de chances qu'elle aille où que ce soit. Il vérifia que son bâillon était solidement attaché et lui fit un sourire.

— Reste tranquille, j'reviens ma p'tite chérie.

Dylan avait une idée derrière la tête. Juste quelques minutes à se balader dans le bois sacré, histoire de pomper les énergies telluriques et de sentir la puissance du grand manitou lui parcourir le cortex, c'est tout ce qu'il désirait. En rentrant sous les arbres, il se rappela un rituel bien balèze au cours duquel le chaman d'une tribu dont il avait oublié le nom devait se foutre à poil et courir en imitant son animal totem. Dylan quitta rapidement ses frusques et l'air froid lui glaça la chair. Il partit d'un énorme rugissement et se jeta en avant pour disparaître sur un chemin humide à l'intérieur des bois. Au bout d'une centaine de mètres, il n'était plus Dylan le dealer, mais un putain de grizzly qui détalait toutes griffes dehors prêt à mettre en pièces ses ennemis. La rage lui tétanisa les muscles alors qu'il se roulait dans la boue et grattait la terre avec ses ongles. Ça dura quelque temps avant qu'il se sente rassasié de cette communion mystique et il rentra gavé d'énergie vers l'orée du bois.

C'est là que tout partit en sucette. Deux voitures de keufs étaient garées pas loin de sa caisse et il était à poil comme un con. Il s'accroupit et glissa discrètement jusqu'à ses fringues, mais décida de ne récupérer que son calibre, histoire de ne pas attirer l'attention. Il se planqua derrière une vieille souche et vit une troisième voiture arriver et deux abrutis de gendarmes en descendre. La nana avait l'air d'être la chef, elle fila quelques ordres avant de se pointer dans sa direction. Il avait son Glock dans la main et une bonne ligne de tir étant donné que les autres ne pouvaient pas le voir. Il hésita à les aligner là, tout de suite, mais se dit que ce serait plus facile s'ils faisaient la connerie de prendre le sentier. Il attrapa une poignée de boue bien fraîche et se barbouilla le visage pour se la jouer à la Rambo. Les deux flics entrèrent dans le bois et il les suivit de loin en se planquant d'arbre en arbre. Ils avaient déjà l'air de sacrément chier dans leur froc, ce qui lui donna un sentiment de toute-puissance et une gaule d'enfer.

À un moment, ils bifurquèrent pour se diriger vers une ruine et il manœuvra de manière à se retrouver dans leur dos. Ils flippaient tellement qu'ils n'entendirent pas lorsqu'il se glissa jusqu'à eux. Il pouvait leur mettre deux bastos dans le crâne, comme ça, de dos, mais l'idée le faisait clairement débander. Après le rituel chamanique, les roulades dans la boue et tout le bordel cosmique, il lui fallait une mise à mort plus théâtrale. Il n'avait pas le vieux tomahawk acheté sur le Net, mais il pouvait toujours distribuer quelques mandales bien sanglantes. Il décida donc de s'occuper du gars en premier et surgit de l'ombre pour lui balancer une énorme patate dans la nuque. Le type eut le réflexe de se retourner si bien qu'il la prit en pleine face et s'écroula comme une merde. La fliquette se tenait à deux mètres, elle n'avait pas eu le temps de comprendre que Geronimo de la tribu du Grizzly s'apprêtait à la dévorer vivante. Lorsqu'elle croisa son regard, il pressa la détente de son Glock et une belle bastos en titane fonça droit dans son cœur et la projeta à trois mètres contre un tronc.

Ce que Dylan n'avait pas prévu malgré la clairvoyance des chamans, c'est qu'elle tira deux balles vers lui alors qu'elle était encore en plein vol plané. La première lui pulvérisa les testicules et envoya voler son attirail sur le sol. La seconde rentra par son œil droit et fit exploser ce qu'il lui restait de cerveau. Dylan tomba face contre terre et poussa un dernier soupir en rejoignant le monde des ancêtres. Sur place, il n'y avait ni chaman du grizzly, ni grand manitou qui l'attendaient, juste un néant vide et glacé.

51

Le temps s'était un peu radouci et les rayons du soleil filtraient à travers les nuages, transformant la campagne en îlots lumineux bougeant au gré du vent. Une semaine déjà depuis que Maëlys avait repris conscience couchée dans la boue, la poitrine douloureuse et le corps meurtri par la balle qui aurait dû lui traverser le cœur. Son gilet l'avait arrêtée de justesse, mais à l'endroit de l'impact, un énorme hématome lui rappelait qu'elle était passée à côté de la mort. L'adjudant Broussard, quant à lui, s'en était tiré avec quelques contusions et une légère fracture de la mâchoire. Un miracle. Après l'arrivée des secours, ils avaient libéré Vivian de son coffre avant de la transférer vers les services d'urgence du CHU de Morlaix dont elle était sortie après quelques jours.

La route bifurqua sur la gauche pour longer le cimetière de Carhaix où se dressaient de vieilles pierres tombales en granit. Une nuée d'engoulevents s'éleva vers le ciel, déchirant le silence de leurs cris dérangeants. Maëlys connaissait les légendes sur ces oiseaux réputés de mauvais augure, car ils tétaient les pis des chèvres en les rendant aveugles. On les disait capables d'aspirer l'esprit des morts pour les emprisonner à jamais. À quel âge avait-elle cessé de croire à toutes ces histoires ?

Sans doute lorsqu'elle avait compris que la vie réelle était plus cruelle que n'importe quel conte et que l'être humain était pire que tous les monstres imaginés pour faire peur aux enfants.

Une semaine déjà depuis le dénouement de cette affaire dont les journaux commençaient à relater les détails. Une semaine durant laquelle Maëlys avait rédigé son rapport en décortiquant les liens entre le dealer « Geronimo » Dylan, le toxico Ronan et la victime Hadrien Legoff. Le petit entrepreneur véreux avait mis les doigts dans un système qui l'avait dépassé en empruntant de l'argent à un criminel prêt à tout pour récupérer son investissement. Le rôle de Ronan, d'abord comme intermédiaire, puis comme acteur, dans le drame qui s'était déroulé sur la route des crêtes restait à définir, mais elle était certaine qu'il finirait par parler. À ce stade, il était suspecté d'homicide volontaire même s'il niait les faits. Mais le sang sur la hache et ses liens avec Dylan suffiraient à convaincre le juge de sa culpabilité. Elle avait également remonté le parcours sanglant du dealer depuis le garage des Legoff où il avait tenté de retrouver son magot jusqu'au vieux moulin où résidait le malheureux Jean-Hugues. Avec l'immatriculation de sa voiture, elle l'avait tracé dans la banlieue de Quimper où deux de ses collègues avaient découvert la pauvre Mireille Legoff attachée à son lit en état de choc.

Ce type était un monstre, ça n'enlevait pas le malaise qu'elle ressentait de lui avoir ôté la vie, mais ça facilitait.

Maëlys gara sa voiture sur le parking de la gendarmerie et rejoignit l'entrée d'un pas rapide. Il restait beaucoup de paperasserie à terminer avant de pouvoir se détacher de cette triste affaire et elle comptait s'en débarrasser le plus vite possible. Le gendarme de faction à l'accueil la salua en souriant et elle se dirigea vers son bureau. Sur le chemin, Broussard lui fit signe de le suivre dans la salle de réunion de la brigade. Il avait un drôle d'air qui lui mit la puce à l'oreille. En rentrant, elle se retrouva face à une douzaine d'hommes et de femmes en uniforme tenant des coupes en plastique. Tous levèrent leurs verres dans sa direction et une ola de félicitations générales lui fit monter les larmes.

— Bravo patronne, vous l'avez bouclée cette affaire.

Broussard lui servit un peu de champagne et la prit dans ses bras avec douceur en lui chuchotant :

— Et merci de m'avoir sauvé la vie.

Elle passa la demi-heure suivante à bavarder avec ses hommes et comprit à quel point cette affaire les avait soudés. L'esprit de corps, c'était ce sentiment d'appartenir à une famille qui l'avait séduite en s'engageant dans l'armée. Une famille qu'elle s'était choisie et qui l'aimait pour ce qu'elle était. Lorsqu'ils lui demandèrent de faire un discours, elle réussit à balbutier quelques mots de remerciements en essayant de n'oublier personne puis fixa les objectifs à court terme maintenant que le dossier était entre les mains du procureur. Les dernières coupes se vidèrent et les gendarmes retournèrent à leurs travaux avec le sentiment du devoir accompli. Cela pouvait paraître peu de chose mais c'était le moteur même de leur engagement.

Maëlys quitta la pièce chargée de toute cette énergie positive et alla s'isoler entre les murs de son bureau. À l'extérieur, le soleil continuait de faire reculer l'hiver. Bientôt, le froid deviendrait plus supportable et la nature abandonnerait son dépouillement pour accueillir ses atours printaniers. Le cycle de la vie reprendrait, indifférent aux tribulations humaines. Cette idée la fit sourire. Pour l'instant, tout ce qui lui importait, c'était ce sentiment d'accomplissement. Elle avait bien mérité d'en profiter un peu.

52

Le silence était total. À cette heure de la matinée, elle aurait déjà dû être sortie du lit depuis longtemps, mais Vivian en était incapable. Elle regardait le plafond de sa chambre, le corps en étoile, les yeux perdus dans une brume dont le poids la rendait amorphe. Se lever, passer à la salle de bains, prendre un café, s'habiller, tout cela lui paraissait insurmontable. Même ses rêves ne réussissaient plus à attiser la flamme d'un quelconque désir.

La sonnerie du portail résonna pour la cinquième fois sans qu'elle bouge. Aucune chance qu'elle parle aux journalistes qui ne cessaient de défiler chez elle depuis que l'affaire du « tueur des monts d'Arrée » défrayait la chronique. À quoi bon témoigner de l'horreur qu'était devenu son quotidien ? On lui avait tout pris, tout arraché et il ne restait qu'une plaie béante par laquelle elle se vidait chaque jour un peu plus de son énergie vitale. Bientôt, lorsqu'elle serait sèche de l'intérieur et que l'oubli aurait rongé jusqu'au moindre souvenir de ceux qu'elle aimait, Vivian savait qu'elle finirait par trouver le courage de les rejoindre.

Cette fois, aucun rêve, aucun appel au secours ne viendraient la détourner de son geste. C'était son destin, tracé depuis longtemps, avant même la naissance de Tom ou sa rencontre avec Hadrien. Non, cette fin inexorable qu'elle allait se donner d'une manière ou d'une autre était écrite des petits doigts boueux de sa sœur s'agrippant à elle tandis que ses poumons se gonflaient de vase. Vivian avait tenté de lutter contre le poids qui la retenait au fond, elle avait tiré jusqu'à s'en arracher les ongles avant de se résigner à la voir disparaître pour toujours, son joli visage déformé par la peur de cette mort atroce dont Vivian était responsable. C'était bien elle qui, dans un excès de rage, avait décroché le pendentif en forme de dauphin de ce magnifique cou pour le jeter dans le lac. Pourquoi Dorothy était-elle allée le chercher avec sa robe jaune et ses escarpins de petite fille modèle ? Vivian l'avait pourtant mise en garde contre la vase et les racines traîtresses, mais sa sœur voulait lui prouver à quel point elle était supérieure. À quel point leur accord n'était qu'une illusion. Elle était la belle et possédait tout, même la place d'enfant débrouillarde qu'elle lui avait laissée par pitié, elle pouvait la lui reprendre. Salissant sa jolie robe au mépris du danger pour récupérer ce trophée symbolisant tout l'amour que ses parents avaient pour elle.

Elle s'était trompée.

Le visage décharné, les yeux laiteux, la bouche remplie de vase flotta quelques instants dans les brumes du plafond avant de disparaître. Un rayon de soleil venait de passer par la fenêtre, le premier depuis des semaines. Dans un effort douloureux, Vivian réussit à se redresser sur son lit avec la sensation d'une bonne gueule de bois. Une bouteille de vin vide et un paquet de médicaments jetés sur le sol lui confirmèrent que ce n'était pas une illusion. Débarrasser les affaires de Tom. Ranger une vie dans de petits cartons qu'elle mettrait au garage. C'était le conseil que lui avait donné la psy. Ne surtout pas rester entourée de souvenirs, tourner la page. Facile à dire. Était-il simplement possible de tirer un trait sur ceux qu'on aimait ? Vivian était certaine du contraire. Surtout lorsqu'on stagnait encore dans le doute. Après tout, les corps n'avaient jamais été retrouvés. Elle ne savait même pas comment faire pour organiser leurs obsèques. Deux cercueils vides ? Une stèle symbolique posée dans un cimetière ? Ce lieu, Vivian le détestait déjà, jamais elle n'y mettrait les pieds.

Elle se leva et parcourut quelques mètres pour rejoindre la salle de bains. Le miroir lui renvoyait un visage aux joues creuses, aux yeux cernés. Ses longs cheveux noirs tombaient comme des racines desséchées lui donnant l'air d'une momie. Elle n'était plus vraiment de ce monde. La sonnerie de son téléphone portable fit diversion.

— Vos gueules, foutez-moi la paix ! hurla-t-elle en rejoignant la chambre.

La docteure Blair l'appelait deux fois par jour pour vérifier si tout allait bien. Oh ça oui, tout allait bien… tout allait bien vers la tombe.

Elle s'habilla, but une tasse de café sans goût et traîna un vieux carton jusqu'au bureau d'Hadrien. Elle refusait d'entrer dans la chambre de Tom. Toucher ses affaires : jamais ! Tout serait figé ainsi pour l'éternité. Elle utiliserait ses dernières forces pour enlever la poussière transformant sa chambre d'enfant en un sanctuaire inviolable. Ce serait son unique tâche désormais.

Le bureau, lui, ne contenait rien dont elle avait envie de se souvenir. Des factures, une boîte de crayons et quelques livres. Le reste avait été emmené par les gendarmes. Elle commença à vider les étagères sans même jeter un œil aux titres. Quel intérêt ? Le carton se remplit, elle en prit un nouveau et attaqua les derniers rayonnages. Pourtant, un livre attira son attention, plusieurs Post-it jaunes dépassaient de la tranche et son état montrait qu'il avait été souvent consulté par son mari, contrairement à la plupart des autres ouvrages. Sur la couverture, on apercevait plusieurs marins en salopette et ciré orange tirant un filet sur le pont d'un bateau. *Les Chaluts. Conception, construction, mise en œuvre*, une publication de l'Ifremer destinée aux professionnels de la pêche. Elle parcourut rapidement le traité, passablement technique et richement documenté, et s'arrêta sur un chapitre annoté à la main par Hadrien. Il y avait encadré de nombreux paragraphes au crayon à papier, griffonnant des points d'interrogation par-ci, par-là. On y parlait de funes, de flotteurs, de plateaux élévateurs, de lestage du bourrelet, d'équilibre des panneaux. Des schémas étaient entourés comme si certaines pièces en particulier l'avaient intéressé.

Sa gueule de bois disparut d'un coup et une angoisse soudaine lui serra le cœur. Elle n'était plus dans son pavillon de Morlaix, mais au milieu du lac asséché de ses cauchemars. La carcasse du *Rujoden* gisait sur le flanc avec les marins dont les corps n'avaient, eux non plus, jamais été retrouvés. Pourquoi Hadrien s'était-il tant intéressé à ces détails techniques, lui qui n'avait jamais mis le pied sur un chalutier de sa vie ? Pourquoi avait-il donné tout cet argent au pauvre capitaine Félix

Morvan ? Ce livre, aussi anodin qu'il soit, lui fit l'effet d'une révélation malsaine. Et s'il s'agissait de la pièce manquante d'un puzzle dont elle était encore incapable de comprendre la signification ? Et si Hadrien était lié au naufrage du *Rujoden* à tel point que ses fantômes continuaient de la hanter ? Cette idée ralluma une flammc au fond de son cœur et elle décida de s'y accrocher comme à une bouée de sauvetage. Aussi terrible soit la vérité, c'était son unique planche de salut.

53

La maison d'arrêt de Saint-Brieuc, un vieil établissement datant de plus d'un siècle, avait la réputation d'être une des prisons les plus vétustes et les plus surpeuplées de France. Avec ses cent soixante détenus s'entassant à trois par cellule de douze mètres carrés, elle était régulièrement le cadre de violences et même les surveillants multipliaient les grèves pour protester contre la précarité de leurs conditions de travail.

Lorsqu'on passait la grande voûte, on découvrait une cathédrale sur trois niveaux dont l'immensité amplifiait tous les sons : clés dans les serrures, sirènes d'avertissement, coups de gueule entre détenus, pleurs et hurlements, toute la détresse humaine se mélangeait dans un brouhaha infernal difficilement supportable. Une coursive bordée de grilles courait le long des étages supérieurs et un filet de sécurité accroché à mi-hauteur pendait pour éviter les défenestrations ou les jets d'objets depuis les hauteurs – ce qui était fréquent.

Il y régnait une tension permanente et Maëlys se sentit immédiatement mal à l'aise. Elle avait l'habitude de ce genre de lieux, mais l'oppression des vieux murs de pierres et le vacarme assourdissant lui coupèrent le souffle. Elle était là pour prendre l'ultime déposition de Ronan et tenter d'éclaircir quelques derniers points d'ombre dans l'affaire, mais elle ferait en sorte de ne pas trop s'attarder. On la mena jusqu'à une cellule réservée aux nouveaux arrivants. Un lit, un tabouret, une table et une télé qui ne fonctionnait visiblement plus. C'était l'endroit où les entrants faisaient leur petit parcours de « bienvenue » : rencontre du conseiller du service pénitentiaire d'insertion et de probation, enseignant de la prison, assistante culturelle, médecin, infirmière, éducateur sportif… toutes les étapes des normes européennes en matière d'accueil avant de rejoindre « la fosse ». L'adjointe du directeur lui avait expliqué que les salles dédiées au parloir étaient actuellement en rénovation et qu'il valait mieux que son interrogatoire se tienne dans cet espace confiné mais un peu préservé de l'ambiance générale. Elle n'y avait vu aucun inconvénient. Le juge d'instruction avait prononcé la mise en détention provisoire de Ronan en attente de son procès et avec le dossier qu'elle était en train de monter, il ne sortirait certainement pas de cet enfer avant longtemps.

Après quelques minutes, elle vit entrer le jeune garçon dont les traits lui parurent encore plus marqués que dans ses souvenirs. De larges poches sombres bâillaient sous ses yeux et de multiples plaques rouges qu'il grattait nerveusement s'étaient formées sur la peau de ses mains et de son visage. Maëlys sentit la pitié l'envahir mais elle se rappela immédiatement les crimes dont il était accusé.

Le premier contact se fit en silence et elle croisa à peine son regard alors qu'on lui retirait ses menottes pour l'installer sur le tabouret. Le surveillant lui demanda si elle souhaitait qu'il reste à l'intérieur de la cellule mais elle lui fit signe de sortir l'attendre derrière la porte. Après ce qu'elle avait vécu dans la forêt et malgré la douleur qu'elle ressentait encore dans sa poitrine, Maëlys se sentait capable de faire face à toute situation.

— Bonjour Ronan, je suis venue vous poser quelques questions. Vous savez que je dois rendre mon rapport définitif au juge ?

Il inclina la tête sans même la regarder.

— C'est donc la dernière chance que vous avez de m'aider. Si vous répondez, il se peut que cela joue en votre faveur au moment du procès. Vous comprenez ?

Aucune parole. Maëlys enclencha le petit dictaphone qu'elle utilisait pour doubler ses interrogatoires et se saisit de son carnet avant de continuer.

— Avez-vous quelque chose à me dire sur les événements qui se sont déroulés sur la route des crêtes et qui ont entraîné la disparition de Tom et Hadrien Legoff ?

— J'y ai jamais mis les pieds sur c'te route, j'sais pas ce qui leur est arrivé. J'vous l'ai déjà dit cinquante fois.

— Alors pourquoi est-ce qu'on a retrouvé votre sang sur cette hache ?

— J'en sais rien.

— Très bien… Parlons de votre ami Geronimo.

— C'est pas mon ami…

— Parlons un peu de lui si vous voulez bien. Comment est-ce que vous l'avez rencontré ?

— Il me vendait ma came. Quand t'en cherches, y'a qu'à traverser la rue. J'l'ai rencontré par hasard.

— Est-ce qu'il connaissait Hadrien Legoff ?

— Ouais… c'est moi qui lui ai présenté…

— Et vous, comment avez-vous rencontré Legoff ?

— Par Félix…

Il baissa les yeux un instant comme si évoquer ce nom lui faisait mal.

— Il avait des soucis de thunes, Félix. Patron pêcheur c'est pas un boulot facile… Il pensait que Legoff allait l'aider. Il pensait qu'il était blindé, qu'il allait développer l'activité avec lui. J'l'ai rencontré après une sortie.

— Hadrien consommait aussi ?

— J'crois… en tout cas ça l'intéressait. C'est moi qui lui ai filé le contact. Après j'en sais rien c'qu'ils ont fait ensemble.

— Vous saviez qu'il avait prêté cinquante mille euros à Félix Morvan ?

— J'savais qu'il y avait une histoire de thunes. C'est Lorie qui me l'a dit.

— Lorie Morvan… Quelle était la nature exacte de votre relation avec elle ?

— J'l'ai connue bien avant qu'elle se marie avec Félix… Il était beaucoup plus vieux qu'elle. On s'fréquentait déjà… C'est Lorie qui m'a présenté à Félix pour qu'il me file du taf.

— D'accord, et vous couchiez ensemble sans qu'il le sache.

— Oui… j'l'aimais, Lorie, et j'l'aime toujours…

Il leva soudain des yeux rouges de larmes vers Maëlys.

— C'que vous m'avez dit l'autre jour… à la centrale… le bébé, c'était vrai ?

— Lorie était enceinte au moment de son accident. Une grossesse qui datait de quelques mois. Sans doute juste avant la disparition de son mari.

Elle vit son corps se tendre et ses doigts s'acharner sur la plaque d'eczéma qui dépassait de son col pour mettre sa peau à vif.

— Félix c'était un type bien vous savez… C'est lui qui m'a aidé à sortir de la came. À chaque fois que je partais en mer avec lui j'étais clean. Il me forçait à faire des analyses au centre, il me prenait mon matos. C'est grâce à Lorie et à lui que j'm'en suis tiré. Quand ils ont disparu, tout est parti en couille…

— Est-ce que vous avez une idée de ce qu'Hadrien Legoff voulait faire avec cet argent ?

— Lorie… elle m'en a parlé. Elle m'a dit qu'il avait proposé à Félix des trucs pas net. Mais Legoff il avait aucune chance. Il savait pas qui c'était Félix. Un gars droit.

— Quel genre ? Trafic de drogue ?

— Geronimo et Legoff, ils avaient dû magouiller ensemble… Ils pensaient qu'avec les contacts de Félix, ils pourraient fournir tout le port. Mais ils lui ont pas dit tout de suite… Legoff lui a fait signer un papelard en lui prêtant de l'argent pour sa pêche et après seulement il lui a annoncé la couleur pour le coincer. Après ça, Félix, il était dingue, il voulait tout balancer… Lorie m'a même dit qu'elle avait essayé de prévenir la femme de Legoff pour qu'elle l'arrête…

Maëlys percuta immédiatement sur le mot que Vivian avait retrouvé au fond de sa boîte aux lettres : *Il faut que je vous parle rapidement. Lorie.* Ses certitudes commencèrent à voler en éclats. Le dealer et le bon père de famille associés pour monter un trafic de drogue en milieu maritime. Le capitaine de navire intègre et sa femme refusant d'entrer dans la magouille, tous les deux morts dans des circonstances apparemment accidentelles. Et si elle se trompait sur toute la ligne ?

— Quand avez-vous vu Félix Morvan pour la dernière fois ?

— Juste avant la sortie où ils ont fait naufrage. J'aurais dû y être mais j'ai déconné… mes analyses de sang étaient pourries. J'avais fumé, juste quelques joints…

Il serra les poings et rapprocha son visage de celui de la gendarme.

— J'aurais voulu couler avec eux, vous savez… Ma vie, elle est au fond, dans l'épave. Du jour où j'ai plus mis les pieds sur le *Rujoden* j'étais foutu…

— Et Lorie Morvan, vous l'avez revue ?

— J'ai pas osé après la mort de Félix… j'ai préféré disparaître… Si j'avais su pour le bébé…

En prononçant ces mots, il se tassa sur la table de la cellule et elle entendit ses sanglots alors qu'il se tenait la tête. Ronan le toxico n'était plus qu'un enfant en souffrance condamné à un avenir encore plus noir que sa pauvre existence. Maëlys eut l'impression que la lumière avait disparu de la pièce, comme si le malheur qui l'entourait pouvait devenir perceptible. Et puis soudain quelque chose s'éclaira dans son esprit.

Comme un éclair zébrant le ciel d'une nuit d'orage.
Elle se pencha vers lui.

— Vos analyses de sang. Vous les avez faites où ?

54

Sur le chemin du retour, Maëlys avait appelé le labo du service des gens de mer de Brest pour vérifier la déposition de Ronan. D'après les registres, il était bien allé se faire dépister au centre le jour même où le chalutier de Félix Morvan avait pris la mer pour ne plus jamais revenir au port. Ses analyses étaient effectivement positives aux stupéfiants et aucune attestation ne lui avait été fournie d'où son éviction de l'équipage. À la question « Que faites-vous du sang par la suite ? », on lui avait répondu que les échantillons restaient dans les locaux du service quelques jours avant d'être jetés dans une poubelle industrielle fournie par la société incinérant les produits bactériologiques. Leur destruction s'opérait dans un circuit totalement différent des ordures urbaines ou ménagères et un certificat était fourni une fois la tâche accomplie. Certificat que le centre avait bien reçu quelques semaines plus tard concernant le lot contenant l'éprouvette du sang de Ronan Morel.

Maëlys avait pris le nom de la société en question – elle possédait un incinérateur dans le Finistère sud – et demandé à Broussard de se renseigner pour vérifier que tout était en règle. Elle roulait sur une départementale à mi-chemin de Carhaix lorsque son téléphone portable sonna. Le numéro d'Eva Blair.

— Une minute, je me gare.

Elle freina et rangea le véhicule sur le côté de la route. Autour d'elle, un immense champ de blé où les agriculteurs avaient déposé plusieurs meules de paille empilées les unes sur les autres. On y avait peint des visages, si bien qu'ils ressemblaient à deux personnages collés serrés pour se tenir chaud. Un panneau indiquant *ERWAN + MANON = AMOUR POUR TOUJOURS* terminait de compléter cette œuvre, sans doute réalisée à l'occasion d'un mariage. Elle reprit son téléphone.

— Oui ?

— Excusez-moi de vous déranger, lieutenante, dit la petite voix d'Eva Blair au bout du fil, mais, est-ce que vous auriez le temps de passer à Triste Lune ?

— Je suis désolée, mais je ne suis pas trop disponible là, je dois rejoindre la brigade.

— Bien sûr je comprends… mais ne m'en veuillez pas d'insister… J'ai longuement discuté avec Vivian Legoff, elle est venue à mon cabinet ce matin. Elle s'est ouverte sur un certain nombre de sujets qui m'ont donné un nouvel éclairage. Ça concerne justement votre enquête.

— Ça ne peut pas attendre demain ?

— Je ne crois pas, non.

Dans le champ, le sourire des jeunes mariés était figé sur leurs corps de paille. Bientôt, le paysan viendrait récupérer ses meules et le couple se désagrégerait pour venir garnir les auges d'un quelconque bétail.

Leur amour éternel se décomposerait dans les estomacs jusqu'à se transformer en bouses qui fermenteraient le sol. Cette idée fit sourire tristement la gendarme et elle prit la direction de Roscoff.

55

Le feu crépitait dans l'immense cheminée située au fond du bureau de la docteure Blair. Les deux femmes s'étaient installées autour d'une théière fumante dont elles avaient déjà vidé la plus grande partie. La psychiatre présentait encore un bel hématome bleuâtre sur le front, souvenir de sa rencontre avec Geronimo.

— Je ne sais pas vraiment quoi en penser, lança Maëlys en fixant Eva Blair du regard. (Elle tenait dans ses mains la publication de l'Ifremer que Vivian avait déposée à la psychiatre.) Effectivement cet intérêt soudain pour le métier de marin pêcheur est assez étonnant, mais d'ici à imaginer que son mari puisse être à l'origine du naufrage du *Rujoden*… ça me paraît un raccourci un peu rapide.

— La question est pour quelle raison aurait-il pu faire ça ? relança Eva Blair. Il me semble qu'il avait prêté de l'argent à M. Félix Morvan ?

— Oui… une dette de cinquante mille euros. Argent que nous n'avons d'ailleurs jamais retrouvé sur les comptes de Morvan et qu'Hadrien Legoff avait récupéré auprès du criminel qui vous a agressée.

— Mais pourquoi M. Legoff aurait-il voulu donner cet argent à un marin pêcheur ?

— Pour le convaincre d'organiser un trafic avec lui. Ça n'a pas marché… Félix Morvan a refusé de le suivre.

— Alors excusez-moi lieutenante, mais il me semble que vous avez votre mobile, au moins partiellement, renchérit la psychiatre.

— Il n'a pas voulu entrer dans la combine et c'est pour vous une raison suffisante pour saboter le chalutier et l'envoyer par le fond, lui et ses hommes d'équipage ?

— À partir du moment où ce refus marquait un échec critique pour Hadrien Legoff… je pense que oui… Et je vais vous en expliquer la raison.

La docteure Blair se pencha pour poser sa tasse vide sur le petit guéridon en face d'elle et prit le temps de replacer ses lunettes au bout de son nez avant de continuer.

— Comme je vous l'ai dit, je me suis entretenue avec Vivian un long moment sur sa relation avec son mari, et j'ai également pris la liberté de faire mes propres recherches, notamment en rendant visite à sa belle-mère, Mireille Legoff, et en approfondissant ensuite certains points. Hadrien est un enfant unique, né dans une famille dont la mère, particulièrement croyante, lui a toujours enseigné qu'il était voué à un avenir exceptionnel. J'ai cru comprendre que son mariage avec Vivian ne correspondait pas aux attentes de Mireille Legoff, elle lui en a fait part plusieurs fois et sans aucun ménagement. Les rapports entre Vivian et sa belle-mère sont d'ailleurs plutôt tendus, les deux femmes ne s'en cachent pas.

Maëlys se demandait où la psychiatre voulait en venir mais elle ne dit rien pour ne pas l'interrompre.

— D'après son parcours professionnel et la manière dont il présentait ses activités à sa famille, il me semble qu'Hadrien avait une personnalité au narcissisme très marqué avec un sentiment exagéré de son importance. D'ailleurs, dans la vie intime du couple, il était très dominateur et Vivian m'a décrit plusieurs comportements qui relèvent du chantage affectif que je peux facilement mettre en parallèle avec sa manière de gérer ses affaires. Il n'hésitait pas à exploiter les autres dès qu'il avait besoin de quelque chose, en particulier d'argent. J'ai cru comprendre que la légalité n'était d'ailleurs pas un frein en cette matière.

— Effectivement, acquiesça Maëlys, l'analyse de sa comptabilité montre de nombreuses irrégularités depuis des années.

— Irrégularités dont Vivian n'a jamais été mise au courant. Pour une raison simple : pour Hadrien l'essentiel se trouve dans les apparences. Personne ne doit savoir qu'il est un escroc de bas étage. Personne ne doit se douter que le foyer est endetté, à la limite de la banqueroute. Pour que sa personnalité narcissique puisse s'exprimer il doit en toute circonstance rester un bon père, aimant, et capable de subvenir aux besoins de sa famille. C'est l'image que sa mère a de lui et qu'il doit donner au monde.

— On voit où ça l'a mené effectivement, commenta la gendarme.

— Mais vous ne voyez pas encore où je veux en venir lieutenante… Pour moi, Hadrien Legoff a ce que les psychologues appellent une personnalité triadique, c'est-à-dire un ensemble de traits considérés comme étant les plus néfastes pour les autres. Il faut imaginer un triangle noir dont les sommets forment les pics d'une personnalité instable. Le premier trait est le narcissisme et le manque d'empathie qui y est généralement associé, le second, le machiavélisme, cette tendance à manipuler les autres pour arriver à ses fins et donc le dernier trait… la psychopathie qu'on retrouve parfois chez les gens qui ont tendance à transgresser les règles sans montrer de remords. Lorsque ces traits sont réunis et s'expriment à un niveau important, on parle alors de personnalités triadiques, plus à même d'exprimer de la violence si certaines conditions sont réunies.

— Je ne comprends pas, docteure… vous envisagez qu'Hadrien Legoff pourrait être à l'origine de sa propre disparition ? Ce serait lui qui aurait attaqué sa famille ?

— Je n'imagine rien. J'affirme que dans des circonstances risquant de lui faire perdre la face, comme la ruine ou l'échec social, un homme avec son profil peut franchir un point de non-retour entraînant un passage à l'acte.

— Mais pourquoi aurait-il voulu faire du mal à sa famille ? A priori, tout montre qu'il les aimait.

— L'amour n'a malheureusement rien à voir là-dedans. Une personne narcissique raisonne différemment de vous. Si on part de l'hypothèse que j'avance, je dirais que pour Hadrien, le pire serait de leur montrer son échec. Aussi horrible que cela puisse être, il est psychologiquement pour lui plus facile de les faire disparaître en sauvant les apparences. Eux, ses associés et toutes les personnes qui auraient pu témoigner de ses agissements. Jusqu'à lui-même sans doute…

Un long silence s'installa, Maëlys se remémora les quelques affaires célèbres de tueries familiales avec en tête celle de Dupont de Ligonnès. Cela existait, elle ne pouvait pas le nier.

— J'ai remarqué quelque chose, dit-elle avec une voix un peu fébrile. Depuis le début de l'enquête, Vivian Legoff mentionne son mari mais elle a surtout l'air de s'inquiéter pour son fils, Tom. J'ai d'abord trouvé ça normal qu'elle soit plus inquiète pour lui, mais c'est vrai qu'il y a comme un déséquilibre…

— Je pense en connaître la raison. Vivian elle aussi est une personnalité complexe. Elle a vécu dans son enfance un traumatisme lié à la mort de sa sœur. Après cet événement, son monde s'est fissuré jusqu'à totalement se désagréger avec le suicide de sa mère. La famille qu'elle a créée avec Hadrien et Tom est tout pour elle. Sa psyché ne pourrait pas supporter un nouvel échec, alors il n'est pas étonnant qu'elle soit dans le déni d'un certain nombre de choses. Comme le caractère narcissique de son mari, ses comportements parfois borderline ou sa tendance à mettre en danger la stabilité financière du foyer. Mais les événements sont en train d'affaiblir ses défenses et c'est elle qui est venue se confier sur tout cela. Croyez-moi, lieutenante, le portrait que je vous dresse d'Hadrien Legoff est on ne peut plus clair. La question est : où se trouve-t-il aujourd'hui ?

— Vous pensez que s'il avait commis tous ces meurtres, il aurait fini par se suicider ?

— Je ne crois pas non. Son obsession étant de ne pas perdre la face, il ne peut pas se suicider si sa femme est encore en vie. Il a dû se produire quelque chose qui l'a empêché de mener son plan à terme mais il n'est certainement pas mort. Pour moi, vous devriez immédiatement lancer un avis de recherche. Peut-être qu'il se cache encore dans la région.

— Il n'aurait pas disparu depuis le temps ?

— Tant que Vivian est en vie, il ne peut pas disparaître…

56

Depuis que la photo d'Hadrien s'étalait sur tous les écrans, les gens ne prenaient plus la peine de se cacher. Ils dévisageaient Vivian dans la rue, chuchotaient dès qu'elle avait le dos tourné, souvent en la plaignant, parfois en assurant qu'elle devait forcément « y être pour quelque chose ». Il avait fallu peu de temps pour la transformer en bête curieuse traquée par les médias, obligée de se réfugier chez elle ou dans sa boutique dont elle ne relevait même plus le rideau de fer.

L'avis de recherche lancé par la gendarmerie n'expliquait bien entendu aucun détail de l'enquête, mais les journalistes n'avaient pas eu besoin d'avoir accès aux pièces pour inventer leur propre histoire : celle d'un monstre ayant tué sa famille dans des circonstances douteuses. Vivian était au mieux présentée comme une victime, au pire suspecte depuis que Mireille avait eu le malheur d'évoquer « ses antécédents psychiatriques ». La lieutenante Mons lui avait assuré que toute cette publicité accélérerait considérablement les recherches, mais elle avait plutôt le sentiment que ce qui lui restait de vie s'était transformé en enfer.

Son esprit rejouait en boucle le soir du drame. Le coup de frein sur la route, Hadrien partant dans la nuit pour vérifier les pneus. En réalité, il ouvrait le coffre de la voiture, saisissait une hache et s'apprêtait à les massacrer. Elle entendait son fils lui dire qu'il sortait et puis un long et terrifiant silence avant qu'elle ne décide d'aller les rejoindre. Hadrien se tenait debout dans la lande, sa hache dégoulinant du sang de Tom qui gisait à ses pieds. Elle hurlait avant de s'enfuir et de se perdre dans les phares du camion qui allait lui sauver la vie. Plus les images se succédaient, plus la silhouette lugubre courant à ses trousses ressemblait à celle de son mari. Est-ce qu'elle le savait depuis le début ? Est-ce que son esprit lui avait caché volontairement la vérité pour éviter qu'elle ne sombre dans la folie ? Comment avait-il pu s'en prendre à Tom ?

La docteure Blair avait bien tenté de décrypter la logique meurtrière derrière le masque des apparences, mais Vivian ne pouvait pas accepter ce geste contre-nature. Elle avait recommencé à consommer des anxiolytiques, simplement pour déconnecter et pouvoir se reposer un peu, mais son angoisse était telle que malgré la chimie, la hache s'abattait encore et encore, réduisant son existence en morceaux de viscères que la foule s'arrachait goulûment. Les idées de mort étaient revenues, plus présentes, plus irrévocables, mais elle sentait aussi que son heure n'était pas arrivée. Le tirage de tarots de la vieille dame de Tyr Ar Yun la hantait… le dix de bâton, la trahison… le dix d'épée, l'abandon… tout cela se mélangeait dans sa tête si bien qu'elle ne savait pas vraiment si elle dormait ou si sa vie s'était transformée en cauchemar éveillé.

Rester chez elle était devenu un véritable supplice et elle avait décidé de s'occuper l'esprit en décrochant les portraits de sa galerie pour les archiver dans des cartons. Elle ne pourrait de toute façon plus jamais reprendre le cours de son existence, même sa passion pour la photographie n'était plus qu'un souvenir sans saveur. Elle passa l'après-midi en compagnie des visages de tous ces gens croisés dans ce qui lui semblait être une autre vie. Plus que jamais, leurs regards la fusillaient, mais Vivian n'avait qu'à les faire disparaître au fond de son carton pour que cela cesse.

Lorsque les murs furent totalement vierges, elle entreprit de mettre au pilon le capharnaüm de documents qui lui tenait lieu de comptabilité et envoya des e-mails pour résilier les quelques commandes encore en suspens – notamment deux mariages qu'elle devait couvrir cet été. Sans travail et sans ressources, elle n'avait aucune idée de l'avenir et ne s'en souciait guère. En quittant la galerie pour rejoindre sa voiture, elle se dit que jamais plus elle ne reviendrait dans cet endroit dont elle était devenue l'attraction principale. Elle baissa le regard pour atteindre la ruelle où elle avait trouvé une place et glissa à l'intérieur du véhicule en jetant son carton de portraits sur le siège passager. C'est alors qu'une odeur de vase lui prit les narines. Instinctivement, elle se retourna pour voir d'où elle provenait, mais une main puissante se plaqua sur son visage en lui maintenant la tête contre le dossier.

— Ne bouge pas, ne crie pas, fais seulement ce que je dis.

La voix grave de son mari lui sembla étouffée comme dans un rêve. Hadrien, c'était bien lui, il était bien là, vivant, sur le siège arrière.

— Tu comprends ce que je viens de dire ?

Elle sentit la lame froide d'un couteau passé sur la chair de son cou et eut l'impression d'une légère brûlure. *Il va m'égorger au milieu de la ville. Il va me laisser me vider de mon sang...*

Il lisait dans ses pensées, car il reprit d'une voix moins autoritaire.

— Je ne vais pas te blesser. Conduis, c'est tout ce que je te demande. Tu piges ?

Elle inclina la tête pour lui assurer que oui, et son emprise se relâcha. La lame quitta sa gorge pour glisser le long de son corps et la pointe se posa contre son ventre.

— Démarre… et sors de la ville.

Vivian osa un regard dans le rétroviseur et aperçut son visage dissimulé sous une capuche. Ses traits semblaient figés comme ceux d'une statue de cire, ses yeux dont la douceur l'avait séduite n'étaient plus que deux gouffres sombres sans aucune lueur. Il portait en bandoulière un sac dont la toile rouge était couverte de boue. Elle voulut se retourner, mais le couteau s'insinua dans les mailles du tissu pour lui piquer les côtes.

— Fais ce que je te dis.

La voiture quitta le centre-ville pour rejoindre la périphérie de Morlaix.

— Où est-ce que tu m'emmènes ? osa-t-elle demander les mains crispées sur le volant.

— Tu sais bien où on va…

57

La lande noire s'étalait à perte de vue jusqu'à rejoindre les eaux du lac. Vivian sentit son cœur battre la chamade lorsqu'elle dépassa la ligne des crêtes à l'endroit même où elle avait échappé à la mort quelques semaines plus tôt. Cette fois, la lame effilée du couteau lui rappelait à quel point son destin semblait scellé. Ils n'avaient échangé aucun mot depuis la ville, mais elle l'avait observé à la moindre occasion. Ses traits creusés par la fatigue, son visage figé dans une sorte de rictus qu'aucune émotion ne réussissait à percer.

— Tourne, ordonna-t-il d'une voix lugubre en la forçant à prendre un sentier boueux sinuant à flanc de colline vers les tourbières.

La voiture vacilla au gré des ornières pendant un bon kilomètre avant que les roues ne commencent à patiner.

— On va descendre.

— Et si je refuse de te suivre ?

— Tu ne reverras plus jamais Tom.

— Il est vivant ?

Il ne répondit pas et se contenta de la pousser en pointant son arme au niveau de ses omoplates. Ils marchèrent en direction du lac et arrivèrent bientôt près d'une ancienne maison forestière dont l'aspect lugubre et totalement abandonné fit perdre tout espoir à Vivian d'être secourue.

— C'est là que je me suis planqué, dit-il en dépassant la ruine.

— Pourquoi Hadrien ? Pourquoi tu as fait ça ? Pour l'argent ?

— Tais-toi et marche…

Ils avancèrent sur un étroit sentier tracé au milieu d'un champ où se dressait une série de pierres ressemblant aux silhouettes d'une procession. Au loin, Vivian devina les contours de la chapelle Saint-Michel guettant les monts d'Arrée depuis sa colline. La nuit n'était plus très loin et une fine brume commençait à se lever à partir du sol comme si elle sortait des entrailles de la Terre. Ils quittèrent bientôt le chemin pour s'enfoncer dans une sente longeant un bois de sapins collés les uns aux autres. Leurs branchages formaient un rempart tellement dense qu'il était impossible d'apercevoir l'intérieur de la forêt. Hadrien se retournait de temps en temps, scrutant les environs.

— Parle-moi… Explique-moi, supplia-t-elle.

— Y'a rien à expliquer. Avance…, répondit-il sans que ses yeux trahissent le moindre trouble.

Vivian comprit à quel point elle était seule dans son calvaire. Son mari n'existait plus, il était mort en même temps que ses illusions. L'être qui l'accompagnait était aussi froid qu'un cadavre.

Ils finirent par atteindre un embranchement où le chemin s'élargit et Vivian reconnut la limite des tourbières. Une odeur de pourriture rance lui prit les narines à mesure que le brouillard s'intensifiait. Hadrien la força à s'engager vers l'ouest et ils rejoignirent rapidement une immense étendue dont le sol ne se composait plus que de plaques de tourbe formant des nappes d'eau vermeilles dont s'échappaient parfois quelques îlots d'herbes. Les touffes filandreuses lui firent l'effet de cheveux appartenant à des milliers de têtes plantées dans la vase. Un vaste charnier au milieu duquel un réseau de plateformes en bois permettait de circuler dans le marécage. Il la poussa sur l'une d'elles et lui fit signe d'avancer.

Son univers se réduisit alors à quelques planches posées sur les sables mouvants. Elle marcha sans rien voir, jaugeant chaque pas pour éviter de tomber de son misérable refuge. Aucune échappatoire n'était envisageable, aucune aide non plus étant donné l'isolement de cet endroit. Derrière elle, Hadrien respirait comme un ogre, elle sentait son poids enfoncer les planches, il serrait son sac rouge contre son flanc. Elle aurait pu tenter de se jeter sur lui pour le faire basculer, mais pas sans risquer une blessure fatale. Et puis de toute façon sa décision était prise depuis qu'il avait parlé de Tom. Quel que soit l'endroit où il la menait, elle le suivrait pour en avoir le cœur net. S'il y avait une infime chance de retrouver son fils, la perdre serait pire que la mort.

Leur passerelle rejoignit une petite île où se trouvait un embranchement. Hadrien fit un signe de tête et il l'obligea à se diriger vers un nouveau réseau de pontons qu'elle devina abandonné depuis longtemps à leur aspect bringuebalant. Une clôture en fil barbelé l'empêchait de continuer et elle l'enjamba, accrochant un pan de sa veste au passage. Une fois l'obstacle dépassé, elle se retrouva sur une simple latte de bois pourrie s'enfonçant dans une brume aux relents de décomposition. La lumière avait considérablement baissé et elle n'apercevait plus que la silhouette noire des collines se découper de cet enfer. La présence d'Hadrien derrière elle se fit de plus en plus menaçante, la forçant à accélérer le rythme si bien qu'elle perdit l'équilibre et posa une chaussure dans la tourbe. Son pied s'enfonça jusqu'à la cheville et un froid glacial lui mordit la peau.

— Fais attention ! gronda-t-il. On est presque arrivés…

Elle se débrouilla pour reprendre sa route et ils continuèrent à progresser dans le marécage. Les derniers rayons du soleil transformèrent la lande noire en une mer sombre aux reflets d'un rouge écarlate.

— Arrête-toi !

Vivian mit plusieurs secondes à comprendre où ils se trouvaient. Peu à peu, une sorte d'îlot apparut sur sa droite, pas plus d'une dizaine de mètres de terrain visiblement beaucoup moins hostile. Il la poussa dans le dos et elle se retrouva les deux pieds sur cette plateforme molle, mais praticable.

— Regarde, dit-il en pointant un doigt vers le sol.

Quelques pas devant elle, la terre s'effondrait en un gouffre obscur formé de boue liquide. Cela ressemblait à une mare, mais on devinait que son contenu était infiniment plus dense. Il s'en dégageait une odeur de putréfaction qui lui donna envie de vomir.

— Ils appellent ça le Youdig… le trou de l'enfer.

Elle se retourna vers lui et sa silhouette lui sembla immense dans la pénombre qui les entourait.

— Il y a toutes sortes de légendes sur cet endroit… On dit qu'on y noyait les sorciers. On dit que c'est une des portes des enfers.

Ses yeux lui parurent d'un noir absolu. Ils ne la fixaient pas, au contraire, ils avaient disparu.

— Qu'est-ce que tu as fait à Tom ?

— Ne t'inquiète pas tu vas bientôt le retrouver.

Vivian sentit une douleur infinie lui serrer les entrailles alors qu'elle comprenait la signification de ces mots. Son fils était mort depuis longtemps, il l'avait abandonné dans cette fosse infâme. Son corps s'était mélangé à la terre du marais, rongé par les vers. Elle voulut se jeter sur lui, mais ses muscles refusèrent de lui obéir.

— Rien n'aurait dû se passer de cette manière-là, reprit-il à voix basse. Je me serais arrêté sur le côté, je vous aurais proposé de venir voir le paysage. Ça n'aurait pas pris plus de quelques minutes.

Hadrien s'interrompit d'un coup et fixa les alentours d'un regard soudain beaucoup plus vif. Vivian crut y déceler de la peur.

— Ce chien... c'est cette saloperie de chien. Il me suit partout...

— Tu l'as tué..., gémit-elle en concentrant ses forces pour se rapprocher de lui. Tu as tué ton propre fils !

La peur fit place à une expression de rage et il l'attrapa par les cheveux en passant la lame de son couteau sous sa gorge.

— Ça n'a plus d'importance maintenant. Avance...

Il la traîna sans ménagement et Vivian se retrouva face à l'abîme. Elle savait que quelque part à l'intérieur, le cadavre pourrissant de Tom l'attendait. Il la força à se mettre à genoux, tira sa tête en arrière pour découvrir la peau de son cou et se prépara à lui porter le coup fatal.

— Adieu Vivian, dit-il en glissant son couteau.

C'est alors qu'une masse énorme surgit des tourbières. C'était un chien noir dont la gueule béante était remplie de crocs. Son pelage hirsute lui donnait l'air d'un ours, et il en avait presque la stature. Il poussa un grognement rauque et bondit avec une rapidité telle que Vivian se jeta en avant pour l'éviter. Elle manqua de tomber dans la fosse et roula sur le côté en se protégeant le visage. À quelques mètres d'elle, un combat enragé s'engagea. La bête planta ses crocs dans la jambe d'Hadrien qui perdit l'équilibre et s'écroula dans la boue. Une fois au sol, elle commença à le lacérer et pendant quelques secondes, il fut incapable de réagir avant de lui enfoncer son couteau dans les flancs. La lame pénétra jusqu'à la garde et l'animal hurla de douleur.

Vivian rampa pour échapper à la mêlée, ses doigts sanglants mélangés à la terre noire. Malgré la blessure fatale, le chien continuait à attaquer et saisit la gorge d'Hadrien dans sa gueule. Vivian vit la chair se déchirer en lambeaux et le sang recouvrir le museau. La bête tira de toutes ses forces et le corps entier d'Hadrien fut projeté vers l'avant et s'écroula dans l'abîme. Elle aperçut une dernière fois son visage dont toute trace de vie avait disparu. Sa carcasse coula lentement dans la vase jusqu'à ne laisser qu'une surface noire et opaque. Vivian sentit son cœur se serrer sans pouvoir dire si c'était le soulagement ou la tristesse qui l'accablait.

Un rayon de lune perça entre les nuages et elle crut distinguer les contours d'une présence penchée sur le Youdig. L'Ankou venait récupérer son dû avant de disparaître dans la nuit. Elle voulut se redresser, mais ses forces l'avaient abandonnée si bien qu'elle posa sa tête dans la boue. Demain, on la retrouverait gelée, morte de froid et de chagrin.

« Réveille-toi maman », hurla son fils dans les derniers recoins de son âme. Les mots de la vieille cartomancienne lui revinrent à l'esprit… *« La vérité, d'une manière où d'une autre, ce s'ra l'abandon. »* Oui, il était temps de lâcher prise, de se laisser aller à ce rendez-vous ultime avec son destin. De retrouver Tom par-delà les frontières de la mort.

Mais une sensation de chaleur inattendue changea les fils de son destin. La bête s'était couchée contre elle, collant son corps chaud contre le sien. Elle l'entendait haleter de douleur et sentit sa langue se poser sur la peau de son visage. Vivian tendit les bras pour accueillir ce chien surgi des abysses pour la sauver. Et dans le profond sommeil où elle finit par sombrer, elle imagina qu'il s'agissait de Tom.

58

Maëlys Mons se tenait droite comme un piquet face à la porte de l'adresse indiquée par l'annonce. Au loin, le phare d'Eckmühl projetait ses rayons de lumière sur la baie d'Audierne, éclairant les îlots disséminés le long de la pointe. Dans quelques semaines, les rues désertes et les commerces en berne verraient débarquer leurs flots de touristes pour profiter des beaux jours et aller surfer à la pointe de la Torche. L'hiver touchait à sa fin et avec lui, l'affaire la plus marquante de sa carrière.

C'était à pied que Vivian Legoff avait parcouru les quelques kilomètres séparant le lieu du drame du premier village habité. Des spécialistes avaient sondé le gouffre et découvert les cadavres de Tom et Hadrien ainsi que celui d'un gros chien noir allongé sur le flanc. Hadrien portait en bandoulière un sac rouge contenant presque cinquante mille euros en petites coupures : l'argent recherché par Geronimo. Pourquoi n'était-il pas parti en cavale avec cette somme ? Sans doute parce que l'analyse de la docteure Blair était la bonne. Hadrien ne voulait pas perdre la face, il devait d'abord se débarrasser de sa femme.

Que s'était-il réellement passé ce soir-là sur la route longeant le Roc'h Trevezel ? Il avait pourtant tout prévu. Les recherches de Broussard au centre d'incinération avaient permis de découvrir l'absence suspecte de deux flacons contenant le sang de Ronan Morel. Hadrien s'en était servi pour compromettre le jeune homme : il savait que son profil de toxico mettrait la police sur sa trace. Mais l'ampleur de son délire psychotique ne s'arrêtait pas là. Une nouvelle expertise avait été demandée par le ministère pour vérifier l'hypothèse qu'il soit à l'origine du sabotage ayant entraîné le naufrage du *Rujoden* et la mort de son équipage. Pire encore, Maëlys suspectait que l'accident domestique qui avait coûté la vie à Lorie Morvan et à son enfant ne soit son œuvre. Elle avait retrouvé les dépositions des voisins, et le témoignage selon lequel « un homme portant une capuche » avait été aperçu dans la cage d'escalier de l'immeuble la veille du drame. Lorie était au courant des pressions exercées sur son mari et comptait tout révéler à Vivian. Elle n'en avait pas eu le temps…

Le nombre des victimes d'Hadrien Legoff liées à cette affaire ne cessant de grossir, le juge avait commandité une enquête plus approfondie sur son passé, histoire de voir si ce fou dangereux n'avait pas commis d'autres crimes avant sa rencontre avec Vivian. Cela prendrait des mois et le dossier avait été transmis à une brigade spécialisée.

Après l'enterrement de Tom Legoff, la gendarme était allée rendre visite à Vivian pour lui dire à quel point elle était désolée. Les deux femmes étaient tombées dans les bras l'une de l'autre et ce moment d'intense émotion l'avait soulagée d'un poids terrible. Vivian Legoff lui avait annoncé qu'elle quittait la région, sans pour autant lui préciser où elle allait, mais cela paraissait une bonne décision au regard de l'extrême médiatisation qui était en train de s'opérer autour du « tueur des monts d'Arrée ». Elles s'étaient juré mutuellement de garder le contact en espérant sincèrement respecter cette promesse. Le sourire triste de Vivian resterait à jamais gravé dans sa mémoire, tout comme les paysages inquiétants du noir pays et le sentiment atroce d'avoir frôlé la mort.

Ce soir, Maëlys rentrerait dans son petit appartement de Carhaix et ferait peut-être un détour par le bâtiment où logeait Broussard. Après quelques verres, qui sait, peut-être qu'elle resterait dormir avec lui pour ne pas terminer la nuit seule. D'après la météo, demain serait un jour de grand soleil.

La porte s'ouvrit et un agent immobilier lui fit signe de rentrer pour visiter la maison. Elle s'y sentit immédiatement à son aise. Depuis la fenêtre du salon, elle apercevait un petit bout de mer et la silhouette rassurante du phare.

« Ce qui est beau avec l'être humain c'est que chaque jour il peut se réinventer. Panser ses blessures, se relever et aller de l'avant… » Ces mots d'Eva Blair lui arrachèrent un sourire.

— Je la prends, dit-elle sans hésiter.

59

Le jour se leva enfin. Une aube grise, plombée, à peine trouée par quelques timides rayons de soleil. Tout autour l'océan s'étendait à perte de vue dans une immensité trompeusement calme. Il faisait froid à en perdre un doigt, mais les marins ne s'en souciaient guère. Les lignes se déroulaient dans un tournoiement de mouettes cherchant à attraper les appâts avant qu'ils ne disparaissent sous la surface des flots. Le vent sifflait dans leurs oreilles, remplissait leurs narines de cette odeur d'iode qui ne les lâcherait plus jusqu'à leur retour à terre.

Ron se débarrassa d'un baquet en le jetant sur le pont sans quitter des yeux sa ligne au cas où l'un des milliers d'hameçons viendrait à s'accrocher à une gouttière. Puis la dernière palangre se vida et la corde se tendit jusqu'à la bouée finale. Le patron ralentit l'allure et la pression de l'équipage tomba alors qu'ils fixaient tous le sillon du chalutier. La pêche pouvait commencer et ils avaient pour eux quelques instants de tranquillité. Ron fouilla dans une poche et sortit une cigarette qu'il s'alluma au coin des lèvres. Son regard se posa loin sur l'horizon, vers cet eldorado que seuls les gens de mer pouvaient connaître. Il gonfla ses poumons d'embruns et une sensation de chaleur l'envahit. *Goanag*... se dit-il en souriant. Goanag, c'est le prénom qu'il aurait choisi pour son enfant. Et cela signifiait « espoir ».

60

Le vent chaud du désert soufflait sur la colline où Vivian avait bâti sa maison. Face aux fenêtres du salon, la mer scintillait sous un ciel d'azur à peine voilé par quelques nuages. À l'extérieur, elle pouvait entendre le son du marteau. Hadrien s'était enfin décidé à réparer cette clôture qui empêchait le sable de grignoter leur précieux refuge. Un peu plus tard, lorsque Tom serait de retour de l'école, elle irait lui apporter un verre de citronnade bien frais et ils regarderaient tous ensemble la nuit tomber, confortablement installés sur les transats de leur jardin. En attendant cet instant, elle retourna vers le canapé où la docteure Blair l'attendait. La psychiatre avait retiré ses lunettes et ses yeux immenses la fixaient avec toute la douceur du monde.

— Vous avez fait votre choix Vivian… mais êtes-vous heureuse ?

— Je n'ai jamais été aussi heureuse – et elle le pensait de toute son âme.

— Vous avez conscience que tout ce que vous me racontez, tous ces moments passés avec votre famille… ce ne sont que des rêves, des illusions d'un temps qui a disparu.

Vivian ne réagit presque pas. Cela faisait bien longtemps que les paroles de la psychiatre ne l'influençaient plus.

— Cet endroit, Vivian, cet hôpital… il n'est pas fait pour vous. Mais je ne pourrai pas vous en faire sortir si vous ne m'aidez pas. Vous comprenez ?

Elle ne dit rien. Au loin, elle entendit la porte d'entrée s'ouvrir et le pas léger de Tom monter les escaliers pour rejoindre sa chambre.

— Je comprends, docteure…

— Je ne vous laisserai jamais tomber Vivian.

— Je sais…

Et elle se leva pour rejoindre la cuisine en s'efforçant d'oublier les mots de sa psychiatre et la réalité terrible qu'ils dissimulaient. Elle resterait à l'abri dans son sanctuaire. Pour toujours.

En guise de conclusion

Que ce soit ma mère ou mes professeurs, plus tard mes camarades ou mes petites amies, on m'a toujours pris pour un rêveur. « Raconter des histoires ? C'est pas un métier ça ! » C'est vrai, quand on y pense. Quand on veut raconter des histoires, aucune chance de faire bouillir la marmite, de subvenir aux besoins d'une famille, de rentrer dans le cadre bien défini par la société. Non, aucune. Il vaudrait sans doute mieux se concentrer sur un métier plus concret, plus en phase avec le réel et oublier ses rêves. Mais à quoi bon ? Est-ce qu'il est si cool que ça le réel ? On a tous nos charrettes à pousser, nos croix à porter, nos tares à supporter et on y fait généralement face, mais que serait la vie sans une dose de rêve ? d'utopie ? d'espoir ? Quand on y pense, à raison de huit heures par nuit, l'être humain passe en moyenne vingt-six ans de son existence dans la contrée des rêves. Vingt-six ans ! C'est dire comme ce monde est important et mérite qu'on s'y attarde. Ce n'est pas simplement un processus biologique de déconnexion du réel, c'est un état de stase dans lequel nos cellules se régénèrent, notre corps répare les blessures du quotidien, notre cerveau fait le tri des souvenirs : certains à archiver pour composer notre identité et d'autres éradiquer ou à enfouir bien profond pour ne plus jamais les voir. Ceux-là particulièrement, je les aime, il en est largement question dans ce roman. Après tout, ce sont nos failles qui nous caractérisent plus que nos qualités. Ce sont elles qui nous construisent. Mais le sommeil c'est également une fabuleuse terre de fiction où tout est possible. Les lois de la société, de la physique et de la logique n'y ont plus cours. Seules subsistent, heureusement, celles de notre ligne morale. On y rencontre des personnes oubliées depuis longtemps, d'autres que l'on a perdues, d'autres encore qu'on ne connaît pas pour y vivre des aventures parfois déjantées, parfois apparemment insignifiantes, parfois terriblement angoissantes. Je vais vous donner un petit secret, pour celles et ceux qui n'ont jamais mis les pieds chez un psy : en réalité, tout ce que nous voyons dans nos rêves, cadres, objets, situations, dialogues, personnages, tous ces éléments parlent de nous. Ils n'ont rien à voir avec les personnes qu'ils incarnent. Ce sont bien au contraire d'incroyables et fidèles messagers qui, par le biais de la symbolique onirique, délivrent des messages d'une importance capitale à ceux qui désirent les entendre. Je fais partie depuis toujours de ces archéologues du monde des rêves et j'essaie de mettre à profit ces vingt-six ans d'étude pour mettre au jour ce chantier étonnant qu'est la découverte de mon esprit. Bref, *La Lisière*, vous l'avez compris, vous parle de l'invisible et il me fallait pour cette histoire un cadre à sa mesure : la Bretagne !

Bien entendu, la terre armoricaine sait toute l'affection que j'ai pour elle depuis que, minot, je passais mes vacances au Guilvinec à faire les yeux ronds autour des baquets à langoustine. Les touristes ne s'y sont jamais trompés, ils y affluent par centaines de milliers à la moindre occasion. Bien entendu, mon amour des grands espaces, de la nature brute, de l'eau froide et mouvementée, des caractères rugueux mais ô combien chaleureux et des arts de la table m'y amène régulièrement en pèlerinage. Bien entendu, mon âme de chevalier courtois, abreuvé de récits arthuriens, de mystiques druidiques, d'occultisme kardéquien, de légendes autour de l'Ankou et des intersignes y trouve son attache. Mais c'est une rencontre bien particulière qui m'a décidé à ancrer mon histoire dans ce bras magnifique de la France. Une rencontre visuelle comme c'est souvent le cas. Au détour de mes recherches, je tombe sur de fabuleux clichés dévoilant un paysage que d'instinct, je situe en Écosse ou peut-être en Irlande, mais que j'ai la surprise de découvrir au cœur du Finistère : les monts d'Arrée.

Je découvre la beauté incroyablement envoûtante d'une terre à l'histoire si âpre qu'elle paraît oubliée de tous. Que nenni ! Depuis que j'ai posé le pied dans les tourbières ou sur les chemins de la forêt d'Huelgoat et que je commence à en parler autour de moi, les visages s'éclairent ! Les sourires se dessinent ! « Oh les monts d'Arrée, c'est si joli ! » On dirait que tout le monde connaît cette terre sauf moi ! Je trouve même, dans ma propre petite ville, une crêperie qui en porte le nom ! Quelle étrange illusion a pu masquer si longtemps ce monde merveilleux à ma vigilance ? Lorsqu'on est écrivain, on sait qu'il n'y a pas de hasard, qu'il faut suivre son instinct. Et c'est ainsi que le noir pays et ses habitants ont commencé à vivre dans ma tête.

À peupler mes nuits. À emprunter mes angoisses, mes combats, mes espoirs, pour incarner des personnages et des intrigues.

Un an de rêveries bretonnantes plus tard, voici ce roman imprimé entre vos mains. Il aura fallu sortir de mon sanctuaire pour vous le livrer et en faire votre histoire. Désormais c'est vous qui allez parcourir les contrées oniriques en compagnie de Vivian, Maëlys, Eva et Ron. Ne vous réveillez pas trop vite. Profitez de ce temps en dehors du monde qu'est la lecture. Et surtout, je l'espère, soyez heureux.

DU MÊME AUTEUR
CHEZ CALMANN-LÉVY :

Toxique, 2017
Fantazmë, 2018
Avalanche Hôtel, 2019
Celle qui pleurait sous l'eau, 2020
Solitudes, 2021
Respire, 2022

NIKO
TACKIAN
NIKO
TACKIAN
TRIANGLE
NOIR
CALMANN
LEVY
NOIR
DANS LES FORÊTS NOIRES DES VOSGES,
DEUX MEURTRES D'ADOS INEXPLIQUÉS…
CALMANN
LEVY
NOIR

PAPIER CERTIFIÉ

Le Livre de Poche s'engage pour l'environnement en réduisant l'empreinte carbone de ses livres.
Celle de cet exemplaire est de :
250 g éq. CO_2
Rendez-vous sur
www.livredepoche-durable.fr

Composition réalisée par NORD COMPO

Achevé d'imprimer en mars 2024 en Italie par
Grafica Veneta S.p.A - Trebaseleghe (PD)
Édition 02 – mars 2024
Dépôt légal 1re publication : mars 2024
LIBRAIRIE GÉNÉRALE FRANÇAISE
21, rue du Montparnasse – 75298 Paris Cedex 06

77/2709/5